曹聚仁文史集萃

中国文学概要
小说新语

曹聚仁 著

中国文史出版社

图书在版编目（CIP）数据

中国文学概要·小说新语 / 曹聚仁著 . -- 北京：
中国文史出版社 , 2023.1
（曹聚仁文史集萃）
ISBN 978-7-5205-3631-8

Ⅰ . ①中… Ⅱ . ①曹… Ⅲ . ①文学史—中国②小说研
究—世界 Ⅳ . ① I209 ② I106.4

中国版本图书馆 CIP 数据核字（2022）第 154195 号

责任编辑：牛梦岳

出版发行：中国文史出版社

社　　址：北京市海淀区西八里庄路 69 号院　邮编：100142
电　　话：010-81136606　81136602　81136603（发行部）
传　　真：010-81136655
印　　装：北京新华印刷有限公司
经　　销：全国新华书店
开　　本：787mm×1092mm　1/16
印　　张：16.5
字　　数：191 千字
版　　次：2023 年 3 月第 1 版
印　　次：2023 年 3 月第 1 次印刷
定　　价：46.80 元

目录

中国文学概要

小说新语

中国文学概要

第一讲 文学与中国文学

提 要

（一）"文学"是什么

    1. 这是争论未定的课题。

    2. 五四运动以后，接受了世界性的文学概念。

（二）中国文学——在中国的文学

    1. 诗歌、散文是中国文学正宗。

    2. 上一代的散文，多少受八股文的影响。

    3. 唐宋古文——桐城派、阳湖派古文，是近代文学的一支。

（三）文学概念之演变

    1. 文章与博学对举。

    2. 文与学对举。

    3. 文与章对举。

    4. 骈文与散文对举。

5. 散文出于辞赋，也出于史笔。

6. 纯文学的发展。

　　我本来是教书匠。教书匠，可以说是无所不知，却是懂得并不太多的人。我们在教室里，时常碰到一些天真的朴素问题，譬如说："二加三为什么等于五？"我就只好叫他去扳指头了。其实这一问题，并未完全答出来，我后来知道像我这样的数理知识是不够来作答案的。又如："什么是文学？"我曾经从一位姓刘的老师那边，抄来几十条答案；我也曾在黑板上写满一大堆答案，结果，我自己越看越不懂，我想，学生看了我所写的，也未必懂得很多的。而且，一个文学家，和懂不懂文学定义是没有什么关系的。

　　四十年前，那时我只有十来岁，已经在小学堂念书了。那时的小学堂，刚从私塾变过来，老调子还是没有弹完。国文课本，还有《神童诗》《三字经》《论语》《孟子》一类书要念。《神童诗》一开头，就有四句诗："天子重贤豪，文章教尔曹。万般皆下品，唯有读书高。"这是我们所得的文学概念。我们执笔为文，便是写文章；口头也总是说某人文章写得好，某人文章写得坏。一个读书人，只要文章写得好就行了。我们脑子里，模模糊糊，也就把"文章"当作"学问"。后来进中学念书，已经是民国初年的事了。"文学""文学家"这一类名词，已经看到过听到过；不过我们所熟知所常用的，还是"古文""文章"那一类名词。我们心目中的古文家还是桐城派那几位大师，归有光、方苞、刘大櫆、姚鼐、曾国藩；其他则是唐宋八大家，韩、柳、欧、苏，等等。说到古文名篇便是《古文观止》《古文辞类纂》《经史百家杂钞》中的文章。我们还不说什么文艺之创作，只是说"写文章"。至于《红楼梦》《水浒》《三国演义》

《西厢记》《牡丹亭》，那时还只能算是闲书，背着父师偷偷地看，不能登大雅之堂的。那几位戏曲小说家，如王实甫、汤若士、施耐庵、吴敬梓、曹雪芹，也没人把他们当作文学家看待。当时，曹雪芹写了那么一部大作品，他自己却又躲躲闪闪，不敢直认是他的手笔，而托之于传信传疑的来源的。

中间经过了五四运动，新的文学观念就为大家所了解了。此时此地的年轻人，就接受世界性的文学概念。承认戏曲小说都是文学作品，戏曲小说作家都是文学家，王实甫、汤若士、施耐庵、曹雪芹的地位，也就在桐城派古文家之上了。我在这儿先提醒一句：世界性的文学概念，乃是近三四十年间才流行起来的，正如鲁迅所说的，"文学"这名词，并非中国所有，而是从日本贩运过来的。我们既不必说中国本来的文学概念，就是我们所了解的"文学"，我们也不能说，现在文学的概念如此，中国历来的文学概念也非如此如此不可的。我们口头所说的"文学"，和我们父师们所说的，可能大不相同的。据说有一位欧洲人，他到了中国，看见了一只竹夫人（竹夫人，系用竹篾织成的长篓子，夏日拥之以取凉者）。他回到了欧洲，就对朋友们说，中国人用的字纸篓，是如此如此的。这当然是笑话。我们应该知道竹夫人是竹夫人，字纸篓是字纸篓，不应该把竹夫人当作字纸篓，也不应说中国除了字纸篓，并无竹夫人的。学问上的事，就是要有清清楚楚的交代，不可以张冠李戴的。（从前文人说到文章，他们心头是指诗词歌赋和古文而言；古文是文学正统，其他戏剧小说，只能算是左道旁门。我们说到文学，以诗歌、戏曲、小说为纯文学，散文、小品则称杂文学，这都是这几十年中的观念改变。）

我们此刻所要谈的乃是"中国文学"（在中国的文学），属于历史性的知识。首先也把几个流行常用语说明白来。时人口头，每有"八股老调"的话，连带也有了"党八股"、"洋八股"、"抗战八股"、什么什么"八股"，带着讽刺性的话。不错，"八股文"（制艺）可以说是中国文学史上独有的东西，我们祖父那一辈的读书人，离现在不过五六十年，他们是把这种文章当作"正宗"的，在书房里念的是这种东西，上考场写的也是这一类文章。《儒林外史》里，有一位鲁编修，只有一个女儿，就把女儿当作儿子；五六岁上请先生开蒙读的四书五经，十二岁就讲书读文章，先把一部王守溪（八股文名家）的稿子读得滚瓜烂熟，教她做"破题""承题""起讲""题比""中比"成篇（八股文作法）。他闲居无事，便和女儿谈说："八股文章若做得好，随你什么东西，要诗就诗，要赋就赋，都是'一鞭一条痕，一掴一掌血'。若是八股文章欠讲究，任你做出什么来，都是野狐禅，邪魔外道。"从前文人对于八股文，就是这么一种看法。（他们的看法，也不一定完全错误的，后文再谈。）自从科举废掉了，大家已经不读这一类的文章，上场考试也不写这一类文章了。但是，"八股文"依旧阴魂不散，到今日还是流行着八股老调。年青的人已经不知道八股文是怎么一种文章，他们笔下，也还是有着八股的气息。我们得明白提倡行新政废科举兴学校的清末维新志士，如谭嗣同、梁启超，他们所写的时务文章，也还是从八股格调中变化出来。所不同者，他们的题材，并不限于四书那一小圈子，也用不着代圣人立言，文章结构，也不限于那么固定的八股、六七百字的长短尺度了。我们所写的文章，事实上，又是从谭、梁的时务文章、报章文学变化出来，五四运动以后，受着欧化的影响不少，可是我们的文章，也还是带着八股的气息。直到最近，我们所看到的若干带着宣传性的文字，都带着八股文的味儿；我们说：

土八股的幽灵在洋八股、党八股、抗战八股中出现，这是不错的。

再回看过去，八股文自明初颁为公令，科举取士，人人要写这类文章，乃盛行于明清两代。但八股文也是有所本的，两宋从义取士，当时文人应制文字，已经略见八股文的骨架，只是结构比较有伸缩性，题材范围也较为广阔些的。再推上去，韩（愈）柳（宗元）文章中，那排比的格调，便开出八股文的风格，所以说八股文只是古文的变体，从源流上说，并不错误的。而且，八股文中那几比相对称的文字，正是魏晋南北朝隋唐间所流行的骈文风格，和两宋的四六体尤为相近；我们也可以说，八股文乃是骈文的变体（也可以说八股文乃是散中有骈的文体）。韩退之的古文，可以说是对六朝骈体文的解放，他所解放的只是辞句、骈偶、韵律束缚上的解放，在结构段落上，还是有着骈文的间架的。而古文名家如归有光、方苞都是八股文的名手，从血统上看，八股文可以说是中国文学的亲属呢！——我们看了上面这一个例子，就可以知道弄清楚一个名词的含义、一种体例的源流，是十分重要的，却也并不十分容易的。

我在中学时期，国文课的选文，都说是"古文"；不管桐城派的，还是阳湖派的，连着公安派、竟陵派，或者唐宋八大家的，以及《左传》《史记》中的文字，凡是古代的文章，都算在古文的账上。我们所看见的姚鼐编选的《古文辞类纂》、曾国藩编选的《经史百家杂钞》，其中包罗万有，上下古今，连辞、赋、颂、赞都选在一起的，看起来"古文"就等于今人所谓文学了。到了后来，才知道"古文"一名词，含义并不这样笼统的，它只是代表明清古文家所说的"古文"。（"古文"本来有三种含义，一种是古文家所说的古文，一种是经学所说的古文，又一种则是文字学家说的古文，不在本书讨论之列。）还是明嘉靖以后文人唐顺之、茅坤他们所提倡出来的。他们所说的"古文"，只是指唐宋的古文，从那位"文起八代之衰"的韩愈说起的。他们认为汉魏六朝以后，文体衰疲，韩退之首先起来挽回文风，复返于古文的正道，其意是说韩柳文章和先秦两汉古文相衔接了。他们的说法，并不正确，但我们自幼所听到的"古文"，《古文观止》所选的"古文"，就是从他们的说法来的，所以不能不特别提到。

依我们的看法，韩退之提倡"反骈偶音律"，接近口语自然语调的文章，便是我们所说的散体文，可是，在唐宋当时，并无古文之名；他们自称为"平文"；平者便也，"平文"便是平顺通达的文字，和骈偶富丽的六朝文正相对。唐宋文人，提倡平文，也就等于我们提倡白话文；当时佛家讲经译经，已经流行语录体，平文便是采用语录体的文章，我们应该说唐宋的平文运动，就是胡适、陈独秀所提倡的新文学运动，韩退之变成了白话文的祖师，这个道理，我们可以想想明白的。自从我们提倡白话文，那些写古文的，就自称或被称为"文言文"，乃有"文言"与"白话"之对立，按之实际，并不合理。因为唐宋古文家"古文"与"骈文"对立，和白话却是同源，本不该"对立"的。清代学人阮元提倡骈体文，他用《易·文言》来替骈文作辩护，他心目中的文言，即是骈文，并非古文。这些都是语文常识以内，我们首先要料理清楚，不要人云亦云，越说越糊涂才是。

有一个概念比较明确的名词，便是"散文"。"散文"的对面便是"韵文""骈文"。照现代的说法，"散文"和"诗歌""戏曲""小说"并举，它是杂文学的总称。照古代的说法，"诗词歌赋"属于韵文，比较注重韵律、辞采、形式；散体文接近口语，无论先秦诸子的论学，历史家的记叙，佛家和宋明理学家的语录，以及朝野上下的应用文字，都是着重内容，不尚文采的。和"散文""韵文"这一相对的名词相适应的，魏晋间有"文""笔"的对举，"文"即等于后人所称的"韵文"，"笔"就等于"散文"，范晔狱中与甥侄书云："手笔差易，文不拘韵故也。"（刘勰《文心雕龙》，也以有韵为文，无韵为笔。）梁元帝《金楼子·立言》篇云："笔，退则非谓成篇，进则不云取义，神其巧惠，笔端而已。至如文者，惟须绮縠纷披，宫徵靡曼，唇吻遒会，情灵摇荡。"（这几句话就是说"文"以声调和谐、辞采华丽为主的。）他们从体性上的差异来区别文笔：笔重在知，文重在情；笔重在应用，文重在美感，和我们今日所说的"纯文学""杂文学"之分，意义大体相同了。

回过头去，我们再来用现代的文学观念，清理"在中国"的文学；我们撇开中国文体论的纷争，作常识的探索或许会更有益些。许多谈文的，说《论语·先进》篇："文学：子游、子夏。"可算是最早出现的"文学"二字。不过孔门所说的"文学"，范围很广，可以说是包括一切学问。扬雄《法言·吾子》篇云："子游、子夏得其书矣。"邢昺《论语疏》云："文章博学，则有子游、子夏二人也。"曰"书"，曰"博学"，可见"文学"一词，偏于学术可知，我们称之为广义的"文学"。二十多年前，郭绍虞曾经写过一篇《文学观念与其含义之变迁》，对于"在中国"的文学观念，说得很清楚。原文很长，让我来介绍其大意。郭氏说：周秦时期所谓文学，兼有文章、博学二义，文即是学，学不离文，这实是最广义的文学观念。到了两汉，始进一步把"文"与"学"分别而言了，把"文学"与"文章"分别而言了。用单字则"文"与"学"不同，用连语则"文章"又与"文学"不同。故汉代所谓"文学"，仍含有学术的意义，但所谓"文"或"文章"，便专指辞章而言，颇与近人所称"文学"之意义相近了。下迄魏晋南北朝，较两汉更进一步，别"文学"于其他学术之外，于是"文学"一名之含义，始与近人所用者相同。文学观念，经过了以上两汉与魏晋南北朝两个时期的演进，于是渐归于明晰。可是，不几时复为逆流的进行，于是又经隋唐与北宋两个时期，一再复古，而文学观念又与周秦时代没有多大的分别。

郭氏说：其在隋唐五代之时，因不满意于创作界之淫靡浮滥，于是对于六朝文学根本上起了怀疑。其对于六朝文学之怀疑本是不错，不过惜其不甚了解文学之本质，转以形成复古的倾向而已。盖由文学的外形以认识文学之面目，其事易；由文学的内质以辨别文学之本质，其事难。前一期重在外形方面，递演递进，所以成为文学观念之演进期，这一期重在内质方面，于是觉得漫无标准，遂不得不以古昔圣贤之著作与思想为标准了。以古昔圣贤之著作与思想为标准，此所以愈变愈古而成文学观念的复古期了。不过同样的复古潮流中，而唐宋又各有其分界。唐人论文以古昔圣贤的著作为标准；宋人论文，以古昔圣贤的思想为标准。以著作为标准，所以推主明道，而终偏于文，所以唐人说文以贯道，而不说文以载道。曰贯道，则是因文以见道，而道必借文而始显。至于北宋，变本加厉，主张文以载道，主张为道而作文，便是以古昔圣贤的思想为标准了。所以文学观念到了北宋，始把文学作为道学的附庸。由于文以贯道的文学观，于是造成了一辈古文家的文。由于文以载道的文学观，造成了一辈道学家的文。古文家之论文，其说在以笔为文，以笔为文，则六朝"文""笔"之分淆矣。道学家之论文，其说在以学为文，以学为文，则两汉"文学"与"文章"之分、"学"与

"文"之分亦混矣。在前一再演进而归于明晰者，至是复一再复古而归于混淆了。郭氏这一明确的观念，对于初学是有用的，我们就在他的基础上再详细地说下去。

本来，人类在未有文字之前，就有了创作的了。可惜没有人记下，也没有法子记下。就是《诗经·国风》里的东西，许多也是不识字的无名氏作品，因为比较优秀，大家口口相传的。（希腊人荷马的两大史诗，原也是口吟，现存的是别人记录。）所以歌谣便是诗歌的祖先。人类另一种兴趣，便是说故事，远在有文字之前，年轻的人就靠在他们祖父的膝前，听他们讲打猎的故事了。这便是历史的起源，也是小说的起源。不过，诗歌与散文这两种文学形式，并不是各自独立发展的，而是相互影响交替发展的。古代人类，凡遇到值得留传的人物事迹或生活形式，都用诗的形式记载下来。这中间有些只是应用文，取诗的形式为便于记忆，并非内容必须为诗的形式的。我们最古的书本，如《书经》《易经》《老子》《庄子》，都是多杂着韵文的；所以，诗歌与散文，一开头就是这么互相影响的。

我们知道那部三百首的《诗经》，是古代北方中国的诗歌总集，而《楚辞》呢，则是古代南方中国的诗歌总集。从体裁上说，《诗经》的四言诗，发展开去，乃有两汉以后的乐府、五言古诗，到了隋唐以后，乃有五言、七言的律、绝、古体诗，再发展下去，乃有五代两宋以后的词曲，这是一个系统。楚辞的体裁，成为两汉以后的赋体，赋的形式，和屈原《离骚》最相近，但就内容说，如"两都""二京""三都"诸赋，已经变成了记叙文，与其说是诗歌，倒不如说是散文。又如陆机《文赋》，便是一篇文学总论，和曹丕的《典论·论文》，性质并无不同。魏晋六朝的小赋，还有抒情诗的意味，其他鸿篇巨制的赋，见之于《文选》的，大部分都是叙事记行文；而六朝人的记行文，如鲍照《登大雷岸与妹书》，便是一篇小赋。骈体文字，盛行于南朝隋唐间，已经成为赋体散文，而唐陆贽的奏议，尤其运用得十分纯熟。两宋的四六体，也正是从骈体文演变而来，成为应用文的正轨文字。这和后来八股制艺文字的体制，也有密切关系的。因此，我们不妨说中国散文源流，出于辞赋，又是一个系统。

史家的记叙，从诗歌转为散文体，我们从《尚书》《春秋左传》可以看到；诸子百家之言，由他们的门弟子记录下来，也是采用散体文字。（古代公告应用文件，如《尚书》所载的都是。）司马迁的《史记》，不独在历史记叙上，建立了一种体制，即在记叙文字上，也显出了特殊风格。大概，后世所谓古文家，除了浸潜诸子百家的论著以外，便以《史记》《汉书》为其师法。（桐城派古文家，如归有光、姚鼐、曾国藩都是从《史》《汉》中出来的。）似乎骈体源出于辞赋，散体源出于史传，也是中国文学的两个源流；若干文士，耐不住骈偶韵律的诱惑总有爱好辞采的倾向。（南朝文士，最尚辞采。即如刘勰《文心雕龙》，便是一部骈体的文学论集。）其时，必有爱尚散体的文士，把这个倾向拉过来使之接近口语，佛门语录以及北朝文士，如李谔攻骈体之失，主张天下公私文翰并宜实录，开出了韩愈、柳宗元的平文运动。（樊宗师主张"辞必己出"。）和两宋四六文体相对的，有宋明理学家的语录，和王、欧、苏、曾的古文、骈文两体，一直就这么并驾齐驱的。（胡适《白话文学史》，便是着眼散体文的发展，这也是中国文学的另一系统，可以溯源导流，言之成理的。）由今看来，中国文学体性，骈之中有散，散之中有骈，骈受散的影响，散受骈的影响，起伏排荡，相推相激，随着时代前进，各家爱尚不同，我们得用史家的眼光去料理的。

至于纯文学这一部门，诗歌这一体系，发展到宋、元、明的南北曲，已经不是单纯的诗歌或是散文的体制，而是综合的艺术。戏曲之中有完整的故事，便等于历史中的传记，曲调要配合音乐，又由各种音色的乐器配合起来；扮演角色的一举手、一投足，也要和音乐相配合，实际上便是歌赋；即算是道白，也是协律的，和口语有别。其中又穿插了俳调的词令，相扑角斗的武场，以及表情达意的动作，就是这么一种完整的艺术。我们再看：唐宋传奇文，原是散体文的传记，到了北宋，如赵令时把元稹《会真记》写成了商调蝶恋花鼓子词，便是插上了歌曲，到了董解元《西厢记》诸宫调，王实甫《西厢记》出来，乃成为综合艺术了。散文与诗歌的交流之迹，我们就难得从戏曲中分割起来的。

我们又从小说的源流来看，也是远接唐宋传奇文（可以说和戏曲同出一源）。而唐宋传奇文，也受着佛曲宣卷一类外来文体的影响；这一演变的过程，我们看了敦煌石室中的变文，可以了然于心了。两宋的话本，元明的讲史，就是从这么一种体制发展开来，到了明代神魔小说、人情小说、讽刺小说，慢慢和外来的小说合流，乃有现代新小说出现。即以鲁迅的小说来说，其中有着俄、波、英、法外来小说的血统，却也有中国古代讲史、人情、讽刺小说的血统；在文艺上，几乎每一种文体，都是混血儿，不会有单纯的体性的。

因此，我们要记住那一句老话：竹夫人是竹夫人，字纸篓是字纸篓，我们不应该不认识竹夫人，就说竹夫人是字纸篓，也不能说世上只有字纸篓，并无竹夫人的。我希望我们能把一些含混不清楚的概念弄明白来。

第二讲　从《文心雕龙》说起

提　要

（一）刘勰《文心雕龙》体制

　　1. 上卷论文体，首疏意义，次述源流，次论作
　　　　者及其代表作品，末论文之体制。

　　2. 下卷论文术，便是文学通论。

（二）文学体性之流变

　　1. 随时代环境而变动。

　　2. 时运交移，质文代变。

（三）古代南北诗歌总集

　　1. 在北方有"三百篇"，四言为主。

　　2. 在南方有"楚辞"——骚体。

　　3. "三百篇"，一部分是歌谣的记录本，一部分
　　　　是模拟歌谣而作。赋、比、兴，诗人作诗
　　　　之法。

4.《楚辞》:《九歌》《离骚》《九章》。

5.《离骚》: 屈原的自叙传。

上一讲,我已经说到这一小册子所谈的是"在中国"的文学;可是我所说的,乃是关于中国文学的常识,而不是对于中国文学的批评,另一方面,我并不叙说中国文学的演变,而是关于中国文学体性的说明。(中国文学史、中国文学批评,另有专书,可以参看。)假使要找一个先例的话,那就可以把一千四百年前,那部刘勰所作的《文心雕龙》,当作我这小册子的范本。

刘勰生在文艺思潮蓬勃有生气的南朝齐梁间,南朝二百年间的政治,我们且不去说它,单就文艺作品的绚丽、文艺批评的卓荦来说,那是中国文学史上最有成就的时期。(当时的文艺批评家,以沈约为先驱,其后则刘勰、钟嵘、萧统、颜之推四大家,都有独特的见解的。刘勰字彦和,早孤,笃志好学,家贫不婚娶,依沙门僧祐居,遂博通经论。梁天监中,兼东窗通事舍人,深被昭明太子爱护。其后出家,改名慧地。)他所撰《文心雕龙》五十篇,上编论文体,首疏意义,次述源流,次论作者及其代表作品,末论文之体制。故一篇之中,有文学界说,有文学流变,有文学评论,有文章作法,体制非常完整的。下编论文术,等于我们所说的文学通论,对于修辞、作句、定章、谋篇,都有精到的启示。这是两汉以后两千年间体大思精的不朽之作。我所师法的,只是他论文体的部分,而且以通俗便于初学为主,不想说得太专门的。(一些文艺上所讨论未定的问题,也就搁在一边,不去推求了。)

文学体性的流变,那是随着时代环境的变动而来的,古今中外的论者,都有着同样的说法。(顾亭林说:"《三百篇》之不能不降而《楚辞》，《楚辞》之不能不降而汉魏，汉魏之不能不降而六朝，六朝之不能不降而唐也，势也。"）刘勰就在《时序篇》里发挥这个观点，他说："时运交移，质文代变，古今情理，如可言乎。"他首先说了唐虞时代，野老郊童的歌谣，到了虞舜，乃有"薰风""烂云"的篇章，夏禹敷土，九序咏功，成汤圣敬，"猗欤作颂"。"逮姬文之德盛，《周南》勤而不怨，大王之化淳，《邠风》乐而不淫，幽厉昏而《板》《荡》怒，平王微而《黍离》哀。故知歌谣文理，与世推移，风动于上而波震于下者也。"他用历史的眼光来研讨文体的演变，这是最好的法门。

最早的中国诗歌总集，我已经说过，在北方有三百篇的《诗经》，在南方有《楚辞》，可说是代表着古代两种不同的体制。（《诗经》中原有很早的民间歌谣，大部分应该说是周初的作品。《楚辞》中也有很早的巫祭舞曲，最主要的却是战国间的作品。）前者称之为四言诗，后者称之为骚体。四言诗，大体是四个字一句，每句两节拍。（其中偶有长短句从一音起，至八音的都有。）

（例如："采采卷耳，不盈顷筐。嗟我怀人，置彼周行！"《卷耳》）每一节拍的音律，据《公羊传》所说，那时还只有所谓长言短言，长言大约就是现在的平、上、去三声，短言就是现在的入声。又据清代古音学家的考证，周秦古音，只有平、入两声，没有上、去两声，所以毛诗里面没有平仄相间的抑扬律，而只有长短音相间的抑扬律，正跟希腊、拉丁的抑扬律相类，我们不能用后起的平仄相间的抑扬律去读它的。（四声起于齐梁之间，受印度佛曲的影响，平仄乃后起的抑扬律，后文再详。）这些诗篇，因为一部分是歌谣的记录本，一部分是模拟歌谣而作，所以语言的反复非常之多，有时语调相同，只换几个字来反复的，例如：

参差荇菜，左右流之，窈窕淑女，寤寐求之。

参差荇菜，左右采之，窈窕淑女，琴瑟友之。

参差荇菜，左右芼之，窈窕淑女，钟鼓乐之。

这种诗篇，通常是用停脚韵，和后世所用协韵方式大体相同。例如："我姑酌彼金罍，维以不永怀。"（《卷耳》，罍、怀为韵。）但亦有停头韵、停身韵的，例如："肃肃兔罝。椓之丁丁。赳赳武夫，公侯干城。"（《兔罝》，肃、赳为韵，兔、武为韵，罝、夫为韵。）

到了后世，这样协韵的方法便被淘汰，只有停脚韵了。

《诗经》的性质，本来分"风""雅""颂"三种，章太炎说《诗大序》："风者，'上以风化下，下以风刺上。'我以为风的本义，还不是如此。风是空气的激荡，气出自口，就是风，当时，所谓风，只是口中所讴唱罢了。"（十五国风，便是各地方的民间歌谣。）"颂——颂在《说文》就是'容'字，《说文》中，'容'只有纳受的意义，这'颂'字才有形容的意义，《诗大序》谓'颂者美盛德之形容'。我们于此可想见古人的颂是要'式歌且舞'的。"（颂，便是古代的舞曲。）"雅——雅的本义比较的难以明白。《诗大序》说：'雅者，正也。'雅何以训作正？历来学者都没有明白说出，不免引起我们的疑惑。据我看来，'雅'在说文就是'鸦'，'鸦'和'乌'音本相近，古人读这两字，也相同的，我们也可以说'雅'即'乌'。《史记》李斯《谏逐客书》、《汉书》杨恽致孙会宗书，均有'击缶而歌乌乌'之句，人们又都说'乌乌'，秦音也，秦本周地，乌乌为秦声，也可以说乌乌为周声。又商有颂无雅，可见始于周。从这两方面看来，雅就是'乌乌'的秦声，后人因为他所歌咏的都是庙堂大事，因此说'雅'者正也。"（《大雅》是记事之诗。）

（此说已为海内学人所同赞许，我们说大小雅是王室的诗篇，产自周秦各地的。）大体说来，这些诗篇，都是黄河流域的作品。

朱熹说："赋、比、兴是诗人作诗之法。"此说虽是后起，却也合乎诗人创作的实情的。"兴"乃是借物以起兴。郑樵说："关关雎鸠，作诗者一时之兴，所见在是，不谋而感于心者也。"就是说所借之物，不一定和所起之兴有关系，雎鸠的叫鸣和君子之求淑女，并没有什么关系，不过触一时之兴，有感于心，发之于吟咏就是了。又如《秦风·蒹葭》那首诗，开头"蒹葭苍苍，白露为霜"两句，和"所谓伊人，在水一方"全无关系，就因为触一时之兴，乃引了怀人的愁绪的。

"比"便是譬喻，《礼记·学记》云："大学之教也，……不学博依（即譬喻），不能安诗。"即是说，不懂得比喻之法，便不能做诗的了。"比"之与"兴"，相同而实异，相异而实同，黎锦熙说："比兴之辨可得粗陈，比以类事，兴以起情。比求相肖，为增'明晰'，兴不求肖，为辞之'洽'，或如袭来，俾辞'有力'。"例如：

日居月诸，胡迭而微。心之忧矣，如匪浣衣。
（《柏舟》）
妻子好合，如鼓瑟琴。（《棠棣》）
譬彼舟流，不知所届！（《小弁》）

（《文心雕龙·比兴》篇：《诗》文宏奥，包韫六义，毛公述《传》，独标兴体，岂不以风通而赋同，比显而兴隐哉，故比者，附也；兴者，起也。附理者，切类以指事；起情者，依微以拟议。起情，故兴体以立；附理，故比例以生。比则畜愤以斥言，兴则环譬以托讽。盖随时之义不一，故诗人之志有二也。""何谓为比？盖写物以附意，扬言以切事者也。……比之为义，取类不常：或喻于声，或方于貌，或拟于心，或譬于事。……若斯之类，辞赋所先。"）

在《诗经》中的"赋"，也可以说是铺叙的方法，"赋者铺也"，好似铺被窝，一件一件，铺起来的。古代凡兵事所需，由民间供给的谓之"赋"，在收集民赋的时候，必须按件点过。赋体也和按件点过一样，因此得名。例如：《豳风·七月》，小雅《六月》《采芑》《车攻》诸篇，都是铺陈实事的叙事诗，可说是用赋体的。（朱熹替《诗经》作注，每章都添上赋、比、兴的注脚，当然是读诗者的感受，并非古诗人的本意，却也可以说是和古诗人的本意相暗合的。）

四言诗，在古代黄河流域盛行了千多年，到了战国以后，便不十分流行了，因为从诗的外形律说，比之其他各体，显得简单得多，五言诗体流行，四言诗也就歇下去了。秦汉以后，也还有人做四言诗，如荀卿赋、李斯刻石文，乐府中的《陇头歌》《箜篌引》，曹操的《短歌行》，陶潜的《停云》四诗，都是写得极好的，却已不能成为一代的共同风尚，即他们自己的诗篇，也以其他体式为主，四言诗，只能算得偶一为之，有如后人之赋六言诗似的，觉得别有趣味就是了，其他附见于其他文件中的铭、诔、颂、赞，依旧还是四言体，却不以四言诗见称了。所以，四言诗只盛行于《诗经》时代，也就只在那一时代流行了便完结的。

陶潜《停云》诗并序

停云，思亲友也。樽湛新醪，园列初荣，愿言不从，叹息弥襟。

一　霭霭停云，濛濛时雨。八表同昏，平路伊阻。静寄东轩，春醪独抚。良朋悠邈，搔首延伫。

　　二　停云霭霭，时雨濛濛。八表同昏，平陆成江。有酒有酒，闲饮东窗。愿言怀人，舟车靡从。

　　三　东园之树，枝条再荣。竞用新好，以招余情。人亦有言，日月于征。安得促席，说彼平生。

　　四　翩翩飞鸟，息我庭柯。敛翮闲止，好声相和。岂无他人，念子实多。愿言不获，抱恨如何？

　　这四首诗，温柔敦厚，情深文明，可谓得风人之旨，最近于《诗经》风格的。

　　流行于古代南方荆楚一带的楚辞（骚赋），古人虽有"诗一变至于骚"的说法，事实上，这是中国古代文字另一主流，并非从《诗经》变化而来的。它成为中古文学的源泉，对于后世中国文学的影响，就有《诗经》那么广大。

　　本来，南方的诗歌，自成一种风格，《说苑》载楚人子皙所听到的《越人歌》：

　　　　今夕何夕兮，搴洲中流？
　　　　今日何日兮，得与王子同舟！
　　　　蒙羞被好兮，不訾诟耻。
　　　　心几烦而不绝兮，知得王子。
　　　　山有木兮木有枝，心悦君兮君不知。
　　　　（系就越歌译成。）

　　我们就可以看到《楚辞》型的格调了。至如《论语》中所载的

《凤兮歌》："凤兮，凤兮，何德之衰？往者不可谏，来者犹可追。已而，已而，今之从政者殆而。"《孟子·离娄》篇所引的孺子歌："沧浪之水清兮，可以濯我缨；沧浪之水浊兮，可以濯我足！"《左传》所载吴《申叔仪乞粮歌》："佩玉蘂兮，余无所系之。旨酒一盛兮，余与褐之父睨之。"当时的南音楚调，原和北方的四言诗不相同的。

我们看了《楚辞》，就看见那个"兮"字；"兮"，语之舒也，即是说了一句话，长长叹了一口气。(《周南·汉广》，煞尾用"思"字——"南有乔木，不可休思。汉有游女，不可求思。汉之广矣，不可泳思。江之永矣，不可方思。"《招魂》巫咸招辞，煞尾用"些"字，也就是"兮"字。)我们再把《楚辞》和《诗经》去比较，觉得它们的格调固然绝不相同，而它们的内容思想，也颇不相同。《诗经》中"人之无良，我以为君""人而无仪，不死何为""子不我思，岂无他人"一类很质直的话，《楚辞》中是没有的；大不了也只说"已矣哉，国无人莫我知兮，又何怀乎故都？既莫足与为美政兮，吾将从彭咸之所居"一类比较委婉的话，这可见艺术手段的不同。《离骚》《九歌》《天问》《招魂》《大招》，都包含着许多神话，这种宗教思想，大约是南方蛮族所有，而为北方的汉族所无，所以《诗经》中绝对没有。至于多用复字和双声叠韵字的修辞法，那是和《诗经》相同的；不过《诗经》中常用停头停身的用韵法，《楚辞》中便很少看见，他们所用的，都是停脚韵呢。

关于《九歌》的时代与作者的争论，由来已久，一直没有结论。(这问题就给谈文学史的去谈吧。)不过说《九歌》是早期的楚辞，那是没有问题的。《九歌》乃是荆楚民间祀神的一种"巫歌"，这种"巫歌"和舞曲最相接近，因为巫觋娱神，本来是一面跳舞，一面唱歌的。王逸说:"昔楚国南郢之邑,沅湘之间,其俗信鬼而好祠,其祠必作歌乐鼓舞以乐诸神。"这一说法,最近事实。他们歌舞的地方,最初就在东皇太一庙、云中君庙、湘君庙、湘夫人庙之中,后来只要祀神歌舞,就用这一种歌曲,有如和尚念谶似的(此风而今还存在着的)。后来见之于记录,也有人加以润饰,便是《九歌》的来源。(王逸说:"屈原放逐,出见俗人祭祀之礼,歌舞之乐,其词鄙陋,因为作《九歌》之曲。"朱熹说:"荆蛮陋俗,词既鄙俚,而其阴阳人鬼之间,又或不能无亵慢淫荒之杂。原既放逐,见而感之,故颇为更定其词,去其泰甚。")至于修订改作的是否出于屈原之笔,我们且存而不论。

《九歌》的内容,音节、属辞、用字,都是很秀丽优美,非常成熟,如《湘夫人》云:"沅有芷兮澧有兰,思公子兮未敢言,荒忽兮远望,观流水兮潺湲。"写得自然神忘,心物俱化之境。(张轼说:"思是人也而不言,则思之意深,而不可以言语形容也。")又如:"袅袅兮秋风,洞庭波兮木叶下。"写景也正得神,又如《少司命》:"满堂兮美人,忽独与余兮目成。入不言兮出不辞,乘回风兮载云旗。悲莫悲兮生别离,乐莫乐兮新相知!"《山鬼》:"若有人兮山之阿,被薜荔兮带女萝。既含睇兮又宜笑,子慕予兮善窈窕。""雷填填兮雨冥冥,猿啾啾兮狖夜鸣。风飒飒兮木萧萧,思公子兮徒离忧。"这都是极好的恋歌。(神与神的恋爱、神与人的恋爱、人与人的恋爱,在初民心目中是一样的,不必勉强解释的。)

林庚说:"楚辞里'兮'字的使用方式约有两种:一种还是把'兮'字用在句尾,可是却要把两个四言重叠起来构成一个诗句,利用了来作为把句子放长一倍的媒介。至于《楚辞》里面普遍更新的一种形式,则是把'兮'字放在句子当中来用,这一种形式不受四言或几言的限制，只要把一个句子分为上下对称的两节就行了。而'兮'字也就正放在这两节之间，使得上下的对称更为明显，这就是可以尽量地从不整齐的散文中创造新的诗歌语言的道理；在这里，'兮'字的作用就近于是一个逗号，一个音符，并不含有任何与其他文字相当的意义，这就是楚辞所创造的'兮'字。随着楚辞体裁产生的方式，就自然带来了排偶的形式。排偶的字句，在散文中，原不是不可以出现的，但也只是偶然的；到了楚辞，为了还不能在四言之外建立"几言"的形式，就必须依靠来增加诗句的节奏性，排偶也是一种对称（字义的）。楚辞虽不是每句排偶的，但是排偶正是楚辞所带来的一种比较普遍的形式。至于更普遍的一种形式，在楚辞说就是句句用韵，这情形与用'兮'字是一样突出的。"

"在楚辞体裁中，最中心的问题是什么呢？那就是'三字节奏'的使用。《诗经》的四开言，是以二字节奏为基础的形式。（三字的节奏，只是偶然出现，不为人所注意。）楚辞始采用了三字节奏作为基本的组织，例如：'前望舒使先驱兮，后飞廉使奔属。……既干进而务入兮，又何芳之能祗？'正是'三''三''兮''三''三'的组织。当然楚辞里也并非就不用二字节奏作为基础，但三字已经发展着，就自然地要居于领导的地位。三字节奏的出现，使得文学语言在节奏上的变化更为完全，也即更接近于真正的语言，三字节奏是可以包括二字节奏的，同时又打破了二字节奏四平八稳的定格，这就是一个解放的时代所表现于文学语言上新的形势。"

从文艺创作说，屈原的《离骚》《九章》乃是这个伟大作家最圆熟最完整的作品；他吸收了荆楚民间诗歌的风格，撷取最丰富的词汇，运用高超的想象力，把心胸中的抑郁表现出来。（关于屈原生平、创作经过，及有关《离骚》《九章》争论的问题，可参看中国文学史专论。)刘勰《文心雕龙·辨骚》:"自《风》《雅》寝声,莫或抽绪,奇文郁起,其《离骚》哉,固已轩翥诗人之后,奋飞辞家之前,岂去圣之未远,而楚人之多才乎。昔汉武爱骚,而淮南作传,以为《国风》好色而不淫,《小雅》怨诽而不乱,若《离骚》者,可谓兼之。蝉蜕秽浊之中,浮游尘埃之外,皭然涅而不缁,虽与日月争光可也。"(这段话,是说《诗经》以后,最伟大的作品,便是《离骚》,而运材修辞,布局谋篇,"惊才风逸,壮志烟高",还在《风》《雅》诸作之上,他们都予以最高的评价的。)

《离骚》原是一首自传体的叙事诗,其中不但叙写心身所受的压迫,而且表现与自己思想的矛盾斗争。他设为女嬃(姊)对他的劝告,这劝告是委婉动听的,劝他既然大家都不能理解自己,何苦这样一意孤行?既然世人都在看风使舵,何苦来自讨苦吃?又设为灵氛的占卜,劝他不如远走高飞,九州之大,哪里不需要人才,何必困在楚国呢?女嬃的劝告是一般的人情,灵氛的占卜是当时的诱惑,屈原要把自己的思想感情考验得更坚定,就得通过与这些人情诱惑的斗争,而《离骚》全诗,就都在这样斗争之中,结果屈原伟大的思想感情是胜利了;他的思想变得更坚定,感情变得更深厚,最后屈原既不为世俗所容,乃漫游于天神之间,然而当朝日东升的时候,屈原又看见了楚的旧乡,连屈原的马都不肯走了,于是出现了那最有形象的诗句:"仆夫悲余马怀兮,蜷局顾而不行。"这主题中强烈的民众性与政治性,感动了千百将来的世人。这主题本质有的丰富的想象与艺术的形象,可说是浪漫主义与现实主义的紧密结合。

在这样的文学形式之下,屈原又产生了《九章》那些晚年的更成熟的作品,反映着他的晚年的政治艰苦遭遇。他的最后一组作品，便是《哀郢》《涉江》《怀沙》。"《哀郢》是《史记·列传》所说的'楚人既咎子兰以劝怀王入秦而不反也，屈平既嫉之，虽放流，其存君兴国而欲反复之，一篇之中三致志焉'的那篇。《涉江》就是这次临行前的一篇作品：他表现得更坚决，毫不妥协地踏上了这个悲剧的旅程，这就是《涉江》一篇中高亢的感情。在他放逐的旅程中，又写了那篇《怀沙》，那是他的绝笔。于是他投入汨罗江中去了。我们可以说《离骚》是一个伟大悲剧的开始，这三篇就是悲剧的顶点了。"

　　屈原死了以后，他的文学形式，就成为楚国文士所效仿的共同模范。而继承他的作风，最有成就的，则有宋玉的《九辩》、景差的《大招》，开出了汉赋的新天地来，这是后话。

第三讲　汉赋的演变

提　要

（一）古代文学的第三种体式——汉赋

  1. 汉赋——南方骚体与北方荀卿赋的结合。

  2. 汉赋——"诗"与"文"的中间性产物，辞赋内容，由抒情而叙事，有着纵横家的影响。

  3. "诗人之赋"与"辞人之赋"，诗人之赋抒情，辞人之赋叙事。

（二）汉魏六朝文的特色

  1. 骈俪辞采。

  2. 韵律对偶。

  3. 抒情赋进而为咏物的小赋，叙事赋进而为骈体文、四六文。

  4. 中国文体之构成素。

中国古代文学的第三种体式，便是汉赋。这种体式，从楚辞这一系统发展下来，那是显然的。那位继承屈原文统的宋玉，他除了《九辩》《招魂》以外，还有《高唐赋》《神女赋》《登徒子好色赋》《讽赋》《风赋》《笛赋》《舞赋》《钓赋》《大言赋》《小言赋》十篇。关于这些赋篇的作者，是否是宋玉，历来争论甚多，这也让文学史上去研究；我们只要知道战国后期的楚国文士，已在用骚体来写赋就是了。那时，还有些赋篇，那是荀卿所作的。（《汉书·艺文志》载孙卿赋十篇，现在《荀子》的《赋篇》，只有《礼赋》《知赋》《云赋》《蚕赋》《箴赋》五篇和佹诗二篇。《艺文志》又载成相杂辞十一篇，不著作者姓名，现在《荀子·成相篇》，有成相三篇，大约成相杂辞十一篇中，总包括了荀卿的成相三篇。又《战国策·楚策》，载孙子从赵国作书谢绝春申君，附有赋一篇，内容也和佹诗相同。他的文学作品，大概就是这些了。）荀卿名况，也称为荀卿子。（古"荀""孙"同音。）他是北方的赵国人，曾经在齐国做官，后来被齐人所谗，离齐往赵国，正值春申君为相，任他为兰陵令，他就一直住在兰陵（今江苏北部），终老于此。

荀卿这一位北方的文士，他继承孔门的诗风，他在楚国久住，又当屈原、宋玉之后，因此染上了南方的骚体，他的赋篇和佹诗，跟《诗经》和《楚辞》都很相似，可以说是南北诗赋的中间性产物。我们且看他的《谢春申君书》中的赋篇：

> 宝珍隋珠，不知佩兮；袆布与丝，不知异兮。闾姝子奢，莫知媒兮；嫫母求之，又甚喜之兮。以瞽为明，以聋为聪，以是为非，以吉为凶。呜呼上天，曷惟其同。《诗》曰："上天甚神，无自瘵也。"

从他的赋，已可看见这种体式渐渐成为"诗"与"文"的中间性的产物了。此外，他们所作的成相杂辞，例如：

请成相，世之殃，愚暗愚暗堕贤良。人主无贤，如瞽无相，何伥伥！

请布基，慎圣人，愚而自专事不治。主苟忌胜，群臣莫谏，必逢灾！

论臣过，反其施，尊主安国尚贤义。拒谏饰非，愚而上同，国必祸！

这也是诗的变体，和近代的弹词颇相似，这种体式并未流行起来，却也暗示从战国到西汉，正在找寻新的体式，开出汉赋的大局面来了。

西汉文学，继承着周秦南北两派文学的流风而有所演化；从辞赋说，这是楚辞的嫡子，乐府古体诗则是《诗经》的后裔，这从形式上，我们已经这么说了。至于两派的内容，也是彼此交流，细缊化合，成为后世中国文学的源泉，也是体会得到，所以班固认为"赋者古诗之流也"。钟嵘《诗品》所说："逮汉李陵，始著五言之目矣。其源出于楚辞，文多凄怆怨者之流。"汉初军政主角都是楚人，所以流行楚音。项羽《垓下歌》："力拔山兮气盖世，时不利兮骓不逝。骓不逝兮可奈何？虞兮虞兮奈若何！"刘邦《大风歌》："大风起兮云飞扬，威加海内兮归故乡，安得猛士兮守四方。"这都是《楚辞·九歌》的格调。(《汉书·礼乐志》："凡乐乐其所生，礼不忘本，高祖乐楚声，故《房中乐》楚声也。")

不过，辞赋的内容，由抒情而叙事，其间乃受纵横家的影响。

《汉书·艺文志》："纵横家者流，盖出于行人之官（今外交家）。孔子曰：'诵《诗》三百，使于四方，不能专对，虽多亦奚以为？'又曰：'使乎！使乎！'言其当权事制宜，受命而不受辞，此其所长也……传曰：'不歌而诵谓之赋，登高能赋可以为大夫。'言感物造端，材知深美，可与图事，故可以为列大夫也。古者诸侯卿大夫交接邻国，以微言相感，当揖让之时，必称诗以喻其志，盖以别贤不肖而观盛衰焉。故孔子曰'不学诗，无以言'也。春秋之后，周道浸坏，聘问歌咏不行于列国，学诗之士逸在布衣，而贤人失志之赋作矣。"班固已把赋的源流说得很明白了。战国游说之士，以布衣去游说人主，要使他自己的话，引动人主的听信，先前所用"微言相感""称诗喻志"的方法，已经落伍了，只有扩充"称诗喻志"的方法来作雄辩术，着重修辞的技巧。我们且看《战国策》所载那些策士的说辞，就有汉赋的风味了。

汉兴以后，陆贾、邹阳、枚乘、严忌之流，都是以纵横家兼辞赋家的。（《汉书·艺文志》载陆贾赋三篇。）汉初诸王，如楚元王交、吴王濞、梁孝王武、河间献王德、淮南王安，都模仿战国诸侯养士的风气，招致游客，其间如吴、梁、淮南三国的游士，很多纵横家而兼辞赋家的。邹阳、枚乘、严忌，都是始游吴而后游梁的。汉志纵横家有邹阳七篇，《两京杂记》称邹阳曾为几赋、酒赋。汉志又有庄夫子（即严忌）赋二十四篇，枚乘赋九篇；这两人和邹阳风格相同，都是有纵横家气的。淮南王曾为《离骚》作传，汉志有淮南王赋八十二篇、淮南王群臣赋四十四篇，他所招致游士，如伍被之流，也是纵横家。这么看来，汉代辞赋虽源出于楚辞荀卿赋，却又是变相的纵横家的说辞呢。

西汉的赋家，"陆贾扣其端，贾谊振其绪，枚（乘）马（司马相如）同其风，王（褒）扬（雄）骋其势，皋（枚皋）朔（东方朔）已下，品物毕图，繁积于宣时，校阅于成世"。刘勰这么总括说来，原是不错的。若就赋体来说，贾谊才是楚辞的真正嫡传。贾氏洛阳人，汉文帝时由博士迁为大中大夫，被谗谪为长沙王太傅，又迁为梁怀王太傅。怀王坠马而死，谊自伤为傅无状，哭泣岁余，也就死了，年三十三岁。他所作的《吊屈原赋》及《鹏鸟赋》，正是《九章》《九辩》余绪，一种抒情的赋篇。这类赋篇，两汉辞人就很少作的了，只有王粲《登楼赋》、祢衡《鹦鹉赋》，还保留着一点风格，却已转入"小赋"的一路去了。

汉赋的主潮，乃是"大赋"，"京殿苑猎，述行序志，并体国经野，义尚光大，既履端于倡序，亦归余于总乱"，都是"铺采摛文，体物写志"的文字。其始如枚乘的《七发》、梁王《菟园赋》，已经扩大了场面，拼命从华丽辞采上显出他的才学，而司马相如的《子虚赋》《上林赋》《大人赋》《长门赋》出来，可以说是登峰造极了。他自述作赋的心得："合綦组以成文，列锦绣而为质，一经一纬，一宫一商，此作赋之迹也。赋家之心，包括宇宙，总览人物，斯乃得之于内，不可得而传。"他的为艺术而艺术的观点，在描述技术上出人头地，刘大白说："贾谊是学屈原、宋玉的，并不能超过屈宋；司马相如是学荀卿，却能从模仿而创作了。"扬雄推崇司马相如的赋才，说："长卿之赋，非自人间来，其神化之所至耶！""如孔氏之门用赋也，则贾谊升堂，相如入室矣。"

我们且看司马相如的《子虚赋》《上林赋》，他托为子虚、乌有先生、亡是公三人为辞，以推天子诸侯之花圃之盛美，其卒章归之于节俭，因以讽谏，说起来，还是战国策士式的游说文辞，辞采的夸张重于事实的叙述，却又就时地的情况来发挥，又近于后世的地方风俗志。这种文字的组织非常简单，一起一结而外，便是山川、草木、花果、鸟兽、宝藏、艺术、娱乐，分段铺叙而成，穿插以人物掌故，便算完篇了。他就是要对皇帝、贵族，表现自己知识的广博，想象力的丰富，取得文学侍从之臣的地位，便是了。(《汉书·王褒传》："上（宣帝）数从褒等放猎，所幸宫馆，辄为歌颂，第其高下，以差赐帛。议者多以为淫靡不急。上曰：'不有博弈者乎？为之，犹贤乎已。'辞赋，大者与古诗同义，小者辩丽可喜，譬如女工有绮縠，音乐有郑卫，今世俗犹皆以此娱悦耳目，辞赋比之，尚有仁义讽喻鸟兽草木多闻之观，贤于倡优博弈远矣。"可见当时的辞赋，只是献媚人主等于倡优的。)

由于当时君主好尚（汉武帝、宣帝都是好辞赋的），士大夫靡然从风，司马相如以外的辞赋家，如东方朔、枚皋、王褒、扬雄，都是一代辞赋的大作手。（语详文学史，这儿不叙述他们的生平和作品。）他们的作品，依后世人看来，并没有多大意义，但在古代没有辞书类书的时代，他们的赋篇，恰好是一般文士学习修辞丰富词汇的范本，百口交论，一直流传下来。

那位为汉宣帝所重视的王褒，他在当时以《圣主得贤臣颂》著名，其他如《甘泉宫颂》和《洞箫赋》，也就是辞令赋。不过，他和东方朔一般有诽谐的天才，留下了一篇有趣的《童约》，写得非常活泼。而且纯熟地运用川中土语，把日常生活生动地描写起来，倒是一篇当时的白话契约呢。(《童约》结尾，记这位顽童"仡仡叩头，两手自搏，目泪下落，鼻涕长一尺"，极为传神，亦游戏妙文。)

从辞令赋（大赋）的路演变下去，那就成为采取赋的形式的散文，《子虚》《上林》，便成为班固《两都赋》、张衡《二京赋》、左思《三都赋》这一类赋体的范本。——东汉光武以儒生成帝业，提倡儒术，砥砺名节，一反西汉倡优文学的风气。东汉辞人，虽不像纵横家那么夸诞，却也着眼现实社会政治问题。当时，光武以西京残破，改都洛阳，杜笃不以为然，以关中表里山河，先帝旧京，不宜改营洛邑，乃仿司马相如、扬雄赋体，作《论都赋》，以讽光武，这是他的政论。其后崔骃有《反都赋》，班固有《两都赋》，张衡有《二京赋》，都是讨论这个问题的。（西汉以游猎为主题，东汉以京都为主题，这也可见文士风尚的迁变。班固、张衡都是史家，眼光也正不相同。）刘勰云："苟结隐语，事数自环；宋发夸谈，实始淫丽。枚乘《菟园》，举要以会新；相如《上林》，繁类以成艳；贾谊《鹏鸟》，致辨于情理；子渊《洞箫》，穷变于声貌（子渊即王褒）；孟坚《两都》，明绚以雅赡（孟坚即班固）；张衡《二京》，迅发以宏富；子云《甘泉》，构深玮之风（子云即扬雄）；延寿《灵光》，含飞动之势（王延寿，王褒之子）。凡此十家，并辞赋之英杰也。"他所举的代表作家与代表作品，大致是说得不错的。至于魏晋赋家，他也举了八家，说："及仲宣（王粲）靡密，发端必遒；伟长（徐干）博通，时逢壮采；太冲（左思）安仁（潘岳）策勋于鸿规；士衡（陆机）子安（成公绥）底绩于流制；景纯（郭璞）绮巧，缛理有余；彦伯（袁宏）梗概，情韵不匮：亦魏晋之赋首也。""物以情观，故词必巧丽"，后世赋体，就是这么个路向。左思作《三都赋》，诣著作记张载访岷邛之事，构思十年，门庭藩溷，皆着纸笔，得句即疏之。赋成，张华见而咨嗟，都邑豪贵，竞相传写，他本来模拟《两都》《二京》，而搜寻词汇，繁富堆砌，格外近于类书；当时洛阳纸贵，也只是文士们大家传抄了去，当作辞书看待的。

辞赋之作，着重在模仿，所以每一赋家，都是拟《离骚》，拟

《七发》，拟《两都》，拟《答客难》，前人有什么体制的赋篇，我也拟仿一篇，即以司马相如那种大作手，扬雄也说："大抵能读千赋，即能为之。谚云：'习伏众神，巧者不过习者之门。'"以"巧"便是天才，他所说的"习"，便是模仿，从模仿中获得充分的词汇，这才可以组成伟大的赋篇。扬雄自己的一生，所有的作品，都是模仿前人的，他的《长杨》《河东》《羽腊》《甘泉》四赋，模仿相如的《子虚》《上林》，而《剧秦美新》一文，也模仿相如的封禅文。他又以反离骚吊屈原，仿屈原的《离骚》，又重写了一篇《广骚》。又何惜诵以下至怀沙一卷，名曰《畔牢愁》。其他《太玄赋》也仿《楚辞》，《逐贫赋》《酒赋》和《赵充国颂》仿《诗经》，《解嘲》《解难》仿东方朔的《答客难》。他又作《太玄》以仿《周易》，作《法言》以仿《论语》，作《方言》以仿《尔雅》，可算是模仿大家了。这一风气，一直在辞赋作家中流行着，所以模仿成为作赋的主要法门了。班昭以《幽通赋》仿《离骚》，以《典引》仿司马相如的《封禅》，《答宾戏》仿东方朔的《答客难》，《比拟连珠》仿扬雄的《连珠》，像他这样的大史家也还是脱不了时俗的风尚的。（崔骃、傅毅、张衡也是如此的。）

上文，我们说到诗人之赋，从抒情的路，扩充到咏物的路，到了东汉末年，马融作《长笛赋》，崔琦作《白鹄赋》，王逸作《荔文赋》，王延寿作《梦赋》《王孙赋》，赵壹作《穷鸟赋》，王粲作《登楼赋》，和祢衡的《鹦鹉赋》一样，都有感慨身世、托物抒情之意，他们是接着贾谊的路子，魏晋六朝间的小赋，便是这么演变而成的。即如陆机《叹逝赋》，潘岳《怀旧赋》，陶潜的《归去来辞》《感士不遇赋》《闲情赋》，南北朝鲍照《芜城赋》，谢庄《月赋》，江淹《恨赋》《别赋》，庾信《春赋》《枯树赋》《小园赋》《哀江南赋》，就像后世的小品文，脱去模仿的旧习，发抒作者的性情，回到辞赋的本来面目，有着作者的个性了。这一类小赋，以陶潜为最真挚，正是冲淡深粹，风华清靡，兼而有之。至于晶莹完善，则鲍照、江淹、庾信之赋，可说是上选的了。

这种重辞采好骈俪的风尚，如梁元帝（萧绎）《金楼子·立言》篇所说的："至如文者，惟须绮縠纷披，宫徵靡曼，唇吻遒会，情灵摇荡。"影响所及，公私文翰也都竞为淫华。[隋李谔上书，称："魏之三祖，更尚文词，忽君子之大道，好雕虫之小艺。下之从上，有同影响，竞骋文华，遂成风俗。江左齐梁，其弊弥甚，贵贱贤愚，惟务吟咏，遂复遗理存异，寻虚逐微，竞一韵之奇，争一字之巧。连篇累牍，不出月露之形；积案盈箱，惟是风云之状。"赋体文字，成为文士共同应用的体制；隋初文帝时，有重质的倾向，到了他的儿子炀帝时，又回复到尚文的旧习。唐初，"沿江左余风，绵句绘章，揣合低卬，故王、杨为之伯，玄宗好经术，群臣稍厌雕琢，索理致，崇雅黜浮，气益雄浑，则燕、许擅其宗。"那是流行骈体文的时期，后来韩、柳提倡古文，但朝廷取士以及文士酬酢文字，还是以骈体为主，到了晚唐五代，以及宋初的西昆体，也正是赋体的骈文呢，唐宋骈文，自成一脉络，自开一风气，与古文并驾，并不受古文运动的影响，宋代古文家，如欧阳修、苏氏兄弟、王荆公、曾南丰，都能兼作骈体四六，唯境界一变于骈体中寓散体就是了。我们依着时代分别看去，"初唐四杰之作，沉博绝丽。燕许继出，务于典则。樊南稍流丽矣，杨（亿）刘（筠）之专法义山，实亦隐开宋代风气，特未尝参以散文之法耳。欧阳氏出，乃以流转之笔，运雅淡之词。南丰、荆公、子瞻兄弟相与和之"。我们可以说：唐代骈文，乃是骈体的骈文，到了宋代骈文（四六体），已经成为骈体的散文了。唐人奏议，用骈体而意无不达者，莫如陆宣公也，可说是宋代"四六"的典型。谢伋《四六谈尘》云："四六施于制诰、表奏、文檄，本以便宣读，多以四字六字为句。"俞樾《春在堂随笔》云："骈体之文，谓之四六，则以四字六字，相间成文为正格。"《困学纪闻》所录诸联，如周南仲追贬秦桧制："兵于五材，谁能去之？首弛边疆之备；臣无二心，天之道也，忍忘君父之仇？"贪用成长而不顾其见长，自是宋人习气。孙梅《四六丛话》："宋初诸公骈体，精敏工切，不失唐人矩矱。至欧公倡为古文，而骈体亦一变其格。始以排纂古雅，争胜古人。"欧苏而后，骈文渐趋雅淡，唯秦少游设色最为绮丽。《四库提要》云："自六代以来，笺启即多骈偶，然其时文体皆然，非以是别为一格也。至宋而岁时通候、仕宦迁除、吉凶庆吊，无一事不用启，无一人不用启。其启必以四六，遂于四六之内，别有专门。南渡之始，古法犹存，孙觌、汪藻诸人，名篇不乏。迨刘（克庄）晚出，惟以流丽稳帖为宗，无复前人之典重。沿波不返，遂变为类书之外编，公牍之副本，而冗滥极矣。"]

　　骈体四六，魏晋六朝以后，成为在朝士大夫的通用文字，元明清各代相沿成习，每一时期，都有大作手。清代如陈其年、吴锡麒、汪中，都以骈体擅场，与桐城阳湖派古文家齐名的。即如曹雪芹他所作的小说《红楼梦》是散体文，其中如《芙蓉诔》《太虚幻境赋》，便是骈文。骈散两体，其实，应该相互为用，即如近人王了一的小品文，篇中多插入骈俪语句，格外显得典重醇雅，增加了分量。（说得切实一点，从文体上看，八股文正是骈体四六的变体，其中血缘关系很相近的。）

（附）唐钺：中国文体构成素表

构成素	文　体
整	偈佛经文之一部分，公牍文字一部分。
韵	古诗、箴铭、有韵自由诗。
整、俪	骈文。
整、韵	古诗大部分，前期古赋。
整、俪、叶	四、六（律骈文）。
整、俪、韵	后期古赋。
整、俪、叶、韵	律赋（科举时用之）。
整、叶、韵、谐、度	绝句。
整、俪、叶、韵、谐、度	律诗。
韵、谐、度	词、曲。
六素全缺	散文、自由诗。

第四讲 史传、诸子、论说

提 要

（一）古代散文之流变

1.《尚书》——上古告谕文字。

2.《春秋》三传、《国语》、《战国策》——史传。

3. 司马迁《史记》——传记文学。

（二）智者的散文

1. 儒家师徒论学——《论语》《孟子》《荀子》。

2. 道家讲道（天人之际）——《老子》(《道德经》)、《庄子》。

3. 墨、名、法各家——《墨子》《公孙龙子》《韩非子》。

4. 道家之余绪——《淮南子》。

5. 西汉以来的单篇论说。

《文心雕龙》，自《辩骚》以下迄《谐隐》，凡十一篇，论古代中国的纯文学，《史传》以下，迄《书记》凡十篇论杂文学，也就是我们所说的散文。最古的文字记录，该说到殷墟所发现的甲骨文字，那都是简短的卜辞。其他见之于《易经》的文辞，也都很简短的。比较有系统的记录文字，如《尚书》所载的，可以是说部最早期的史文；不过今本的《尚书》，一半是汉人所伪造的，还有一半，如《尧典》《禹贡》，虽是汉以前的作品，也是战国以后的人所追述的。大概《商书·盘庚》上中下，要算是最古，篇幅比较长的史文，乃是当时的文告。(《尚书》，尚古之书。)尚书，直言也；直言，便是今人所谓口语。盘庚为了劝告老百姓迁避黄河的水患，所以发了那八篇告谕文字。语言代有迁变，所以后人读起来，佶屈聱牙，不容易了解。《尚书》中可信的几篇，都是西周的文告，如《大诰》《康诰》《酒诰》《顾命》《吕刑》等篇。也有关于战争的，如《牧誓》：

> 时甲子昧爽，王朝至于商郊牧野，乃誓。王左杖黄钺，右秉白旄以麾，曰："逖矣，西土之人！"王曰："嗟！我友邦冢君御事，司徒、司马、司空、亚旅、师氏、千夫长、百夫长，及庸、蜀、羌、髳、微、卢、彭、濮人，称尔戈，比尔干，立尔矛，予其誓。"王曰："古人有言曰：'牝鸡无晨；牝鸡之晨，惟家之索。'今商王受惟妇言是用，昏弃厥肆祀，弗答；昏弃厥遗王父母弟，不迪；乃惟四方之多罪逋逃，是崇是长，是信是使，是以为大夫卿士，俾暴虐于百姓，以奸宄于商邑。今予发，惟恭行天之罚。……勖哉夫子！尔所弗勖，其于尔躬有戮！"

这是三千年前的布告，有如现代的大西洋公约或联合国宣言，我们可以知道西周时代黄河流域的一般文化程度了。尚书文体，本来和我们关系很少，谈文的也不远宗那些典谟训诰。可是隋唐古文运动，如李谔、樊宗师、韩愈、柳宗元有意改变当时的赋体骈文，以尚书为典则，如韩氏的平淮西碑，便是尚书体的文字，所以我们谈到古代散文，还得说到尚书诰谟体制的。

（《文心雕龙·史传》篇："《曲礼》曰：'史载笔左右。'史者，使也；执笔左右，使之记也。古者，左史记事者，右史记言者；言经则《尚书》，事经则《春秋》。唐虞流于典谟，商夏被于诰誓，洎周命维新，姬公定法，绌三正以班历，贯四时以联事，诸侯建邦，各有国史，彰善瘅恶，树之风声。""昔夫子闵王道之缺，因鲁史以修《春秋》。然睿旨幽隐，经文婉约，丘明同时，实得微言，乃原始要终，创为传体。"）

有一部记录体的编年古史——《左传》，关于这部古史的来源，以及和《春秋》经的关系，关于《左传》作者左丘明的生平以及和公羊、穀梁二传的同异，这都是经学史上争论未定的问题，我们且不必深求。有一不争的结论，即是春秋时代重要的史事，《春秋》经上只有一句简单的话，它却原原本本、曲曲折折铺叙出来。可以说现存的古书中，当得起一部真正历史著作的，要推《左传》为最早最完备的了。而其影响中国后世散文之深切，也在其他诸经之上。春秋二百四十年间，列国内政外交，盛衰兴废，头绪那么繁杂，要由左丘明一人来记录是不可能的。他一定是搜集了许多资料再来编以成书的。当时的国史当有若干存留，重要文件也有为时人所传论的，有趣味的故事，有成为传记中心的，左氏就将一些散漫的资料整理得十分完整的。这部史书，从文学的观点，有几种特点：

（一）人物生平的叙述：《左传》本不为人作传记的。然而对于每一个重要人物都附在带叙事之中，活泼泼地将他们的性格描画出来。尤其是子产、叔向这类的人，言论风采，记载得娓娓不倦，借他们的言论风采表达他们的政治抱负。此外凡是个性具有特点的人，他都不放松，例如卫献公的神气骄傲，鲁昭公的好讲面子，都使人至今如闻其声，如见其貌。《左传》所记的人物，未纤悉无遗，但与其他古书所记对照起来，却少有重复之处，这可见他取材的丰富。

（二）辞令的记叙：《国语》与《左传》本来是相辅而行的书，然而《国语》只记一方面的语言，而《左传》则兼有问答的辞令。无论私人的说话，公开的交涉，乃至整篇的文献，如《吕相绝秦书》《郑子家告赵宣子书》，及瑕吕饴甥告晋人，子产对晋人征朝之类都详细备载。在这里面一方面可以看出美妙生动的口语文章，一方面也可以看出对内对外文告的惯例。

（三）文艺的技巧：《左传》不是按年记流水账的，它对于每一件重要史事的发生经过，都要把前因后果表明出来，甚至微细地方也不遗漏；也不是专注重记事而忽略人物个性的，它对于每一个人物都写得栩栩如生。《礼记》上有一句话："属词比事，《春秋》教也。"《左传》对于属词比事这一点是非常着重的。属词是指文词的结构，比事是指事实的贯串。后来的史家文家从这里面得到无穷的启发，因而开辟了无穷的境界。汉以后的文章家，竟可以说没有一个不学《左传》的。（刘知几《史通》："左氏为书，不遵古法。……然而言事相兼，烦省合理。"梁启超亦云："其叙事有系统，有别裁，确成为一种组织体的著述，彼账簿式之《春秋》，文选式之《尚书》，虽极庄严典重，而读者寡味矣。左氏之书，其断片的叙事，虽亦不少，然对于重大问题，时复溯原竟委，前后照应，能使读者相悦以解。此三特色者，皆以前史家所无。"古今史家，也都推尊《左传》为不祧之宗的。）

《左传》以后，影响中国的文学，而成为唐宋以来古文家的规范的，则有西汉司马迁的《史记》。司马迁的时代，比左丘明后了四百年，此四百年中之中国社会，"譬之于水，其犹经百川竞流波澜壮阔以后，乃汇为湖泊，恬波不扬。民族则由分展而趋统一，政治则革阀族而归独裁，学术则倦贡新而思竺旧"。这是古代文化的总结时期，而司马迁的《史记》便在这一时期产生出来。他的祖先，世为周史官；他自己继承他父亲司马谈的学业，为汉太史。他自言："余所谓述故事，整齐其世传，非所谓作也。"又言："考其行事，综其终始，稽其成败兴坏之纪，欲以究天人之际，通古今之变，成一家之言。"在史学方面，他原想建设一历史哲学，而借事实以为发明，又引孔子之言以自况谓："载之空言，不如见之行事之深切著明。"他取材于《国语》、《世本》、《战国策》、楚汉《春秋》，以十二本纪、十表、八书、三十世家、七十列传组织而成。"其本纪以事系年，取则于《春秋》；其八书详纪政制，蜕形于《尚书》；其十表稽牒作谱，印范于《世本》；其世家列传，既宗雅记，亦采琐语，则《国语》之遗规也。诸体虽非皆迁所自创，而迁实集其大成，兼综诸体而调和之，使互相补充而各尽其用，此足征迁组织力之强而文章技术之妙也。"（班固述刘向、扬雄之言，谓"迁有良史之才，善序事理"。郑樵谓"自春秋后，惟《史记》擅制作之规模"。）

中国的学术思想，源出于史，正如欧西学术出于哲学一般，就在这一母体中孕育出种种专科来。纪传史既自成一体，而历代史家都是第一流散文家；历代文人，也无不寝馈于《史记》之中，得其一鳞一爪，即是以自成一家。相传桐城派大师归有光，用五色彩笔，精读《史记》，才成为古文大家，或许言过其实，但归有光的记叙文，得《史记》之神理，那是大家所明白的。前人教后学习文，以及一般语文选本，都取材于《史记》，也是世所共见的。

司马迁以人物为中心来创造他的伟大著作。他写了各阶层各色各样的人物，从繁复的材料，选取突出的材料来表现所写人物的特点。他最善于故事化，他所写的战国秦汉的人物资料，多得之于传说和亲身调查，根据对人物的一定的理解和认识，选取其可信的、重要的事件，加以详简不同、彼此互见的剪裁的安排，组织了一系列的故事，集中地表现一个中心思想，正如后世的小说传奇。他笔下的人物，不仅富有个性而且也富有典型性，他所描写的，都是十分深刻的。他对于当时语言文字的运用，非常纯熟。他把那些僵化或含义不明的词汇和句式，按照当时一般的理解换作通俗易懂的词汇和句式，他一面整齐古代的史料，一面也在整齐古代的语言。他努力模拟或利用口语的自然语调来刻画人物的神情态度。这一点，他运用得非常成功。如《陈涉世家》写陈涉旧时伙伴的歆羡神情："夥颐，涉之为王沉沉者！"如《张丞相列传》写周昌口吃："臣口不能言，然臣期期知其不可。陛下虽欲废太子，臣期期不奉诏。"神情鲜活，如闻其声，如见其人。他在文学技术上的成功和他在史料运用上的成功，都是可宝贵的。

"《史记》优秀的传记文学，一方面丰富了中国文学中的故事传统，一方面也形成后来笔记小说的章法结构，像《游侠列传》《滑稽列传》，都是一些短篇汇集而成的。这就是后来笔记小说体裁的由来。至于像鸿门之宴、垓下之围那样壮阔的场面，则要等到《三国》《水浒》等章回小说正式出现后才能承继那个传统。"《史记》传记文学的支流，到了西汉末年有刘向的《列女传》《说苑》《新序》，东汉有赵晔的《吴越春秋》，袁康的《越绝书》，这些就更近于野史及小说家言，至于小说的真正发达，还要等得此后市民文学的起趣。"

先秦诸子的论学讲道文字（智者的散文），也成为中国散文另一主要源流。这一时期，起于春秋后期，迄于西汉初年，先后凡四百年。儒、墨、名、法各家，一面在游说诸侯，要想行其道，一面招收生徒，传他们的"道"，这便是诸子百家的由来。我们且设想，那一时期的记录工具，是用刀刻在竹简木版上，所刻的字，乃是篆籀象形文字，那当然十分不便利的。孔、孟、墨、扬诸子，他们自己并未准备著书，他们的门徒，把他们师徒间的问答及所见闻行事记录下来，文字非十分简洁不可。他们师徒间闲谈，一定很有风趣，也许古今上下，乱拉一阵，在笔记上，只留下一章一节，或是几句警句。也看各人的领会如何，我们所见到的《论语》，既非颜渊、子贡的笔记本，也不是曾点、子路的笔记本，乃出于一位比较笃实的子夏之手，我们看来，已经十分丰富，而且趣味横溢的。即如子路、曾皙、冉有、公西华侍坐那一节：

> 子曰："以吾一日长乎尔，毋吾以也。居则曰：'不吾知也！'如或知尔，则何以哉？"
>
> 子路率尔而对曰："千乘之国，摄乎大国之间，加之以师旅，因之以饥馑，由也为之，比及三年，可使有勇，且知方也。"

夫子哂之。

"求，尔何如？"

对曰："方六七十，如五六十，求也为之，比及三年，可使足民，如其礼乐，以俟君子。"（求，即冉有。）

"赤，尔如何？"

对曰："非曰能之，愿学焉。宗庙之事，如会同，端章甫，愿为小相焉。"（赤，即公西华。）

"点，尔何如？"

鼓瑟希，铿尔，舍瑟而作。对曰："异乎三子者之撰。"

子曰："何伤乎？亦各言其志也。"

曰："暮春者，春服既成，冠者五六人，童子六七人，浴乎沂，风乎舞雩，咏而归。"

夫子喟然叹曰："吾与点也。"（点，即曾皙。）

短短篇幅中，已经把他们这几人的性格、抱负都刻画出来了。（《论语·阳货》以下三章，写孔门的生活最为入神。）

到了战国初年，各家有各家的见解，各家也有各家的文章风格，这种风格，和那几位思想家的性格相为表里，也可说是自然形成的。（郭绍虞说："孔门之文学观，最重要者有两点：一是尚文，一是尚用。惟其尚文，所以不同于墨家；惟其尚用，所以又不同于道家。此两点虽似矛盾，而孔子却能善为调剂，绝不见其冲突。'中庸不可能也'，孔子思想即是处处能恰到中庸的地步者。大抵其尚文的观点本于他论诗的主张；尚用的观点，又本于他论文的主张；而同时论诗未尝不主应用，论文未尝不主修饰，所以能折中调剂恰到好处。"）

战国诸子百家，都是善辩的，而且都是懂得逻辑的应用的。孟子是一个雄辩之士，他的弟子问他："敢问夫子恶乎长？"孟子云："我知言，我善养吾浩然之气。"（知言，还是孔门的思想；养气乃其自得之处。）公孙丑又问："何谓知言？"他说："诐辞知其所蔽，淫辞知其所陷，邪辞知其所离，遁辞知其所穷。"（《易·系辞》："将叛者其辞惭，中心疑者其辞枝。"也是这个意思。）他是听其言，读其文，固以窥其心，而知其人的。他抓住了对方的论点，层层加以批驳，那就可以破敌了。（孟子善于"破"，而不善于"立"。）例如，他和齐宣王的对答：

王曰："否！吾何快于是，将以求吾所大欲也。"

曰："王之所大欲，可得闻欤？"

王笑而不言。曰："为肥甘不足于口欤？轻暖不足于体欤？抑为采色不足视于目欤？声音不足听于耳欤？便嬖不足使令于前欤？王之诸臣，皆足以供之，而王岂为是哉？"

曰："否，吾不为是也。"

曰："然则王之大欲可知已，欲辟土地，朝秦楚，莅中国而抚四夷也。以若所为，求若所欲，犹缘木而求鱼也。"

王曰："若是其甚欤？"

曰："殆有甚焉。"

他的辞锋这么锐利，能使对手无所致辩，听者为之快然的。（苏东坡云："孟子曰：'我善养吾浩然之气。'今观其文章，宽厚弘博，称其气之小大。"）

墨子的文章尚质，他说："言必立仪。言而毋仪，譬犹运钧之上而立朝夕者也，是非利害之辨，不可得而明知也。"因为要立仪，所以他主张言有三表：

> 有本之者——于何本之？上本之于古者圣王之事。
>
> 有原之者——于何原之？下原察百姓耳目之实。
>
> 有用之者——于何用之？发以为刑政，观其中国家百
> 姓人民之利。

他这种实用主义的观点，认为所谓本之，乃即所以适于应用之以往的证据；所谓原之，亦即其所以适于应用之现在的证据；所谓用之，亦即可以适于应用之未来的证据。所以，他的文体，是一种逻辑的文体，他也是先秦诸子中最懂得思辨术的一个。（墨子曰："言足以迁行者常之，不足以迁行者勿常。不足以迁行而常之，是荡口也。"胡适之云："迁字和举字同意，皆是升高进步之意。这两章意思，是说无论什么理论，什么学说，须要能改良人生的行为始可推尚，若不能增进人生的行为，便不值推尚了。"此说，最能表达墨子实用主义之本旨。）

庄子的思想，可以说是道家的核心；他的文章，也是道家文体的典型。《史记》称："其学无所不窥，……然善属书离辞，指事类情，用剽剥儒墨，虽当世宿学不能自解免也。其言洸洋自恣以适己，故自王公大人不能器之。"《庄子·天下》篇说："古之道术有在于是者，庄周闻其风而悦之，以谬悠之说，荒唐之言，无端

崖之辞，时恣纵而不傥，不以觭见之也。以天下为沉浊，不可与庄语。以卮言为曼衍，以重言为真，以寓言为广，独与天地精神往来而不敖倪于万物。不谴是非，以与世俗处。其书虽瑰玮，而连犿无伤也；其辞虽参差，而諔诡可观。"他的想象丰富，情思飘逸，所以他的文字，都是超旷脱俗的。正如楚辞一般，他是代表南方哲人的诗的散文。"从肯定方面说，庄子是缪悠之说，荒唐之辞；从否定方面说，庄子是其理不竭的好手。他以为一切道理都是相对的，而绝对的道理只可以意会，所以说是相视而笑，莫逆于心。"例如《山木》：

> 庄子行于山中，见大木，枝叶盛茂，伐木者止其旁而不取也。问其故，曰："无所可用。"庄子曰："此木以不材得终其天年。"夫子出于山，舍于故人之家，故人喜，命竖子杀雁而烹之。竖子请曰："其一能鸣，其一不能鸣，请奚杀？"主人曰："杀不能鸣者。"明日，弟子问于庄子曰："昨日山中之木，以不材得终其天年，今主人之雁，以不材死，先生将何处？"庄子笑曰："周将处乎材与不材之间，似之而非也，故未免乎累。"

他是"以天下为沉浊，不可与庄语"，借"否定"来打破日常的成见的。

思辨的风尚，在战国时代，不独游士如此，每一思想家都是如此的。荀子可以说是儒家脱出的大师，他常说："人之于文学也，犹玉之于琢磨也。子贡、子路，故鄙人也，被文学、服礼义，为天下列士。""君子必辩"，"君子之言，涉然而精，俛然而类，差差然而齐。彼正其名，当其辞，以务白其志义者也"。他的文体，虽不像《孟子》那样排荡有力，却周密安详，过于《墨子》，可以说是最完整的学术论文。《荀子·解蔽》篇也可说是和《庄子·天下》篇一样，是一篇极严谨的学术批评文字。他说：

> 今诸侯异政，百家异说，则必或是或非，或治或乱。……墨子蔽于用而不知文，宋子蔽于欲而不知得，慎子蔽于法而不知贤，申子蔽于势而不知智，惠子蔽于辞而不知实，庄子蔽于天而不知人。故由用谓之道，尽利矣；由欲谓之道，尽嗛矣；由法谓之道，尽数矣；由势谓之道，尽便矣；由辞谓之道，尽论矣；由天谓之道，尽因矣。此数具者，皆道之一隅也。夫道者，体常而尽变，一隅不足以举之。曲知之人，观于道之一隅而未之能识也，故以为足而饰之，内以自乱，外以惑人，上以蔽下，下以蔽上，此蔽塞之祸也。

他的议论，我们可以说和两千年以后的英国科学家斯宾塞的《群学肄言》极相似，即以文体论，也是同出于一范畴的。

从荀子的学术思想的体系演进下去，乃有韩非子的法家思想，韩非生在战国后期，他的思想，不独集法家之大成，也是集儒道墨法各家的大成。他的文体，也从荀子的"逻辑"的学术论文出，比荀子更明确肯定，立竿见影马上解决问题的。韩非子如《孤愤》《说难》《五蠹》《显学》，正等于今日的政论文字。梁启超说："其文最长处，在壁垒森严，能自立于不败之地以摧敌锋，非深于名学者不能几也。"例如：

历山之农者侵畔，舜往耕焉，期年，甽亩正。河滨之渔者争坻，舜往渔焉，期年而让长。东夷之陶者，器苦窳，舜往陶焉，期年而器牢。仲尼叹曰："耕、渔与陶，非舜官也，而舜往为之者，所以救败也。舜其信仁乎！乃躬藉处苦而民从之，故曰：圣人之德化乎！"

或问儒者曰："方此时也，尧安在？"其人曰："尧为天子。"然则仲尼之圣尧奈何？圣人明察在上位，将使天下无奸也。今耕渔不争，陶器不窳，舜又何德而化？舜之救败也，则是尧有失也。贤舜，则去尧之明察；圣尧，则去舜之德化：不可两得也。楚人有鬻盾与矛者，誉之曰："吾盾之坚，物莫能陷也。"又誉其矛曰："吾矛之利，于物无不陷也。"或曰："以子之矛陷子之盾，何如？"其人弗能应也。夫不可陷之盾与无不陷之矛，不可同世而立，今尧舜之不可两誉，矛盾之说也。且舜救败，期年已一过，三年已三过。舜有尽，寿有尽，天下过无已者；以有尽逐无已，所止者寡矣。赏罚使天下必行之。令曰："中程者赏，弗中程者诛。"令朝至暮变，暮至朝变，十日而海内毕矣。奚待期年？舜犹不以此说尧令从己，乃躬亲，不亦无术乎？且夫以身为苦而后化民者，尧、舜之所难也；处势而骄下者，庸主之所易也。将治天下，释庸主之所易，道尧、舜之所难，未可与政也。

他的文章，我们在千百年后读之，也好似同处在一时代，格外亲切有味的。

西汉之初，学术论著，首推《淮南子》，犹有先秦诸子的风格。

其后陆贾有《新语》，沿纵横家遗风，扬雄以《法言》拟《论语》，也是一脉相承的。东汉思想家，辨事有王充《论衡》，议事有仲长统《昌言》，论人有刘劭《人物志》，可说是深达理要。其他如荀悦《申鉴》、徐干《中论》、傅玄《傅子》，在当时也算得一家之言，到了后世，就找不到什么特殊的见解了。胡适之说：西汉以后的论著，也只有王充《论衡》、刘勰《文心雕龙》、刘知几《史通》、章实斋《文史通义》，这几种传世之作，有着永久的价值。其他只有单篇专论，或有胜义，不能自立一家。（依周作人的说法，专著应该推荐颜之推《家训》。《家训》不独以见解超脱胜，文辞也典雅可喜，兼南北之长。）

单篇论说，古代所未有。庄子《齐物论》，公孙龙《坚白论》《白马论》，荀子有《礼论》《乐论》，《吕氏春秋》有《开春论》以下六篇，那都是一家言中的一部分，不能分割着看的。到了西汉初，贾谊有《过秦论》（推论秦代所以失败之故），东方朔设《非有先生》之论，这才是单篇论说的开头，其后有王褒的《四子讲德论》，这才是后世所谓"论说"的"论"，成为"辞人"的文字了。章太炎说："晚周之论，内发膏肓，外见文采，其语不可增损。汉世之论，自贾谊已繁穰，其次渐与辞赋同流，千言之论，略其意不过百名（名，即是字）。"章氏最推许西汉的《石渠议奏》（汉宣帝甘露中，帝与五经诸儒，杂论同异于石渠阁），说是"文质相称，语无旁溢，犹可为论宗"。从散文的内容说，他的看法是不错的。

论说文辞，魏晋以后，因为道家思想再兴，清谈家善于推理，不像汉代儒士那么拘于章句之学，他们所谓"玄学"，兼取佛家的哲理，如王弼《易例》、鲁胜《墨序》、裴頠《崇有论》、张裴《晋律·序》、裴秀《地域图·序》，都是第一流好文字，其他如陈寿、贺循、孙毓、范宣、范汪、蔡谟、徐野人、雷次宗的研讨制度风俗的文字，也比西汉经学家高明得多了。章氏谓："魏晋之文，大体皆卑于汉，独持论仿佛晚周。气体虽异，要其守己有度，伐人有序，和理在中，孚尹旁达（《礼记》：'君子比德于玉，……孚尹旁达，信也。'注：尹读如竹箭之筠，浮筠谓玉采色也。采色旁达，不有隐翳，似信也。）可以为百世师矣。"

至于应用文字，章氏谓：其原各有所受，奏、疏、议、驳近论，诏、册、表、檄、弹文近诗，近论故无取纷纶之辞，近诗故好为扬厉之语（扬厉，即修辞的夸张）。汉世作奏，莫善乎赵充国，探筹而数，辞无枝叶。晋世杜预议考课，刘毅议罢九品中正，范宁议土断，孔琳之议钱币，皆可谓综核事情矣。然王充于汉独称谷永，谷永之奏，犹似质不及文，而独为后世宗，终之不离平彻者近是。《典论》云："奏议宜雅，书论宜理。"亦得其辜较云（辜较，即大概）。若夫诏书之作，自文景犹近质，武帝以后，时称诗书，润道鸿业，始为诗之流矣。汉世表以陈情，与奏议异用，若（孔融）《荐祢衡》（曹植）《求自试》诸篇，文皆琛丽，炜晔可观。盖秦汉间上书，如李斯《谏逐客》，邹阳狱中《上梁孝王书》已然。其后别名为表，至今尚辞，无取陈数，亦无韵之风也。《文选》不录奏、疏、议、驳，徒有书、表、弹文之流，为其文之著也。大抵近论者取于名，近诗者取于纵横，其当官奋笔一也。古今论中国散文源流，这一段话，要算最畅达的了。

《文心雕龙·书记》篇："书之为体，主言者也。……书者舒也，舒布其言，陈之简牍，取象于夬，贵在明决而已。……汉来笔札，辞气纷纭，观史迁之《报任安》、东方朔之《谒公孙》、杨恽之《酬会宗》、子云之《答刘歆》，志气盘桓，各含殊采，并杼轴乎尺素，抑扬乎寸心。逮后汉书记，则崔瑗尤善，魏之元瑜（阮瑀），号称翩翩；文举（孔融）属章，半简必录；休琏（应琚）好事，留意词翰，抑其次也。嵇康绝交，实志高而文伟矣；赵至叙离，乃少年之激切也。至如陈遵占辞，百封各意，祢衡代书，亲疏得宜，斯又尺牍之偏才也。详总书体，本在尽言，言以散郁陶，托风采，故宜条畅以任气，优柔以怿怀，文明从容，亦心声之献酬也。"刘勰所说这一番话，我们不妨引之作为上文的补充的。

第五讲　乐府古诗

　　现代文士，论中国文学的流变，如胡适之，主文学进化之说，这一观念，也许受达尔文进化学说的影响，可是中国古代学人，如顾亭林，早已主张诗文代变之论，和胡氏的看法并无不同。（明代公安派文士，也作类似的文论。）顾氏说："三百篇之不能不降而楚辞，楚辞之不能不降而汉魏，汉魏之不能不降而六朝，六朝之不能不降而唐也，势也。（势即是指社会环境的一般情势而言。）用一代之体，则必似一代之文，而后为合格。诗文之所以代变，有不得不变者。一代之文，沿袭已久，不容人人皆道此语。今且千数百年矣，而犹取古人之陈言，一一而摹仿之，以是为诗可乎！故不似，则失其所以为诗，似则失其所以为我。李杜之诗，所以独高于唐人者，以其未尝不似而未尝似也。知此者，可与言诗也已矣。"（王国维，也曾在《人间词话》中说到诗文的流变。"四言敝而有楚辞，楚辞敝而有五言，五言敝而有七言，古诗敝而有律绝，律绝敝而有词。盖文体通行既久，染指遂多，自成习套。……一切文体，所以始盛终衰者，皆由于此。故谓文学后不如前，余未敢信。但就一体论，则此说固无以易也。"其说与顾亭林、胡适之的主张相合。）

我们曾经说到汉代辞赋，沿袭楚辞这一体制而来，但汉赋乃是诗歌与散文的中间性产物，与其说是近于诗歌，不如说是更近于散文，其作用也是如此。所以，诗歌的嫡传，倒不是辞赋，而是乐府古诗，以五言为主的古体诗，成为汉魏六朝的诗歌主流。（诗歌便于讽诵，三言、四言，音节太促急，八言以上，又过于迂缓，以五言、七言最合唇吻吟咏，所以五言、七言体，成为中国诗歌中两大体式。）

顾亭林《日知录》称："乐府是官署之名，……后人乃以乐府所采之诗，名之曰乐府。"乐府原是汉代帝室掌管音乐的机关，创始于西汉武帝时。这一机关，具体的任务是制定乐谱，搜集歌词和训练乐员，组织相当庞大，人员多至八百名，官吏有"令""音监""游徼"

等名目。如余冠英氏所说的：经过汉初六十年休养生息，中国人口增加了不少，财富也积累了不少，好大喜功的汉武帝，凭着这些本钱，一面开辟疆土，向外伸展势力，一面采用儒术，建立种种制度，来巩固他的统治。由于前者，西北邻族的音乐，有机会传到中国，引起皇帝和贵人们对新声的兴趣；由于后者，制礼作乐，便成为应有的设施。这两点都和乐府的成立有关，班固《两都赋》序云："大汉初定，日不暇给。至于武宣之世，乃崇礼官，考文章，内设金马石渠之署，外兴乐府协律之事。"这里，说明了汉武帝时，才有立乐府的需要，也才有立乐府的条件。《汉书·礼乐志》云："至武帝定郊祀之体，……乃立乐府，采诗夜诵。有赵、代、秦、燕之讴。以李延年为协律都尉。多举司马相如等数十人造为诗赋，略论律吕，以合八音之调，作十九章之歌。"这说明了乐府的任务，其中最重要的当然是采诗，就是搜集民歌，包括歌词和乐调。《汉书·艺文志》云："自孝武立乐府而采歌谣，于是有代赵之讴，秦楚之风，皆感于哀乐，缘事而发，亦可以观风俗，知薄厚云。"这里，说明了采集歌谣的意义，同时说明了那些歌谣的特色。

乐府采集诗歌的地域，原不限于"赵、代、秦、楚"等地，见之于《汉书·艺文志》的，有吴、楚、汝南歌诗十五篇，燕、代讴、雁门、云中、陇西歌诗四篇，齐、郑歌诗四篇，淮南歌诗四篇，左冯翊、秦歌诗三篇，京兆尹、秦歌诗三篇，河东、蒲反歌诗四篇，河南、周歌诗七篇，周谣歌诗七十五篇，周歌诗二篇，南郡歌诗五篇，总数一百三十八篇并不算多，采集地域却是很广大的。西汉哀帝曾经裁撤乐府，一部分民歌，也许散失了一些。到了东汉，乐府是否恢复汉武帝的旧规模，史无明文，但就现存的乐府诗篇来看，很多是东汉的作品，可见东汉乐府还是采集民间诗歌的。

（东汉光武、和帝、灵帝，都曾分遣使者，广求民瘼，观纳风谣。）到了魏晋以后，乐府机关虽然保留着，采集民间歌谣的工作却中止了。旧的乐府歌词，一部分还在继续使用着，两汉民歌也就流传一部分下来（参看当时的总集，和《宋书·乐志》）。到了南朝，产生了大量的新声杂曲，民歌俗曲也传入宫廷；不过范围只限于城市，内容也只是以恋歌为主，和两汉所采集的歌谣，大不相同。北魏从开国之初，就有了乐府，其中见之于"横吹曲"的，很多是民谣，传译到南方来，还流传到如今的。

乐府诗篇（狭义的，指汉以下入乐的诗，包括文人制作的和采自民间的。广义的连词曲也包括在内，有人也把那些并未入乐而袭用乐府旧题，或模仿乐府体裁的算在内。）见之于宋人郭茂倩所编的《乐府诗集》，分为"鼓吹曲""相和曲""杂曲""清商曲""横吹曲"和"杂歌谣辞"六类。前面的五类，可以说是乐府诗歌的精华。鼓吹曲便是汉初传入的北狄乐，用于朝会、田猎、道路、游行种种场合。歌词今存的有铙歌十八篇。本来铙歌有声无词，后来陆续补填歌词，所以时代不一，内容庞杂。其中有叙战阵，有纪祥瑞，有表武功，也有关涉男女私情的。有西汉武帝时的诗，也有宣帝时的诗；有文人所制作的，也有民间的诗歌。

铙歌的文字，很多不容易看懂，甚至不能句读者，主要原因，乃在声词相杂，不可复分。（沈约《宋书·乐志》）"声"，写时本用小字，"词"，原用大字。流传久了，大小字混杂起来，也就是声词相杂。后世便无法分辨了。其次是"字多讹误"（《古今乐录》），这些歌《汉书》未载，到了《宋书》，才见著录，传写之间，难免有错字。加以"胡汉相混"（朱谦之说），汉铙歌中夹杂着外族的歌谣，可能是有译音的。例如：

朱鹭，鱼以乌。（路訾邪）鹭何食？食茄（古荷字）下。不之食，不以吐，将以问谏者。——这是一首咏鼓的歌。

有所思，乃在大海南。何用问遗君？双珠玳瑁簪，用玉绍缭之。闻君有他心，拉杂摧烧之。摧烧之，当风扬其灰。从今以往，勿复相思。相思与君绝！鸡鸣狗吠，兄嫂当知之。妃呼豨！秋风萧萧晨风飔，东方须臾高知之。——这是一首情歌。

相和歌，乃是汉代所采各地的俗乐，大约以楚声为主，歌词多出自民间。《晋书·乐志》称，"凡乐章古辞今之存者，并汉世街陌谣讴，《江南可采莲》《乌生十五子》《白头吟》之属也"，便是指相和歌而言。其中有抒情，有说理，有叙事，而以叙事一类占主要地位，叙事诗也正是乐府诗的特色。所叙的以社会故事及风俗为多，历史及游仙的故事，也占了一部分。此外便是男女相思和体制之作，也有教训式的格言、人生的悟解等。例如：

江南可采莲，莲叶何田田！鱼戏莲叶间。鱼戏莲叶东，鱼戏莲叶西，鱼戏莲叶南，鱼戏莲叶北。（《江南》）——这是一首男女私情的民歌。

薤上霞，何易晞！露晞明朝更复落，人死一去何时归！（《薤露》）——这是一首挽歌。

杂曲歌大都是不知所起和无类可归的，郭茂倩云："杂曲者，历代有之，或心志之所存，或情思之所感，或宴游欢乐之所发，或忧愁愤怨之所兴，或叙离别悲伤之怀，或言征战行役之苦，或缘于佛老，或出自夷虏，兼收备载，故总谓之杂曲。"此类保存汉代民歌较多，而以《上山采蘼芜》《十五从军征》及"焦仲卿妻"（《孔雀东南飞》）为最著称。例如：

> 悲歌可以当泣，远望可以当归。思念故乡郁郁累累。欲归家无人，欲渡河无船。心思不能言，肠中车轮转。——这是一首写乡思的悲歌。

> 上山采蘼芜，下山逢故夫。长跪问故夫，新人复何如？新人虽言好，未若故人姝。颜色类相似，手爪不相如。新人从门入，故人从阁去。新人工织缣，故人工织素。织缣日一匹，织素五丈余。将缣来比素，新人不如故。——这也是一首怨歌。

南朝入乐的民歌，全在清商曲之部，郭茂倩就把这些民歌分为吴声歌、神弦歌、西曲歌三部分。他说："吴歌杂曲，并出江南，东晋以来，稍有增广，其始皆徒歌，既而被之管弦，盖自永嘉渡江之后，下及梁陈，咸都建康，吴声歌曲，起于此也。"现存的吴歌，都是晋代的歌词，而以"子夜歌"为最重要，正如《大子夜歌》所唱的：

> 歌谣数百种，子夜最可怜。慷慨吐清音，明转出天然。
> 丝竹发歌响，假器扬清音。不知歌谣妙，声势出口心。

"子夜歌"四十二首，如：

> 揽枕北窗卧，郎来就侬嬉。小喜多唐突，相怜能
> 几时？
> 欢从何处来，端然有忧色。三唤不一应，有何比
> 松柏。

可说是备极缠绵悱恻之情。"西曲歌"，又称荆楚西声。郭茂倩云：
"西曲歌出于荆郢樊邓之间，而其声节送和与吴歌亦异，故因其方
俗谓之西曲。"例如《三洲歌》：

> 送欢板桥湾，相待三山头。遥见千幅帆，知是逐
> 风流。
> 风流不暂停，三山隐行舟。愿作比目鱼，随欢千
> 里游。

这都是船娘的歌曲，和当时长江上游商人的关系是很深的。此
外，还有所谓"神弦歌"，乃是民间的祭歌，所祭大约为酒神、水
神、花神、女神。例如《青溪小姑》：

> 开门白水，侧近桥梁。小姑所居，独处无郎。
> 日暮风吹，叶落依枝。丹心寸意，愁君未知。

这是一首歌词最美的民歌，而《西洲曲》，那首经过了洗练的
民歌，尤足以表现清商歌曲的特色吧。

"横吹曲"，原来也叫"鼓吹曲"，是一种马上奏的军乐。本是西域乐，汉武帝时传入中国，收入乐府。其后分为二部：有箫笳的名为鼓吹，用于朝会、道路等处（见上）。有鼓角的名为横吹，马上奏之。横吹有双角的，就是胡乐，张骞从西域带回的有摩诃兜勒曲，李延年根据此曲声调，别创"新声"二十八解，魏晋以后渐渐失传，存者不过十曲。郭茂倩所收梁鼓角横吹曲，则从北朝传来。曲词有出于胡人之口，而用汉语翻译的，内容则从军旅写到"离别""羁旅"和男女相思之情。例如《陇头歌》词：

> 陇头流水，流离山下。念吾一身，飘然旷野。
>
> 朝发欣城，暮宿陇头。寒不能语，舌卷入喉。
>
> 陇头流水，鸣声呜咽。遥望秦川，心肝断绝。

真率直切之情，溢于辞表。（还有一首著名的《木兰诗》，此不备引。）

此外，还有乐府诗集所集的杂歌谣辞。（《尔雅》："徒歌谓之谣。"《韩诗章句》："有章曲曰歌，无章曲曰谣。"）其中收录古今的徒歌与谣、谶、谚语，而以民谣为最可注意。例如：

> 一尺缯，好童童。一斗粟，饱蓬蓬。兄弟二人，不能相容。（《淮南王歌》）
>
> 巴东三峡巫峡长，猿鸣三声泪沾裳。巴东三峡猿鸣悲，猿鸣三声泪沾衣。（《巴东三峡歌》）
>
> 举秀才，不知书。举孝廉，父别居。寒素清白浊如泥，高第良将怯如黾。（《童谣》）

从乐府诗歌孕育成熟的新诗体，我们称之为五言古诗的，乃是两汉以来文人之诗的主要体制之一。这体五言古诗，两汉人作者并不少，但保留下来的，只有《文选》中的《古诗十九首》。这十九首古诗，前人如徐陵、刘勰、钟嵘所说，有的说是枚乘所作，有的也说到傅毅和曹植，倒是注释《文选》的李善说："五言并云古诗，盖不知作者；或云枚乘，疑不能明也。"以存疑的态度来保留着，倒是不错的。清沈德潜《说诗晬语》云："《古诗十九首》，不必一人之辞，一时之作。大率逐臣弃妻、朋友阔绝、游子他乡、死生新故之感，或寓言，或显言，或反复言，初无奇辟之思，惊险之句，而西京古诗，皆在其下。"倒是有历史的眼光的。近人徐仲舒云："关于失名古诗之作者问题，前代尚为疑辞，后代即成定论。吾人试取古代历史事实而考其原起，知大部分皆由传说构成。五言诗虽属后起，或列于东府，或播于人口；歌者徒诵其辞，闻者仅悦其声。至于作者何人，著于何代，不入吟咏，则非所知，此古诗所以为失名之作也。"（徐氏原文始于《立达学园季刊》，外间很少看到。）所说至为通达。

《古诗十九首》的本身，最接近民间歌谣的自然风格，在五言诗，可说是上乘好作品，前人说它"天衣无缝""一字千金""惊心动魄"，也就是备极赞佩的。作品之中，有描写社会相的，有抒述恋爱、离别之情的，也有人生解脱的哲理诗，和诗小雅、楚辞相比，有异曲同工之妙。例如：

　　去者日以疏，生者日以亲。出郭门直视，但见丘与坟。古墓犁为田，松柏摧为薪。白杨多悲风，萧萧愁杀人。思还故里闾，欲归道无因！

行行重行行，与君生别离。相去万余里，各在天一涯。道路阻且长，会面安可知？胡马依北风，越鸟巢南枝。相去日已远，衣带日已缓。浮云蔽白日，游子不顾返。思君令人老，岁月忽已晚。弃捐勿复道，努力加餐饭。

　　青青河畔草，郁郁园中柳。盈盈楼上女，皎皎当窗牖。娥娥红粉妆，纤纤出素手。昔为倡家女，今为荡子妇。荡子行不归，空床难独守。

　　这都是缠绵悱恻、沉着含蓄的佳作。五言古诗，自有优秀的作品，但比之《古诗十九首》，总是差了一格的。

　　五言古诗，一种是徒歌（徒歌，也有四言、七言的，如项羽《垓下歌》，刘邦《大风歌》，虽是七言，却近于楚辞，未成定型），一种是文人所拟的乐府，其中也有入乐的，却不以乐为主。苏李诗、《古诗十九首》而外，东汉作者，如班婕妤的《团扇》、赵壹的《疾邪》、张衡的《同声》、蔡邕的《翠鸟》，虽是辞赋家的业余作品，却已渐渐有了定型。到了东汉末、魏、晋之际，诗人辈出，曹氏父子、王粲、陈琳、阮瑀都有他们的杰出作品。论者谓："中国诗史上有两个突出的时代：一是建安到黄初（公元一九六至二二六），二是天宝到元和（公元七四二至八二〇），也就是曹植、王粲的时代和杜甫、白居易的时代，董卓之乱和安史之乱，使这两个时代的人，饱经忧患。在文学上，这两时代有各自的特色，也有共同的特色。一个主要的共同特色就是'为时而著，为事而作'的现实主义精神。'为时、为事'是白居易提出的口号。他把自己为时为事而作的诗题作'新乐府'，而将作诗的标准推源于《诗经》。现在我们应该指出，中国文学的现实主义精神虽然早就表现在《诗经》中，但是发展成为一个延续不断的、更丰富、更有力的现实主义传统，却不能不归功于汉乐府。这要从建安、黄初所从汉乐府的影响来看。"此用余冠英说。余氏之说，和其他论诗的如陆侃如、冯沅君、刘大白、林庚所说的大致相同。至于他所说的现实主义，也正是我们所说的写实主义。

余氏又说，建安、黄初间，最有价值的文学，就是那些记述时事、同情疾苦、描写离乱的诗。例如曹操的《薤露行》《蒿里行》，以乐府述时事，写出汉末政治的紊乱和战祸的惨酷。王粲的《七哀诗》也在描写乱离时的景象。陈琳的《饮马长城窟行》、阮瑀的《驾出郭北门行》和曹植的《泰山梁甫行》，又各自在写叙所目睹身经的社会苦难。而蔡琰（蔡邕之女）的《悲愤诗》，写她所亲经的惨痛，尤为真挚动人。其他如曹植的《名都篇》，暴露都市贵游子弟的生活，也是很现实的。他说："这些例子表明这一个时代的文学精神，这精神是直接从汉乐府承受来的。这些诗，百分之九十用乐府题，用五言句，用叙事体，用浅俗的语言，在形式上已经看出汉乐府的影响。如再把《东门行》《妇病行》《孤儿行》等篇来和曹、王、陈、阮的社会诗相比较，更可看出他们的渊源。"

乐府型的五言古诗，一直成为中国诗歌的主要体制（称之为古诗，便有别于隋唐以后的律绝体诗）。不独邺中文士，勇于接受从乐府发展出来的通俗形式，也承受乐府诗"缘事而发"的精神。其后，晋宋诗人也受着建安文学的影响，如傅玄、鲍照、陶潜，都能反映社会人生的真相，而贯注以丰富的感情。到了唐代，这是诗歌的黄金时代，"汉魏风骨"，在他们的诗篇中复活，陈子昂的感遇诗,大半讽刺武后朝政,其格调精神都可使建安作者相视而笑,而且为杜陵之先导。到杜甫时代,社会苦难加深。杜甫有痛苦的流离经验,有深厚的社会感情,了解人生实在情况。他继承建安以来的文学精神,并且大大地发扬了它。元稹、白居易佩服他的"三吏三别"一类诗,尤其称赞他"即事名篇,无复依傍",就是说他作乐府诗而能摆脱乐府古题,写当前的社会。他们也学杜甫的榜样,做"因事立题"的社会诗,称为"新题乐府"或"新乐府"。不过这种叙事写实的诗体,还是从汉乐府来的,这种诗的精神也是从汉乐府来的,不是创自元白,也不是创自杜甫。仇兆鳌说杜甫的《新婚别》,全祖乐府遗意,为了指明源流,这样说法是有意义的。(那个时代的许多作者,如元结、韦应物、顾况、张籍,也都有反映社会描写现实的诗篇。)

两宋、元、明、清以来的诗人、诗篇,五言诗一直平分秋色,直到现在,写旧诗的,也还是爱用这一种体制;连马君武、苏曼殊翻译欧美诗篇,也还用了五言古诗的体式。诗人一用到古风,不问其为五言的七言的,或其他句法的,风格也是用乐府的叙事体。即如清末新诗人黄公度,他有一连串记叙甲午战役的悲喜剧,句法虽不同,风格也是新乐府,和杜甫、白居易的新乐府相近的。(白居易《新乐府》自序:"其辞质而径,欲见之者易谕也。……其体顺而肆,可以播于乐章歌曲也。"他这一倾向,也正是黄公度《人境庐诗》的意向。白居易所谓:"非求宫律高,不务文字奇。惟歌生民病,愿得天子知。""为诗意如何,六义互铺陈。风雅比兴外,未尝著空文。"这种为人生而艺术的精神,和我们的文艺观点,也正相同。)

第六讲　唐学

提　要

（一）唐学之特色

　　1. 唐诗——集古体诗之大成，建立列体诗。

　　2. 平文（古文）——韩柳初创近代散文。

　　3. 传奇——近代文学之先河。

（二）唐诗

　　1. 承先——古乐府、古体诗。

　　2. 启后——新乐府、律绝诗、词（小令）。

　　3. 李白与杜甫。

　　4. 唐诗与宋诗。

（三）平文运动

　　1. 北魏北周、隋、初唐的复古运动。

　　2. 韩柳的古文运动。

　　3. 传奇文与科举取士。

过去中国的学人，有治宋学的（研究儒、佛、道三家结合而成的理学），有治汉学的（研究儒家经典，兼及阴阳五行家言），独有对于承先启后、融合南北的唐学，一向很少人注意。直到现代，才有人研究代表中华文化的峰巅的唐学，如陈寅恪、鲁迅诸先生，都是注意唐代文化的。笔者曾在另一专著中说过：在中国历史上，做光荣的唐人，是值得骄傲的。那个时期，有如黎明初醒的少女，健康、美丽、快乐、富有理想，敢作敢为，流露着一个民族的青春活力。当时北方中华民族的血统，乃是"夷"（五胡）"华"（中原）民族大混合的新生体：在北方，中原大族吸收了匈奴、鲜卑的新成分；在西北，吸收了氐羌的新细胞；在南方，把北方的文化空气，注入了江浙的处女地。北魏、北齐、北周，都曾致力于夷夏文化的交流，南朝则由新贵族（门阀）领导着尚文的倾向。唐朝李氏平定了天下，这一王室的血统中，就混合着鲜卑族的成分（究竟是汉民族的成分多，还是鲜卑的成分多？尚待考注）。他们继承了隋朝的文化传统，那是以北朝文化做底子，再添上南朝文化花朵的新文化。他们一开头，就有勇气打碎六朝贵族中心的门阀政治、文化、风俗，连着那个贵贱不通婚的制度。同时，废除了九品中正的用人制度，建立了科举的制度，使一般平民有参与政治的机会。唐朝的政治组织，沿袭了北魏、北齐、北周、隋朝的文治体制，建立了宰相主政的内阁制（中书、门下、尚书三省主政），使皇帝几乎等于虚君。唐代之于中国，也就等于大彼得之于俄国，中国的版图，那时说是十分阔大，当时的安北，以蒙古为重心，一部分已到了西伯利亚、贝加尔湖的边上；安西，在今日的新疆，已经西渡了玉门关；安东在今日的朝鲜，渡过了鸭绿江，深入高句丽；安南，便是今日的越南。这一幅合理的舆图，亏得一份魄力来绘成的。那时，因为我们自己体魄健康，不怕风吹雨打，也不怕细菌侵袭，不仅回纥、突厥，可以让他们睡在卧榻之旁，即天方人、罗马人，也可留住中原，而波斯人在广州、潮汕、厦门一带列肆经商的，数以万计，可以说是来者不拒，绝无排外的气味的。

从学术文化演进的过程看，唐代也有综合性的特色。以宗教来说，也是兼收并蓄的。佛学当时虽是主流，可是玄奘的佛学，并不是接受印度佛学的一宗一派，而是集合各宗派的大成的。中国的天台宗，比印度各宗派走得更远一点，并不受其他的宗派的拘束的。而且佛教以外，道教也同时发展着，道家、儒家，也各自开辟其独立的门庭，其他回教、拜火教、景教，一切外来的教派，同样地听其存在，表现出真正的信仰自由，可以说是"道并行而不悖"。从文艺体制上看，南朝尚骈俪，北朝爱朴质，集南北文体之特长，乃有唐代的平文（古文）和传奇文。传奇文中，有着印度文学的血统，下开两宋、元、明，成为小说、戏曲的先河，唐代的骈文，又是南北朝骈散错杂而成的新体，下开两宋的四六，和明清的八股文，也有着血统上的关系。唐代的诗体，古体近体、五言七言、排律绝句，可说集诗体之大成，到了晚唐，长短句的词也出来了。唐代的音乐、曲调、乐器以及舞蹈的阵容，吸收了无数的外来成分，包括回纥、突厥、波斯、印度、罗马各国的音乐，还采取了南洋群岛番夷的歌舞；当时皇帝出巡，音乐队威仪之盛，也是空前的。唐代的美人，都是健康美；见之于绘画的，也都是薛宝钗型的丰满的体格。追怀先烈，我们对于唐人，真是无限地景慕。（唐以前的文士，不废骑射，这和宋以后的文弱书生，判然两途。唐代诗文，以边塞题材为主的很多，流露着阔大雄伟的向外开拓气象。）

在这一篇中，我们着眼在唐代所孕育成长的文学体制，首先就从"唐诗"说起。唐代诗歌，一方面是承先的，一方面则是启后的。从"承先"上看，他们把古代所有的诗歌特色都吸收了，而加以融化；从"启后"说，他们创造了这几种诗体，便成为中国诗人所共同依循的轨辙，很少有所改变。我们且看唐诗的体制，和前代有一大不同之点，即是把律体和古体判然划分了。本来《诗经》《楚辞》只具备了反复律，到了汉魏乐府中，已开始应用音数的整齐律；建安以后渐渐应用了对叠律，但只能算是古体。南朝齐梁之间，诗人着重四声，诗中才注重抑扬律，而字语的对称，也为他们所爱尚，于是齐梁陈三代的诗歌，成为一种新体，不但和汉魏古体不相同，也和晋宋的古诗不相同。这种新体诗，看起来颇近于律诗，但他们没有应用次第律，也不曾严格应用抑扬律，还算不得正格的律诗。那时候的诗，我们读起来，觉得它既不是古体的，又不是完整的律体，颇有不古不今的印象。到了唐代，承受了齐梁流风，应用严格的整齐律、抑扬律、次第律、对称律和反复律，于是律体诗完全成熟，和古体分途。在古体诗方面，又能力追汉魏，发扬光大，开出种种新境界，为晋宋诗人所不及，也为汉魏诗人所未有。中晚唐以后，词体发生，更严格应用参差律，于是中国的诗体，便全部出现了。其后五代、元、明、清以迄今日，诗人所用的体制，都不曾跳出唐代的范围，而另有所创造的了。

至于诗歌的音数，汉魏乐府，只能说是五言诗时期，当时诗人，也有作七言诗的，也只是一种尝试，并未独立成为一种体制。到了唐代，才把七言诗发展起来，和五言诗并驾齐驱；不论律体或古体，五七言同样地使用。后世诗人心目中，也就觉得中国诗歌，也只有五七言两种体制最适当（四言太短促，早已过去了。六言也缺少变化，九言又太长，都不曾成为诗体），让唐人替我们开了先路，我们追随着去走就是了。（律体诗每停的音数，只取奇数，不取偶数；只取奇数的五音七音，不取三音以下、九音以上，乃是合于人类呼吸的中度，而可以停匀的节奏。同时，两音步之中，夹着一个单音步，也就不至于单调。）

（这儿，我们所说的律体诗，乃是律绝体的总称。前人谈律绝体源流，有以为绝体诗系从律诗中截出，那是错误的。"绝"，便是乐府诗的一章，或称一截。南朝、隋、唐初早已有了绝句。后来，诗人从"绝句"体制悟出律诗的方式来，律绝体乃遂并行。我们只能说律诗源出于绝句，不能说是绝句从律诗中截成的。律、绝体诗，都有了一定的音数、句法，所以统称为律体诗。）

这一种诗体，后人看来，几乎以为是事所当然，不知古人逐步摸索，也经过了一段很长的时期。唐代王（勃）、杨（炯）、卢（照邻）、骆（宾王）虽已开了律体的先声，完成这完整的诗体，却出于沈佺期、宋之问之手。律诗的法门一开，后世才智之士，无不争趋于此途，几乎不会作律诗的，就不成其为诗人了。至于唐宋诗人的作品，以及风格流变，且让文学史家去记述，这儿只说到两个开天辟地的大诗人：李白和杜甫。李白生平浪迹江湖，寄情山水，流连诗酒，啸傲风月，而不以功名富贵、声色货利干扰他的高旷的怀抱，放浪形骸，是一个离世绝俗的浪漫诗人。他的才华，可以说是无诗不可，他所作的律诗，于工丽之中，流露着英爽之气，并不为声律所拘的。最足以表现他的天才的，是古体乐府和五七言古诗。他的乐府，有仍用旧题的，有自命新题的。可是，不论新题旧题，都是自出机杼，不落前人的窠臼；笔力搴举，音节劲健，一洗齐梁以来颓弱之风。诚如杜甫所谓"清新庾开府，俊逸鲍参军"，他不独有鲍、庾两人清新俊逸的长处，而且风骨矫健，为鲍、庾两人所不及的。他的七言古诗，如《襄阳歌》《梦游天姥吟》《忆旧游》《寄谯郡元参军》《宣州谢朓楼饯别》《把酒问月》等篇，都是兴会标举之作。刘大白氏说：古诗虽没有严格的抑扬律，但抑扬抗坠之间，也互相调剂才可以调制口吻，得到自然谐和的音节。汉魏五言古诗，不讲什么抑扬律，而能音节自然谐美，于无律之中显出自然的律声来。晋宋之间作者，还能守此勿失。到了齐梁新体诗出来，用了些不曾成熟的抑扬律，于是成为非古非律的诗篇，古律混淆，显然不十分调和。同样地，齐梁间的七言诗，也受了那种不曾成熟的抑扬律的影响，和五言诗一样颓弱，初唐五七言，也还这么颓弱。到了李杜两氏出来，才上继汉魏，把齐梁的颓弱音节一扫而空，不论五言七言，都成为纯粹的唐音了。（李白的五七言绝句，导源于六朝的清商曲词，尤以七言绝句为最长。）李白曾作古风五十九首，以下这首诗最可以代表他的怀抱：

> 大雅久不作，吾衰竟谁陈。王风委蔓草，战国多荆榛。龙虎相啖食，兵戈逮狂秦。正声何微茫，哀怨起骚人。扬马激颓波，开流荡无垠。废兴虽万变，宪章亦已沦。自从建安来，绮丽不足珍。圣代复元古，垂衣贵清真。群才属休明，乘运共跃鳞。文质相炳焕，众星罗秋旻。我志在删述，垂辉映千春。希圣如有立，绝笔于获麟。

他是看轻了梁陈以来的艳薄，而说担负起复古道的大任的。

杜甫，这位反映唐天宝以后的大动乱时代的写实诗人，他在诗歌体性所下的功夫，以及他所开的广阔门庭，有如白居易所说的"贯穿古今，尽工尽善"。（元稹云："余读诗至杜子美，而知大小之有总萃焉。……唐兴，……好古者遗近，务华者去实；效齐梁则不逮于魏晋，工乐府则力屈于五言；律切则骨格不存，闲暇则纤秾莫备。至于子美，盖所谓上薄风雅，下该沈宋，言夺苏李，气吞曹刘，掩颜谢之孤高，杂徐庾之流丽，尽得古人之体势，而兼今人之所独专矣。"宋秦观也说："杜子美之于诗，实积众家之长，适当其时而已。昔苏武、李陵之诗，长于高妙；曹植、刘公干之诗，长于豪逸；陶潜、阮籍之诗，长于冲淡；谢灵运、鲍照之诗，长于峻洁；徐陵、庾信之诗，长于藻丽。于是杜子美者，穷高妙之格，极豪逸之气，包冲淡之趣，兼峻洁之姿，备藻丽之态，而诸家之作所不及焉。然不集诸家之长，杜氏亦不能独至于斯也，岂非适当其时故耶！"）他的诗，从古今各诗体出，发挥各种诗体的特长；从古今各家诗篇中出，采集了各家风格的优点。（当时诗人，有卑视齐梁诗人的心理，杜氏却从齐梁诗中吸收音律上的长处。）他完成了集大成的"诗业"，后世诗人，就从他的作品中挹取清泉，取之不尽，用之不竭的。

杜甫和李白是知己好友，他们两人都各自开辟各自的境界，完成各自的胜业。李白写乐府，多用古题，而自出新意，自创新调；杜甫并不用古题，自制新题，叙写当时社会实况。如《兵车行》《三吏》《三别》，这些篇什写出战乱中人们所受的惨祸，乃是最真实的诗史。他的五七言古诗，如《自京赴奉先咏怀五百字》《北征》《羌村》《述怀》《茅屋为秋风所破歌》《贫交行》《古柏行》，都是极好的叙事诗。元稹云："铺陈终始，排比声韵，大或千言，次犹数百，词气豪迈而风调清深，属对律切而脱弃凡近。"功夫极深。而他的五七言律诗，不但沉郁顿挫，而且气象阔大，和李白的俊逸飘洒五七言绝句，可以并垂不朽。(《诗薮》云："杜之律，李之绝，皆天授神诣。")他的诗，在外形律上，有一特点，即是有意地多用纽反复律，韵反复律中的同纽相缀，同韵相缀的律声。所以他的诗，双声字和叠韵字用得很多，而且常常双声和双声相对，叠韵和叠韵相对。他是熟精文选理的，"脱节渐于诗律细"的；他有一首解闷诗："陶冶性灵存底物，新诗改罢自长吟。孰知二谢将能事，颇学阴何苦用心。"他是沿齐梁而加以变化的。郭绍虞氏说："李白仗其天才，绝是奔放，所以能易古典的作风为浪漫的作风。杜甫加以学力，包罗万象，所以能善用齐梁的藻丽而无其浮靡。前者废弃其修辞的技巧，而能自成一家的作风，所以显其才；后者不妨师法齐梁，而能不落于齐梁，所以显其学。显其才，其诗犹有古法；显其学，其诗转成创格。"中晚唐的诗人，都是从杜诗中出，各人只从杜诗中学得一体，也就自成一家了。杜诗是多方面的，后来学杜的，往往仁智互见，各取他的一方面。韩愈、白居易都是中唐学杜的诗人。韩所学的，是杜诗的奇崛险奥处；白氏所学的，则是杜诗的平易明澈处。这两种诗，本为杜诗中所兼备，他们各就个性之所近的一面去模拟它，所以各个显出他们的特长来。韩白两人，在当时既各树一帜，于是他们的友生，也隐然分为两派，韩氏朋友有孟郊、贾岛、李贺、卢仝，门弟子有张籍、王建。白氏的朋友有元稹、刘禹锡。他们的倾向虽不相同，而他们都是同一时代的朋友，常常互相唱和，互相投赠，互相推许，并不标榜门户，互相诋排的，这是诗国最光辉的一页。

上文，我们说到中国诗歌的体制，到了盛唐李杜时代，已经十分完备；而诗歌的风格，也由李杜表现了两种特性。其后两宋诗人的作品以及流行到后世的宋诗，也正从杜诗中出来。(宋初沿袭五代之余，诗人多宗白居易。西昆诗人则宗李商隐。欧阳修宗李白，韩愈以气格为主，诗风一变。其后王安石、苏轼、黄庭坚出，各成一家。苏始学刘禹锡，晚学李白；王、黄则宗杜甫。"王介甫以工，苏子瞻以新，黄鲁直以奇"，宋诗至此，号称极盛。元祐以后，诗人迭起，不出苏黄二家，而黄诗风格，尤足以表宋诗之特色，尽宋诗之变态。其后学之者众，衍为江西诗派，南渡诗人，多受沾溉。宋诗既以清奇生新、深隽瘦劲为尚，故最重功力。）(蒋心余《辩诗》云："唐宋皆伟人，各成一代诗。宋人生唐后，开辟真难为。元明不能变，非仅气力衰。能事有止境，极诣难角奇。"他也已看到文艺体性的流变，随时代而不同，唐代诗歌，已经到了峰巅了。）

唐代的文艺复古运动，可说是和我们所经历的五四新文艺运动一样，乃是全面的，从诗歌到散文，都起了变化。古文运动，则集中在韩愈、柳宗元的身上。我在这本书开头介绍过平文（古文）运动的流变，这儿再把这一运动的来龙去脉说一说。

原来六朝的骈俪文风，在北朝文士心目中，已经觉得过于轻薄。（李延寿云："江左宫商发越，贵于清绮；河朔词义贞刚，重乎气质。气质则理胜其词，清绮则文过其意。理深者便于时用，文华者宜于咏歌。此其南北词人得失之大较也。"）颜之推云："文章当以理致为心肾，气调为筋骨，事义为皮肤，华丽为冠冕。"隋文帝时，李谔以当时文体流宕忘返，上书纠弹，云："古贤哲王之化民也，……其有上书献赋，制诔镂铭，皆以褒德序贤，明勋证理。苟非惩劝，义不徒然。降及后代，风教渐落，魏之三祖，更尚文词，……竞骋文华，遂成风俗。江左齐梁，其弊弥甚，贵贱贤愚，惟务吟咏，遂复遗理存异，寻虚逐微，竞一韵之奇，争一字之巧。连篇累牍，不出月露之形；积案盈箱，惟是风云之状。……故文笔日繁，其政日乱。"文帝随即下诏，天下公私文翰并宜实录，这是复古运动的开始。（当时学人王通作《文中子》，亦谓："古之文也约以达，今之文也繁以塞。""古君子志于道，据于德，依于仁，而后艺可游也。"这是文以载道说的开始。）我们可以说，当时文士，即如反对骈俪文辞的李谔，反对以彼轻薄之句而编为史籍之文的刘知几，他们自己笔下，也还是用骈俪文句来写作的。可见风气也是一时转不过来的。当时，能够用朴质无华、近于口语的文字来述作的，倒只有佛家的信徒，后来语录体成为理学家的论学文体，也可以说是古文运动的助因。（禅宗六祖惠能，本是一个不识字的人；他的历史和法语，经他的门徒法海如实地记述下来，便是所谓《六祖坛经》，正是当时的白话语录。）

我们知道由于音律上种种条件完备了（对叠律、当对律、抑扬律、次第律），产生了唐代的律体诗和律体文（律赋和回头文）。因为诗文外形越趋于律体化，和语言自然风格相去越远，乃成为贵族门阀的专有工具。一般文士，就有非完全律体的诗（古诗）和散体文（古文）的要求。就在诗歌复古运动之中，白居易、元稹和刘禹锡他们，一面使诗篇语体化，一面便和韩、柳同做古文运动。（白居易的《祭弟文》，便参用了许多口语。）在韩、柳以前，唐初有陈子昂，开元间有萧颖士、李华，其后有独孤及梁肃，皆以古文名。而开韩愈先路的樊宗师，主张"唯古于词必己出"，也正是古文运动的精神。

韩愈的古文运动，乃是有计划有决心的革新工作。他的弟子李汉说："先生于文，摧陷廓清之功，比于武事，所谓雄伟不常者矣。""时人始为惊，中而笑且排，先生益坚，终而亦翕然随以定。"（韩氏自言："仆为文久，每自测，意中以为好，则人必以为恶矣。

小称意，人亦小怪之；大称意，则人必大怪之也。时时应事作俗下文字，下笔令人惭，及示人，则人以为好矣。小惭者，亦蒙谓之小好；大惭者，即必以为大好矣。"在那个好尚骈俪的时代，提倡周秦汉魏的散体古文，的确有点惊流俗的。）韩氏有着特立独行、勇于自信的精神，在举世耻于相师的风气之下，以师道自任，实行以文为教，用一句现代语来说，他争取了群众的信仰，造成有力量的干部。韩氏《师说》云："古文学者必有师；师者，所以传道、授业、解惑也。"曾国藩说："传道，谓修己治人之道；授业，谓古文六艺之业；解惑，谓解此二者之惑。韩公一生学道好文，二者兼营，故往往并言之。末幅云：'闻道有先后，术业有专攻'，仍作双修。"韩氏一生所努力乃在文章方面，他那纵横恣肆的文体，足以自立一帜。他见道虽不深，他的弟子，虽说从他学道，其实还是学文的多。（韩氏《答刘正夫书》云："若圣人之道，不用文则已，用则必尚其能者。"他是能以文贯道的人。他的弟子李翱，所作《复性书》，远在韩氏之上，但李氏之文从韩氏出。）

韩氏曾自道其用力于文的甘苦（见《进学解》）说："先生口不绝吟于六艺之文，手不停披于百家之编。记事者必提其要，纂言者必钩其玄，贪多务得，细大不捐。焚膏油以继晷，恒兀兀以穷年。先生之于业，可谓勤矣。抵排异端，攘斥佛老；补苴罅漏，张皇幽眇。寻坠绪之茫茫，独旁搜而远绍；障百川而东之，回狂澜于既倒。先生之于儒，可谓有劳矣。沉浸醲郁，含英咀华；作为文章，其书满家。上规姚姒，浑浑无涯；周《诰》殷《盘》，佶屈聱牙；《春秋》谨严，《左氏》浮夸；《易》奇而法，《诗》正而葩。下逮《庄》《骚》，太史所录；子云相如，同工异曲。先生之于文，可谓闳其中而肆其外矣。"他是说他的文章是有切实的内容的，他有意要发扬儒家的道术，穷究六经诸子及辞赋家之言，好似狐狸修仙，吐纳天地间之精华，脱胎换骨，自成一家之文。他的文章，比之以往南北朝各代文字，显得质胜于文，而文也足以副其质的，从这一方面看，苏东坡所谓文起八代之衰，也有八分说对了的。（韩文在某一方面说，可以上继汉魏的。）曾国藩说："机应于心，熟极之候也，《庄子·养生主》之说也。不挫于物，自慊之候也；《孟子·养气章》之说也。不挫于物者，体也，道也，本也；机应于心者，用也，技也，末也。韩公之于文，技也进乎道矣。"这些话，都可以说是对于古文运动的精神，说得很明白的。我们可以说，自韩文出，才脱去了骈俪文的窠臼，造成了散文的新体制与新风格，也脱去了前期古文家的生硬枯涩的痕迹，进入炉火纯青之候了。他在《答李翊书》中说："将蕲至于古之立言者，则无望其速成，无诱于势利。养其根而俟其实，加其膏而希其光。根之茂者其实遂，膏之沃者其光晔。仁义之人，其言蔼如也。"正是他所指示的作文功夫。（他已到了醇而后肆的境界。）

另外一位古文家，和韩愈并称的柳宗元，在文学批评史上的影响和地位，虽不如韩愈的宏大，而依其论文见解来看，却不在韩氏之下，其作风也能超然于韩氏的规范之外，不为韩门二派所牢笼，他与友生论文之处甚多，而以《答韦中立书》为其骨干。他说："始吾幼且少，为文章以辞为工；及长，乃知文者以明道，是固不苟为炳炳烺烺，务采色，夸声音而以为能也。……故吾每为文章，未尝敢以轻心掉之，惧其剽而不留也；未尝敢以怠心易之，惧其弛而不严也；未尝敢以昏气出之，惧其昧没而杂也；未尝敢以矜气作之，惧其偃蹇而骄也。抑之欲其奥，扬之欲其明，疏之欲其通，廉之欲其节，激而发之欲其清，固而存之欲其重，此吾所以羽翼夫道也。本之《书》以求其质，本之《诗》以求其恒，本之《礼》以求其宜，本之《春秋》以求其断，本之《易》以求其动，此吾所以取道之原也。参之穀梁氏以厉其气，参之《孟》《荀》以畅其支，参之《庄》《老》以肆其端，参之《国语》以博其趣，参之《离骚》以致其幽，参之太史以著其洁，此吾所以旁推交通而以为之文也。"这正是柳氏所启示的作文功夫，也是他所表现于古文运动的精神。

韩愈的门弟子，顺着韩氏倡导古文的路向发展开去，乃有李翱与皇甫湜的两派。由作风言，韩愈确是具有两种不同的作风，其一是鲸铿春丽足以惊耀天下者，其一乃是章妥句适，以栗密窈眇见长者。由文学批评言，韩愈亦兼具有两种不同的主张，其一是重在外形之奇特，其又一，则重在内质之合于道。韩门诸子，就依这两方向，各有所长。"李翱作风主于平易，其论文主旨，亦偏于道。皇甫湜作风偏于奇特，而论文主旨亦如之。"（李翱《答朱载言书》云："吾所以不协于时而学古文者，悦古人之行也。悦古人之行者，爱古人之道也。故义深则意远，意远则理辨，理辨则气直，气直则辞盛，辞盛则文工。"皇甫湜《答李生书》云："来书所谓今之工文，或先于奇怪者，顾其文工与否耳。夫意新则异于常，异于常则怪矣。词高则出众，出众则奇矣。虎豹之文，不得不炳于犬羊；鸾凤之音，不得不锵于乌鹊；金玉之光，不得不炫于瓦石。非有意先之也，乃自然也。"正足以代表两家作风之不同。）到了晚唐、五代、宋初，诗的复古与文的复古，一同消沉下去，温（庭筠）李（商隐）派的诗歌，和李商隐（义山）的骈文，依旧回到南朝和初唐的文风去了。古文运动之再起，尚待两宋古文家的到来。（后详另章。）

中国的小说，溯源于唐代传奇文，而唐代的传奇，又以大历至大中、咸通间一百余年为全盛时代。此中有一不谋而合的铁的事实，正当古文运动奔腾澎湃之时，也正是传奇小说风起云涌之时；同时，那几个古文运动的领导人，又几无例外的都是一时闻名的传奇小说家，可见唐代的古文运动和传奇小说是时代的孪生子，其间有着极密切的联系的。

洪迈说："唐人小说不可不熟，言事凄婉欲绝，……洵有神遇而不自知者，与诗律可称一代之奇。"这是中国文艺创作的另一主流。我们知道韩愈主文以贯道之说，"非三代两汉之书不敢观，非圣人之志不敢存"，但他也做了《毛颖传》一类游戏文字。（张籍讥其与人为无实驳杂之说；韩氏答书，便说是他的游戏文字。）他的友生指斥他，说："君子发言举足，不远于理，未尝闻以驳杂之说为戏也。执事每见其说，亦拊扺呼笑，是挠气害性，不得其正矣。"韩氏回答道："驳杂之讥，前书尽之，吾子其复之。昔夫子犹有所戏，《诗》不云乎：'善戏谑兮，不为虐兮。'《记》曰：'张而不弛，文武不能也。'恶害于道哉！"他就指出文艺的本身作用，并不在于板起面孔说教，文艺的游戏作用，远在说教之上的。另一位古文运动大师柳宗元，也替《毛颖传》作辩护，说："韩子穷古书，好斯文，嘉颖之能尽其气，故奋而为之传，以发其郁积，而学者得之励其有益于世欤！"借小说寓意以为有益于世，这是他们所体会到的艺术的真正使命。

隋唐间，废六朝门阀九品中正之制，推行科举取士的新制度。唐世举人，都依靠着当代的显要，替他们把姓名上达主司，然后投献所业，让主司知道他们的才学。（逾数日又投，谓之"温卷"。）（太和中，贡士不下千人，公卿之门，卷轴堆积得很多。）我们且看白居易《与元九书》："礼、吏部举选人，多以仆私试赋、判、传为准的。"所谓赋即诗笔，判为议论，传即史才。当时古文家所操纵的文坛趋向，即是叙事文、议论文及诗词。为了便于主司温卷起见，乃盛行传奇小说。（小说既为行卷内容最重要的部分，自然必得同时具备这三种体裁才能算作完备的小说典型。）

传奇文受了佛教译经的影响。我们看了敦煌石室的藏经，便可了然。本来译经的文体，重散去骈，求其切实、具体、准确、平易，合乎传教通俗的目标，乃与古文家的观点相暗合。而佛经体裁，有两种最显著的特点：（一）散韵合体。（二）散文担任叙述，韵文担任歌唱。而韵文歌唱的部分，往往就是重复散文叙述的部分。"这样重叠的叙述法，最初的用意，也许就是说教的时候，怕听众不了解，所以用散文先将故事叙述一遍。传奇小说本来没有传教的用意，并且读者都是士大夫阶级，却依然机械地模拟佛经及佛教小说的形式。此种形式在当代古代运动最盛行的八个著名文人的作品里，表现得更清楚。例如韩愈的《石鼎联句》诗及序，前面是序，后面是诗，诗中的大意，就是散文的大意。他们的作品，不论是事实或虚构，其用意在模拟佛经或佛教小说就是了。其模拟成功的作品，如白居易的《长恨歌》与陈鸿的《长恨歌传》，歌在先，传在后。这就是传奇文的特有体裁。"

至于传奇文本身的发展，民间文学俗文变文的发展，那又得讨论中国小说与戏曲的专章中去说了。

第七讲　五代、两宋词

　　中国的诗歌中，有一种后起的体式，便是伴着乐曲而起的"词"。这种体式，萌生于中唐，初成于五代，到了两宋，便蔚为诗歌的主流，乃是近古以来诗人所爱好的。

关于词的体性与流变，近人缪钺有一篇很简明的短论，而胡适《词选·序》和《词的起源》，也多所发明。缪氏认为论词之起源的，以张惠言之说最为简当。张氏《词选·序》云："词者，盖出于唐之诗人，采乐府之音，以制新律，因系其词，故名曰词。"缪氏发挥张氏之意说：唐代以诗入乐，诗句齐整，而乐谱参差，以词就谱，必加衬字；后来，大家觉得不利便，有时，乐工者望诗人能依谱作词，有时，诗人对于依谱填词，颇有兴趣，于是"逐弦吹之音，为侧艳之词"，而词体便产生了。这种新体裁，当时人称之为"曲子词"，后来便简称为"词"。他认为这一定名，并无其他深意。至于张惠言因为说文有"词，意内而言外也"之说，便把"意内言外"当作"词"的特性，缪氏认为中晚唐词人作词之时，并非先有此念存在心头的。

胡适把中晚唐、五代到北宋苏东坡以前的词，称为歌者的词，都是出于教坊乐工与娼家妓女歌唱的词。《花间集》五百首，全是为娼家歌者作的，这是无可疑的。不但《花间集》序明明如此说，即看其中许多科举的鄙词，如《喜迁莺》《鹤冲天》之类，便可明白。此风直到北宋盛时，还不曾衰歇。柳永是长住在娼家，专替妓女乐工作词的。晏小山的词集自序，也明明说他的词是作了就交与几个歌妓去唱的。这是词史的第一段落。这个时代的词有一个特征，就是这二百年的词，都是无题的；内容都很简单，不是相思，便是离别，不是绮语，便是醉歌，所以用不着标题；题底也许别有寄托，但题面仍不出男女的艳歌，所以也不用特别标出题目。南唐李后主与冯延巳出来之后，悲哀的境遇与深刻的感情，自然抬高了词的意境，加浓了词的内容；但他们的词仍是要给歌者主唱的，所以他们的作品，始终不曾脱离民间文学的形式。北宋的词人继续这个风气，所以晏氏父子与欧阳永叔的词都还是无题的。他们在别种文艺作品上，尽管极力复古，但他们作词时，总不能不采用乐工娼女的语言声口。这时代的词，还有一个特征，就是大家都接近平民的文学，都采用乐工娼女的声口，所以作者的个性，都不充分表现，所以彼此的作品容易混乱。

到了十一世纪晚年，苏东坡一班人以绝顶的天才，采用这新起的词体，来作他们的"新诗"。从那以后，词风便大变了。东坡作词，并不希望拿给十五六岁的女郎在红氍毹上袅袅婷婷地去歌唱；他只是用一种新的诗体来作他的新体诗。词体到了他手里，可以咏古，可以悼亡，可以谈禅，可以说理，可以发议论。同时的王荆公也这样做；苏门的词人黄山谷、秦少游、晁补之，也都这样做。（山谷、少游也还常常给使人作小词，不失第一时代的风格。稍后起的大词人周美成，也能做绝好的小词。）风气一开，再也关不住了；词的用处推广了，词的内容变复杂了，词人的个性也更显出了。到了朱希真与辛稼轩，词的应用的范围，越推越广大；词人的个性的风格越发表现出来。无论什么题目，无论何种内容，都可以入词。悲壮、苍凉、哀艳、闲逸、放浪、颓废、讥弹、忠爱、游戏、诙谐……这种种风格，都呈现在各人的词里。这一时期的词是诗人的词，起于荆公、东坡，至辛稼轩而大成。这些作者，都是有天才的诗人，他们不管能歌不能歌，也不管协律不协律；他们只是用词体作新诗。他们的词也有几个特征：（一）词的题目不能少了，因为内容太复杂了。（二）词人的个性出来了；东坡自东坡，稼轩自稼轩，希真自希真，不会随便混乱了。

胡适应用了历史的观念来看一切文学体式的演进，把辛稼轩以后的南宋词，称为词匠的词，又走上爱好技巧的路子，姜白石是个音乐家，他要向音律上去做功夫。从此以后，词便转到音律的专门技术上去。史梅溪、吴梦窗、张叔夏，都是精于音律的人；他们都不惜牺牲词的内容来迁就音律上的和谐。例如张叔夏《词源》里说，他的父亲作了一句"琐窗幽"，觉得不协律，遂改为"琐窗深"，还觉得不协律，后来改为"琐窗明"，才协律了。"幽"改为"深"，还不差多少；"幽"改为"明"，便是恰相反的意义了。究竟那窗子是"幽暗"呢，还是"明敞"呢？这上面，他们全不计较，他们只求音律上的谐和，不管内容的矛盾，这种人不是词人，不是诗人，只好叫作词匠。词匠的词，重音律不重内容，成为没有意境与情感的词，缺少了文学上的意义。从词的起源说，原是配上乐谱，可以歌唱的，到了这一时期，词已离乐谱而独立，不必可以歌的了。至于题材方面，这一时期的词人，以咏物为主，又爱用古典，胡氏比之于文中的八股，诗中的试帖，作者之笔，每为外形律所拘牵了。南宋以后的词人，大都受了他们的影响的。

从诗的格式说，中晚唐、五代及北宋初年的词，只有"小令"的一种，句法也和律绝诗相近。例如"生查子"，就像两首押仄韵的五言绝句拼合而成；"玉楼春"就像两首押仄韵的七言绝句；"鹧鸪天"又像两首押平韵之七绝，只是下半阕的第一句，换七字句为两个三字句就是了。此外，如"浪淘沙""临江仙""虞美人""菩萨蛮"诸调，也都是从五七言诗句增损凑合而成；每句中平仄律的配合也多与律诗相同，还不曾定出精严的音律来。（《苕溪渔隐丛话》云："唐初歌词，多是五言诗或七言诗，初无长短句。自中叶以后至五代，渐变成长短句。及本朝（宋）则尽为此体。今所存者，止《瑞鹧鸪》《小秦王》二阕，是七言八句诗，并七言绝句而已。《瑞鹧鸪》犹依字可歌；若《小秦王》，必须杂以虚声，乃可歌耳。")到了北宋仁宗年间，长调的慢词逐渐增加了。"其后周邦彦、万俟雅言、姜夔等均精于音律，创制新调。于是词之句法，始繁复变化，而句中四声之配合，阴阳之分，上去之辨，亦谨严密栗，有时故为拗折之声，以表激荡怨抑之情，遂益与律诗句调相违，迥异于初期之小令。其音律最严，如'暗香'之结句：'几时见得'（姜夔词），'两堤翠匝'（吴文英词），一句四字，兼备四声（上平去入），其中上去入三仄声字，皆不能互易，易之则不合律矣。词非但辨四声也，又当辨声之轻重清浊。张炎称其父作'惜花春'词，'琐窗深'句，'深'字不协，改为'幽'字，又不协，再改为'明'字，歌之始协。此三字皆平声，胡为如是，盖五音有唇齿喉舌鼻，所以有轻清重浊之分。此种精严之处，皆律诗所未有。词中押韵，亦不容疏忽。（'琐窗深'一例，上文胡适已举过，那是从意境说的。这儿，则从音律说，言各有当，不必拘于一说。）仄声调上去入三声均可选用，而有必须用入声韵者，《词林正韵》历举二十余调，考之宋人词，虽未尽合，然若姜夔之'暗香''疏影''琵琶仙''凄凉犯'诸调，音响健捷激枭，所谓'以哑觱篥吹之'者，则断应用入声韵。其用上去韵者，自是通叶，而亦稍有差别。如'秋窗吟''清商怨'，宜单押上声，'翠楼吟''菊花新'宜单押去声；复有一调中某句必须押上，必须押去者；有起韵结韵皆宜押上，皆宜押去者。古人谓'诗律伤严近寡恩'，实则诗律尚不甚严，词律严密之处，真如申韩之法，不容假借。"（以上节引缪钺《论词》。）

胡适说："凡填词有三种动机：（一）乐曲有调而无词，文人作歌填进去，使此调因此更容易流行。（二）乐曲本已有了歌词，但作于不通文艺的伶人娼女，其调不佳，不能满人意，于是文人给他另作新词，使美调得美词而流行更久远。（三）词曲盛行之后，长短句的体裁，渐渐得文人的公认，成为一种新诗体，于是诗人常用这种长短句体作新词。形式是词，其实只是一种借用词调的新体诗。这种词未必不可歌唱，但作者并不注重歌唱。唐、五代的词的兴起，大概是完全出于前两种动机的。'竹枝'起于民间，有曲有词；但民间的歌词有好的，也有很'伧仃'的，所以刘禹锡、白居易等人试作新词以代旧词。'调笑''忆江南'之作，也许是不满意于旧词而试作新词的。"

（小令，如白居易的《忆江南》："江南好，风景旧曾谙；日出江花红胜火，春来江水绿如蓝，能不忆江南？"如温庭筠的《更漏子》："玉炉香，红蜡泪，偏照画堂秋思。眉翠薄，鬓云残，夜长衾枕寒。梧桐树，三更雨，不道离情更苦。一叶叶，一声声，空阶滴到明。"这种体式，晚唐五代最盛行。）

（慢，所谓长调，北宋初年开始发达。例如柳永的《八声甘州》："对潇潇暮雨洒江天，一番洗清秋。渐霜风凄紧，关河冷落，残照当楼。是处红衰翠减，苒苒物华休。惟有长江水，无语东流。不忍登高临远，望故乡渺邈，归思难收。叹年来踪迹，何事苦淹留？想佳人、妆楼颙望，误几回、天际识归舟。争知我、倚阑干处，正恁凝愁。"）

（犯调——东拼西凑而成的，北宋晚年才有。张炎《词源》称："迄于崇宁，立大晟府，命周美成诸人讨论古音，审定古调，……美成诸人又复增演慢曲、引、近，或移宫换羽，为三犯四犯之曲，按月律为之，其曲遂繁。"例如周邦彦的"玲珑四犯"。词长不录。）

（以上三种可算一类，都属于自然的演变。至于自度腔，乃是词人自己编的谱子，这到南宋才有。例如，姜夔的"暗香""疏影"。俞平伯说：从唐宋以来，词调也有好几个时期的变化。这种变化并非"文学的"，而是音乐的。此说可注意。）

缪钺《论词》，谓词之所以别于诗，不仅在外形之句调韵律，而尤在内质之情味意境。这一段话，说得十分精到。他说："欲明词与诗之别，及词体何以能出于诗而离诗独立，自拓境域，均不可不于其内质求之。"他说："人有情思，发诸楮墨，是为文章。然情思之精者，其深曲要眇，文章之格调词句不足以尽达之也，于是有诗焉。文显而诗隐，文直而诗婉，文质言而诗多比兴，文敷畅而诗贵蕴藉，因所载内容之精粗不同，而体裁各异也。诗能言文之所不能言，而不能尽言文之所能言，则又因体裁之不同，运用之限度有广狭也。诗之所言，固人生情思之精者矣，然精之中复有更细美幽约者焉；诗体又不足以达，或勉强达之，而不能曲尽其妙，于是不得不别创新体，词遂肇兴。"厥体既开，作者渐众，因尝试之所得，觉此新体有各种殊异之调，"而每调中句法参差，音节抗坠，较诗体为轻灵变化而有弹性，要眇之情，凄迷之境，诗中或不能尽，而此新体反适于表达。一二天才，专就其长点利用之，于是词之功能益显，而其体亦遂确立"。故自具疏阔者言之，词与诗为同类，而与文殊异；自其精细者言之，词与诗又不同。诗显而词隐，诗直而词婉，诗有时质言而词更多比兴，诗尚能敷畅而词尤贵蕴藉。王国维云："词之为体，要眇宜修，能言诗之所不能言，而不能尽言诗之所能言，诗之境阔，词之言长，此其大别矣。"

缪氏接着提出词的四种特征：（一）其文小——诗词贵用比兴，以具体之法表现情思，故不得不铸景于天地山川，借资于鸟兽草木，而词中所用，尤必取其轻灵细巧者。即形况之辞，亦取精美细巧者。譬如亭榭，恒物也，而曰风亭月榭（柳永词），则有一种清美之境界矣；花柳，恒物也，而曰"柳昏花暝"（史达祖词），则有一种幽约之景象矣。此种铸辞炼句之法，非但在文中不宜，即在诗中多用之，犹嫌纤巧，而在词中则为出色当行，体各有所宜也。因此，词中言悲壮雄伟之情，亦取资于微物。姜夔过扬州，感金主亮南侵之祸，作《扬州慢》词曰："自胡马窥江去后，废池乔木，犹厌言兵。"又曰："二十四桥仍在，波心荡，冷月无声。""废池乔木""波心""冷月"，均微物也。姜夔痛南宋国势之日衰，曰："最可惜一片江山，总付与啼䳏。"（《八归》）"啼䳏"亦微物也。辛弃疾之作，最为豪放，其《摸鱼儿》词，痛伤国事，自慨身世，而其结句云："休去倚危栏，斜阳正在，烟柳断肠处。"仍托意于"危栏""烟柳"等微物，以发其激宕愁愤之情，盖不如此，则与词体不合矣。他又举一例：

　　漠漠轻寒上小楼，晓阴无赖似穷秋，淡烟流水画
屏幽。
　　自在飞花轻似梦，无边丝雨细如愁，宝帘闲挂小银
钩。（秦观《浣溪沙》）

　　此词情景交融，珠明玉润，为秦观词中精品。今观其所写之境，有"小楼"，楼内有"画屏"，屏上所绘者为"淡烟流水"，又有"宝帘"，挂于"小银钩"之上，居室器物均精异细巧者矣。时则"晓阴无赖"，"轻寒漠漠"，阴曰"晓阴"，寒曰"轻寒"，复用"无赖""漠漠"等词形容之。楼外有"飞花"，有"丝雨"，飞花自在，而其轻似梦，丝雨无边，而其细如愁。取材运意，一句一字，均极幽细精美之能事。古人谓五言律诗四十字，譬如士大夫延客，着一个屠沽儿不得。此词如名姝淑女，雅集园亭，非但不能着屠沽

儿，即处士山人，间厕其中，犹嫌粗疏。唯其如此，故能达人生芬馨要眇不能自言之情。吾人读秦观此作，似置身于另一清超幽回之境界，而有凄迷怅惘难以为怀之感。虽李商隐诗，意味亦无此灵隽。此则词之特殊功能，盖词取资微物，造成一种特殊之境，借以表达情思，言近旨远，以小喻大，使读者骤遇之如在耳目之前，久诵之而得隽永之趣也。

（二）其质轻——陈子龙《论词》曰："其为体也纤弱，明珠翠羽，犹嫌其重，何况龙鸾。"缪氏以为其文小，则其质轻，亦自然之势。诗词虽非实物，原不能用权衡来称量，但我们吟讽玩味之时，其质之轻重，显然可以分别的。而且所谓质轻，并不是说其意浮浅；即算极沉挚的意绪，表达于词中，也是出之以轻灵的，因为词的体性本来如此的。我们且看，亲友故旧，久别重逢，惊喜之余，疑若梦寐，这也是人之常情。如杜甫《羌村》诗叙乱离中归家的情怀，句云："妻孥怪我在，惊定还拭泪。世乱遭飘荡，生还偶然遂。邻人满墙头，感叹亦歔欷。"结句云："夜阑更秉烛，相对如梦寐。"意沉痛而量极重，读之如危石下坠。又如晏几道《鹧鸪天》词，叙与所欢之女子久别重遇，句云："从别后，忆相逢，几回魂梦与君同。今宵剩把银钉照，犹恐相逢是梦中。"其情正与杜甫《羌村》诗中所写的相同，而表达词中，较之杜诗，又是质量轻灵多了。缪氏说：惟其轻灵，故回环宕折，如蜻蜓点水，空际回翔，如平湖受风，微波荡漾，反更多妍美之致，此又词之特长。故凝重有力，则词不如诗，而摇曳生姿，则诗不如词。词中句调有长短的变化，也对这种表达方法有所帮助的。

（三）其径狭——缪氏指出：文能说理叙事，言情写景；诗则言情写景少，有时仍可说理叙事；至于词，则唯能言情写景，而说理叙事，绝非所宜。这虽是因调律所限，但与词体的特性有关的。苏轼、辛弃疾，最能运用词体，苏词有说理之作，如："蜗角虚名，蝇头微利，算来着甚干忙。事皆前定，谁弱又谁强。且趁闲身未老，须放我，些子疏狂。百年里，浑教是醉，三万六千场。"读之索然无味。又如经史子及佛书中词句，都可以融化入诗，而作词则不十分适当。（古书词句很多不宜入词的。）辛弃疾镕铸之力最大，其所作之词，凡《论》、《孟》、《左传》、《庄子》、《离骚》、《史》、《汉》、《世说》、《文选》、李杜诗，拉杂运用。可是，如，"最好五十学易，三百篇诗"（《婆罗山引》），"进退存亡，行藏用舍，小人请学樊迟稼。衡门之下可栖迟，日之夕矣牛羊下"（《踏莎行》）。毕竟算不得是词中的当行之作。宋代词人多用李长吉、李商隐、温庭筠诗，就因为长吉、温、李之诗，秾丽精美，恰好运化在词中的。六朝人隽句，用在词中，有时也嫌太重；如李清照用《世说》"清露晨流，新桐初引"，最为恰到好处。我们从这一方面，可以细参其轻重精粗的分际了。他说："词为中国文学体裁中最精美者，幽约怨悱之思，非此不能达；然亦有许多材料及词句不宜入词者。其体精，故其径狭。"

（四）其境隐——周济论吴文英词，如"天光云影，摇荡绿波，抚玩无致，追寻已远"，便是说他的境界这么隐约凄迷的。其实不但吴文英词如此，其他好的词，无不如此。要说"寄兴深微"，在我国文艺体制中，要推词为极则了。诗虽贵比兴，多寄托，而其意绪，还可以寻绎的。阮籍咏怀诗，说是言在耳目之内，意寄八荒之表，算得"归趣难求"。可是，他本来自有其归趣，只是时代隔得久远，后人无从知道他的当年世事，乃遂难以猜测了。至于词人，大都是灵心善感，酒边花下，一往情深，其感触于中的，往往凄迷怅惘，哀乐交融，因此，便借这一种"要眇宜修"的体制，发其幽约难言之思，作者既非专为一人一事而发，读者又何从凿实以求？亦唯有就各人感受到的，高下深浅，各有所领会就是了。例如，冯延巳（或作欧阳修）《蝶恋花》词：

> 几日行云何处去，忘了归来，不道春将暮。百草千花寒食路，香车系在谁家树。
> 泪眼倚楼频独语，双燕来时，陌上相逢否？撩乱春愁如柳絮，依依梦里无寻处。

这首词有人说是"忠爱缠绵"（张惠言），有人说是"诗人忧世"（王国维），见仁见智，各人说法不同；但作者不必定有此意，在读者却未始不可以这么想的。缪氏说："词人观生察物，发于哀乐之深，虽似凿空乱道，五中无主，实则珠圆玉润，四照玲珑，读者但能体其长吟远慕之怀，而有荡气回肠之感，在精美之境界中，领会人生之至理，斯已足矣。至其用意，固不必沾滞求之，但期玄赏，奚事刻舟。故词境如雾中之山，月下之花，其妙处正在迷离隐约，必求明显，反伤浅露，非词体之所宜也。"

俞平伯氏曾在讲演"诗余闲评"时，论到唱法与乐器。他推想当年唱词的情形，大约有两种：（一）有舞态的，间或表演情节。（二）和歌，即清唱。其有舞态，如《杜阳杂编》南部记"菩萨蛮"队舞，《容斋随笔》说"苏幕遮"为马戏的音乐。又近人刘复《敦煌掇琐》有唐词的舞谱，虽不可解，而词有舞容，则别无疑问。至词为清唱，试看姜夔《过垂虹桥》诗，即可明白。他说："自作新词韵最娇，小红低唱我吹箫。"小红那时大约只是清唱，不在跳舞，否则一叶扁舟，美人妙舞，船不要翻了么？诗余的乐器伴奏，张炎《词源》中说得很明白："惟慢曲、引、近则不同，名曰小唱，须得声字清圆，以哑筚篥合之，其音甚正，箫则弗及也。"可见夜游垂虹，白石以箫和歌，只是临时的简单办法，非正式的场面也。词为管乐，仅用哑筚篥或箫来合，与它的文章风格幽深凝练有关。北曲自始即是弦乐，故纵远奔放驰骤，与诗余的情调，大不相同矣。固不得专求之于文字。词曲本来是连带发生的，而且是一种形象化的艺术。这还待戏剧时代的到来。（另见专章）

俞氏又云：大抵宋人会作词的很多，不必专门家。其时社会经济安定，生活奢华浪漫，才有这样富丽堂皇的文学作品产生。（北宋那位亡国之君宋徽宗，最可以代表那一时代的艺术生活。）北宋末年，词风极盛。南渡之后，就差得多了，可以说是词的第一个打击。当然南宋仍很繁华，所以词还可以存在。可是北边的金国，戏曲已逐渐抬头，词也就从北方衰落下去。南方到了南宋末年，也产生了南曲；词于是成了古调，当时几乎等于文学家的私有。在文章方面，看去好像进步，实则它的民族性早已消失。等到蒙古灭宋，它又受到第三个打击，在南方也衰落了。

俞氏接着又讲到宋以后词的情形。他说：元代曲子盛行，词不大行，我们且不去说。明朝的词，前人都说不好。他们所以说明人词不好，在于嫌明人的作品，往往词曲不分，或说他们以曲为词，因而流于俗艳。俞氏却认为明代去古未远，犹存古意。词人还懂得词是乐府而不是诗，所以宁可使它像曲。在作法上是可以原谅的。俞氏又以为词是代诗而兴的新体，在文学方面明词究竟不算最好。

俞氏又谓，从清代到现在，词已整个成为诗之一体。（这诗是广义的。）并且清代是一切古学再兴时期，词风也曾盛极一时，大体可分作三派：最早有浙派，代表人可推朱竹垞。这派可以说是对明代俗艳的作风起一反动。矫正办法是主张"雅澹"。竹垞自己说："不师秦七，不师黄九，倚新声玉田差近。"可见其作风及宗旨之一斑。稍后有常州派，在清代中叶兴起，代表人可推张惠言。他主张雅澹之外，并本立意须高远深厚；他所选的《词选》，就可以做代表。最后有所谓同光派，代表人应推朱祖谋。他认为填词，在上述两派的条件之外，还主精研音律，须讲四声五音的。

（笔者对于词曲，可说是有师承而无学。幼年从刘毓盘先生游，他是中国词史的权威。后来，俞平伯先生来主讲国文，他也是词曲名家。其他友人，如卢前、陆侃如，皆治此学，我却一直是个门外汉呢！）

第八讲　散曲、北曲、南曲

顾佛影散曲导言中，关于"曲"的界说，曾做如次的界说：广义的曲，泛指一切歌唱的乐谱，如说歌曲、乐曲、前奏曲等；狭义的曲，专指金元间产生的一种诗体。原来我国古代的诗歌，很多可以配合乐器按谱歌唱的，例如《诗经》三百篇。那乐谱就叫作曲，所唱的语句叫作"词"，这是词和曲的最初含义。从汉到唐，一部分的诗歌脱离音乐而独立；另一部分，仍然用来合乐歌唱，称为乐府。到了五代两宋，乐府变为一种长短句体裁的诗歌，专称为词，大家唱"词"，诗就没有人唱了。金元时代，词又变成一种新体，专称为曲，大家唱曲，词的唱法又失传了。因此，金元人也称曲为乐府。

曲有南曲和北曲的分别。两者虽说都从"词"体衍变而来，但演变的过程并不相同。就目前所能稽考的，据《北词广正谱》，北曲有四百四十七调，据《南词定律》，南曲有一千三百四十二调。北曲和南曲，不仅唱腔不同，就是内容情趣也有差异，但在体裁形式上是看不出多大分别的。无论南北曲，每支（首）必有一个牌名，代表其谱式，即字数、句数、平仄、韵脚等。例如"天净沙"是牌名，它的谱式是："（平）平（仄）仄平'平'。（平）平（仄）仄平（平）。（仄）仄平平（仄）'仄'。（平）平（仄）'仄'。（平）平（仄）仄平'平'。"全首五句，起三句各六字，第四句四字，末句六字，每句平仄声有一定的谱［加（）的可以通融］，有''的字是韵脚。又曲是可以歌唱的文字，所以每一曲调，必隶属于其所属宫调之下，如"天净沙"隶属越调，所谓宫调，便是乐谱上曲调高低的分别，如越调是曲笛的乙字调，等于钢琴的 Eb 调。

曲调无论南北，从用途上看，便有散曲和剧曲的区别。散曲合乐不用锣鼓，所以又称"清曲"。其中又分小令与套曲二体，小令每支独立，相当于诗的一首，词的一阕。套曲是联合数支成为一套，因作者抒情达意，篇幅长短尽可自由。至于剧曲，每出戏便需一套，单支不能用，所以剧曲里面是没有小令的。小令，普通虽以一支为单位，但在北曲有一种特例叫作"带过曲"，即作者填一调完毕，意尚未尽，继续拈一他调，而此两调间的音律必须恰能衔接。倘两调尚嫌不足，可用三调，但以三调为限，不能再加。若欲再加，可以改作套曲。带过曲常见的例如"雁儿落带得胜令""沽美酒带太平令"等。又南曲中也有一种特例，叫作集曲，即摘取各调的零碎句法互相连续，而另定一新名，例如"金络索"就是集"金梧桐""东瓯令""针线箱""解三醒""懒画眉""寄生草"等各调的句法而成。但无论北的带过曲，或南的集曲，总是一韵到底，所以仍算一支。假使在一个题目下面，用同一曲调，重复再做几遍，和第一遍首尾全同的称为"重头"，首句句法有改变的称为"换头"。这个重头或换头，重复几遍没有限制，而前后用韵不同，所以并不能算一支，倘前后用一韵，则应作为套曲，并不算小令了。但有些曲调如"人月圆"等，一支例用双叠，后叠或重头或换头，概为幺篇，幺篇必须同韵。

套曲的组成，普通有三种情形。（一）至少有两支同宫调的曲调相联，若宫调虽异而管色相同的，也可互借入套。（二）一套结束处有尾声，但在特殊情形之下，如南曲重头，北曲用带过曲作结等，往往不用尾声。（三）首尾一韵，此层最为重要。又南北曲有合套之例，普通一南一北，相间不乱，有定式若干套。（以上，论曲调体式，系专家之业，当代戏曲家，如吴梅、王国维、青木正儿，皆有所叙说。上述种种，系节用顾佛影散曲导言。）

（小令用调，大抵以声音美听、能单独歌唱、不病割裂者为标准。北曲中专用作小令者有五十调，习常通用的有六调，如"人月圆""山坡羊""凭阑人"等。小令套曲兼用的有六十九调，通用的只有三十二调。又带过曲的有三十四调，通用只有六调。南曲小令用调，可别为原调和集曲两种，原调五十八，集曲五十四，习用也只有十六调。小令中也有本非小令牌调，而将套曲中一二精粹之调，摘出作为小令的称为"摘调"，这是特例。至于套曲用调，除北曲中小令专用牌调外，都可联用；但南套联法未失传，作者倘为知音，可以自由变化。若北套中，首尾数曲，虽似一定，而中间各曲，联法已不详，作者只有遵守前人程式了。）

戏曲，本来是综合的形象艺术。中国古代的戏和曲，各自发展，并不相关联的，到了宋、金、元之际才综合起来，成为戏曲。其中保存古代俳优的滑稽角色，即丑角。也有角牴百戏的成分，所谓武工。配上了声乐，乃有乐曲，合曲乃有词。加以图案（花脸）舞蹈。唱曲以外，又有道白，加上了动作。而所扮演的又有完整的故事。我们在这儿所论到的，仅是戏曲中的唱词，以及剧本故事而已。

我们要了解中国戏曲发展的过程，《西厢记》倒是一部最完整、最适当的例子。现在流行的《西厢记》，乃是题名王实甫或谓关汉卿所作的北曲。（也有人说是王作关续，有人说是关作王续的。）这本戏曲，当时如何上演，我们已无从知道了。现在上演的《西厢记》，那是李日华的南曲《西厢记》，在北曲《西厢记》以前，这一叙述崔莺莺和张君瑞恋爱的故事，曾经有过种种不同的文艺形式。最初，唐代的元稹（微之）用传奇文写了《会真记》，这是最初的底本。（传奇文，可说是初期的中国小说，出于唐代文士之笔，上文已提及。）到了宋代（十一世纪后期）赵令畤，曾写了"商调蝶

恋花"鼓子词。这是一种先说白后弹唱的体式,有如今日流行的弹词。例如:

> 《传》:"余所善张君"至"终席而罢"。奉劳歌伴,再和前声:"锦额重帘深几许,绣履弯弯,未省离朱户。强出娇羞都不语,绛绡频掩酥胸素。黛浅愁深妆淡注,怨绝情凝,不肯聊回顾。媚脸未匀新泪污,梅英犹带春朝露。"

已开始唱曲的格式了。其后有人(作者不详)写了"莺莺六公公本杂剧";北方,还有一位说唱家董解元(金章宗年间),利用民间逐渐流行起来的诸宫调说明体裁编了一本《西厢记》挎弹词。这种弹词,如何唱法已不可知,若就文词来说,可以说是在一切形式的《西厢记》以上,连王实甫的北曲《西厢》也在内。

王实甫的北曲《西厢记》,比董西厢更进步,即是进入可以扮演的戏曲。例如:

> (外扮老夫人上开,二旦、徕随上)老身姓郑,夫主姓崔,官拜前朝相国,不幸因病告殂,只生得个小姐,小字莺莺,年一十九岁。针黹女工,诗词书算,无不能者。老相公在日,曾许下老身之侄,乃郑尚书之长子郑恒为妻。因俺孩儿父丧未满,未得成合。又有一个小妮子,是自幼服侍孩儿的,唤作红娘。一个小厮儿,唤作欢郎。先夫弃世之后,老身与女孩儿扶柩至博陵安葬,因路途有阻,不能得去。来到河中府,将这灵柩寄在普救寺内。这寺是先夫相国修造的,是则天娘娘香火院;况兼法本长老

又是俺相公剃度的和尚，因此俺就这西厢下一座宅子安下。一壁写书附京师去，唤郑恒来，相扶回博陵去。我想先夫在日，食前方丈，从者数百，今日至亲则这三四口儿，好生伤感人也啊！

（仙吕·赏花时）夫主京师禄命终，子母孤孀途路穷；因此上旅榇在梵王宫，盼不到博陵旧冢，血泪洒杜鹃红。今日暮春天气，好生困人，红娘：你看佛殿上没有人烧香啊，和小姐闲散心耍一回去来。（红云）谨依严命。（夫人下）（红云）小姐有请。（正旦扮莺莺上）（红云）夫人着俺和姐姐佛殿上闲耍一回去来。（旦唱）

（幺篇）可正是人值残春蒲郡东，门掩重关萧寺中，花落水流红，闲愁万种，无语怨东风。（并下）

这儿的"外""旦徕""旦"是角色，"开科""行科"是动作，"老身姓郑""小姐有请"云云是道白，"仙吕"是"宫"，"赏花时""幺篇"是曲调，那就是完整变的剧曲子。北曲《西厢》以后，种种《西厢》，以及今日在戏台上还看得到的《西厢》，那是乐曲上的变化，和词句上的调整了。

接着，我们可以着重在南北曲体性上的同异，而加以简括的说明。我们知道南宋年间，南方的杂剧，和北方（金）的院本，同出一源流，虽有很多差异，大体还是一致的。《都城纪胜》说："杂剧，先做寻常熟事一段，名曰艳段；次做正杂剧，通名为两段。……杂扮或名杂斑，又名技和，乃杂剧之散段。"可见南宋杂剧的段数，应该由四段构成，即"艳段（一段）—正杂剧（两段）—杂扮（一段）"。这四段为后来元代杂剧定型四折的萌芽。不过宋杂剧的四段，其各段所演的内容，都互相不联络。不像后来杂剧的四折，是连贯一起的。这是两者不同之处。金之院本，也约略和杂剧的段数相同，其曲中有"拴搐艳段"一门，中有"毬捧艳""破巢艳"等目，这刚巧和南方的正杂剧相当。有许多院本，其前座有艳段一节，这更和杂剧接近了。关于杂扮是不是有相当的，虽未见明文，可是院本中演着和杂扮一类的，却很多。至于角色，即俳优的职掌，据《都城纪胜》称："杂剧中末泥为长，每四人或五人为一场，……末泥色主张，引戏色分副，副净色发乔，副末色打诨。又或添一人装孤。"已经有了这几种角色。又据《辍耕录》载："院本则五人，一曰副净，一曰副末，一曰引戏，一曰末泥，一曰孤装。"角色可说大致相同。当时的剧本，今已很少留存，我们只能从残存剧目来推测内容，北方的院本，似乎内容上比南方杂剧来得进步些。

到了元代的杂剧（北曲），内容更加充实，结构比较完备，各方面都有了很大的进步。说到北曲的结构，依《元曲选》及《古今杂剧所见》，均一本分为四折，前后一贯，互相联络的。关于扮演的角色，元曲已有显著的增加。宋金时的"末泥"，被改为"正末"。"副末"被分成"外末""冲末""二末"，又添"小末"。"副净"腔称为"净"，"杂扮"变成"丑"。此外"旦角"的分工，也很显著。"旦"在宋杂剧中，已经有了的，不过不占重要的地位。到了元代才有各种身份的"旦"出现。除"老旦""小旦""旦徕""色旦""搽旦""外旦""贴旦"等而外，还有"正旦"，作为"正末"的配角，和正末互相匹对。旦角的分工，可以说是剧曲的一大进步，因为社会本是男女两性的。

我们细看现代存在的元曲，可以知道那百几十种元曲，每一种都是搬演一件故事的始末，全部情节，错综复杂，和外形的四折相配合。这比之于宋杂剧中，如"争曲六幺""打毬大明乐""看灯胡渭州"等单纯趣剧，已不可同日而语了。我们对于元曲技术，格外觉得高超神妙，可以说是文学史上的最瑰丽的一页。固然元曲作家多杰出的天才，我们却要归功于当时社会环境的大变动。元代乃是蒙古人入中原主政，以草原游牧民族来统治高度农业生产的民族，他们的文化水平，虽不及汉人，却可以无视汉人的文化传统。元朝圣旨，多用白话，这也是元曲科白敢于使用口语的主因之一。思想方面，可以踢开理学家的酸腐头脑，也可说是解放时期。元曲的文辞，远在唐宋诗词家之上，也是解除了传统文学的束缚的缘故。当时作家之中，如关汉卿、王实甫、马致远、乔吉四大家为最杰出。王国维论元曲之文章，谓："古今之大文学，无不以自然胜，而莫著于元曲。""彼以意兴之所至为之，以自娱娱人，关目之拙劣，所不问也；思想之卑陋，所不讳也；人物之矛盾，所不顾也。彼但摹写其胸中之感想与时代之情状，而真挚之理与秀杰之气，时流露于其间。""元剧最佳之处，不在其思想结构而在其文章。其文章之妙，亦一言以蔽之，曰有意境而已矣。"

至于元剧中的乐曲，并不和宋金的杂剧院本那样，每一剧所用的只是一种主要的乐曲。（例如"莺莺六幺"以六幺大曲为主要曲，"剑舞"以"剑器曲破"为主要曲。）而是一折之中，有大曲，有小曲，也有词调，间或采用时调。其中用各种小曲杂缀而成。例如关汉卿的《闺怨佳人拜月亭》第二折：

（南吕）（一枝花）见诸宫调——（梁州）或出自大曲

梁州之一遍——（牧羊关）见诸宫调中（贺新郎）见宋代

词调——（牧羊关）——（斗虾蟆）未详——（哭皇天）——
（乌夜啼）词调——（三煞）——（二煞）——（收尾）。
三煞以下系尾声，往往用散曲奏成。

这样，一折之中，用许多曲杂凑而成。（其一折中有用同一的调子的，那联结法大概有一定的习惯。）在大曲中，虽亦用许多小曲组织成功，可是它是有一定的公式的，一成不变的。像元曲这样的杂缀式，也可说是戏剧作法的解放，也是一种进步。

元曲的唱法，和我们所见于舞台上种种唱法，大大不同。那时，每一折戏，就由表演的主角（正末或正旦之类）独唱到底，旁的角色，通常以不唱为原则。这一种单唱式，在以前或以后的戏剧中，很少看到。通常复唱式（两人以上交互唱一种调）和合唱式（两人以上同时唱）乃戏剧的自然要求，而元曲独兴行单唱，不知是什么缘故，我们已无从了解了。"唱"的作用，在元曲中已有相当的进步。（一）作为对话的代用，即正旦或正末在对话时，比起宾白，还是唱来得重要。这种用唱代对话，在剧中到处可以看见。（二）表示剧中人物的意志。这里面有种种不同，如抒情、愿望、抱负、企图、想象等，关于发表个人内心的心境的，用唱有不陷于太露骨的功效。（三）表明事态的，即用唱来表示事件的过去及现在的状态，或形容他人，或使人明白自己的现状及动作等。（四）描尽四围的情景，这是作为舞台装置的代用，使看客能够明了当时的环境，也是唱的一种功效。"唱"占了这样重要的地位，科白只是处于辅助地位，在歌剧中该算是比较进步的了。

明代的南曲，那又是进一步的了。在戏曲的血缘上，南曲似乎继承南宋杂剧那一脉而来的。明初叶子奇《草木子》称："俳优戏文，始于王魁，永嘉之人作之。"祝允明《猥谈》也说："南戏出自宣和以后，南渡时，名为温州杂剧。"他又举出了"赵贞女""蔡二郎"等戏名。但我们把明以后的南曲来和温州杂剧一比，那真一个简单，一个复杂，一个组织完整，一个杂拼而成，相差得太远了。几乎不敢相信，前者是否源出于后者呢？因此，日人青木正儿怀疑南曲之源或出于院本及北曲，以笔者所知所见，则以为源流是不错的，其吸收院本及北曲之影响，那又是无疑的。（后详）

元曲，一剧以分为四折为通例。南曲（我们且引《琵琶记》《张协状元》《宦门子弟》《小孙屠》为例），剧中一段称为一出。每剧的出数并无一定，如《琵琶记》就有四十三出，《张协状元》约三十出，每出的分量比北曲来得短；而全剧的分量，却比北曲来得长，通常是长了六七倍。全剧中第一出和别出的构造不同，这是剧的发端，是说明全剧的纲要和表示作者的意见主张的。后世将这一出加以"开场""家门""提纲"等名目。北曲，只限于一人独唱，上文也说过了。南曲除一人独唱外，还有接唱、同唱、合唱、接合唱几种不同的方式，那就在扮演上利便得多了。北曲的曲，每一折杂缀若干小曲而成，名为"一套"。一套曲里面，只准用同一宫调，不能和别的宫调混用。曲辞的韵，每一套曲，用一韵到底，其韵用平上去声，无入声。一套曲的末了，必有"尾声""煞尾"等作为一折的结束。北曲的"白"，登场开始时有定场白，大概以几句诗开头，再继以口语的独白或对话。其他的"白"，有所谓"背云""带云"种种，"背云"即在对话之际，一个人离开座位，独自向看客说出关于心中的私事，使看客明了剧情。"带云"即在唱曲中间所附带的说白。北曲中对于角色的说白，并不呆板规定，使演者有添加伸缩的余地，有时戏文中简直不写出说什么话，只写着

"说关子介""说关"等字标,"说关月"即叙述事情始末之意,叫角色自动叙说一阵就是了。(北曲一折的开始,总是先白而后唱,即先说明而后演之意。每折的主角上场之前,往往有别的角色先上场弄许多科白,主角乃徐徐登场。也就是"先宾而后主"之意。)到了南曲,曲的编成,每出当中,总是用好几套曲。一套曲中,自两三曲至六七曲不同。因此一出(即数套曲)中间,常常有变宫调,取其声调,不至于时常雷同。如《琵琶记》第九出:

仙吕入双调(宰地锦裆)——(哭歧婆)——越调过曲(水底鱼儿)——正宫(北叨叨令)——(宰地锦裆)——(哭歧婆)——仙吕入双调(五供养)——前腔——中吕(山花子)——(前腔)——前(太和佛)——(舞霓裳)——(红绣鞋)——(意不尽)。

曲有种类,则有"引子""过曲""尾声"之别。"引子"的拍子散慢,"过曲"慢慢地转激,"尾声"又轻轻地收住。这取其由浅入深,引人入胜,又有余味不尽之意。南曲所用音韵,和中原音韵稍异,除平上去三声外,兼用入声。曲辞方面,南曲不像北曲那样运用许多俗语,和许多虚字。所以语气上比不上北曲的畅达。南曲中的道白,分量也加多了。定场的独白,先以诗而接上了口语,和杂剧略相同。往往有几个人登场,各分念一首诗或词,再继以对话的方式。例如《琵琶记》第七出登场,生、丑、净、末四角色分诵《浣溪沙》一阕:

(浣溪沙)(生)千里莺啼绿映红,(丑)水村山郭酒旗风，（末）行人如在画图中。

（末）不暖不寒天气好，兴来或在旅人逢，（合）此时
谁不叹西东。

这体例到明万历以后，进入南曲全盛时期，更是风行。同时，
北曲的说白，系纯粹的口语体，南曲成为士大夫所好尚的艺术品，
有时掉文，近于酸腐。例如《张协状元》：

（末）小客肩担五十秤，背负五十斤，通得诸路乡谈，
办得川广行货。冲烟披雾，不辞千里之迢遥，带雨冒风，
何惜此身之跋涉。

一个做小生意的人，诌出这样的文句，当然不相称的。至于
"白"和"唱"的顺序，南曲先唱而后白，和北曲的先白而后唱，
刚倒过头来，也是不相同的一点。

南曲的全剧结构，原有一定的格局。每剧的开始必先出以剧中
的主要人物及隐约地说出将发生的事故，然后一出一出地展示开
来，最后无论怎样的一幕悲剧，总须以"团圆"收场。在北曲中，
还有《窦娥冤》《盆儿鬼》《梧桐雨》等悲剧，南曲中真正算得悲剧
的，可说一本也没有。就像《桃花扇》，最后侯方域和李香君，悟
道出家，在形式上好像并没有团圆，实际上两人都成佛成道去了，
还是一种团圆，南曲之中，像这么收场的，已经不多见了。

赵景深编选明清传奇，曾在导言中说：十三世纪初期，蒙古灭
金的时期，北方已出现了新兴的杂剧。到了蒙古统一中国，北地杂
剧，更有光辉的创作。这时，从南宋所传下来的"戏文"就比较衰

落了。但到了元末，"戏文"的大作家创作了《幽闺记》（拜月亭）和《琵琶记》（高则诚），影响了整个南戏的剧坛，在明初，和北曲分势力在这两种戏剧相互竞争的进程中，自然也不免有了相互的影响，互相吸引优点。这样也就开始了"传奇"的体裁。"传奇集合了南北戏曲的优点，增加了戏剧整体的完整性，所以它绵延扩展了一个极长的时期，成为我国古典戏曲的主要的表现形式，直到清乾隆以后，才被形式更活泼、内容更生动的地方戏所替代。"（赵又谓传奇的兴起，在演出的形式上，多采用"南戏"的传统法则，在需要以北曲唱调才能合剧情的场合下，还是应用了北曲的许多长处。）

　　[明徐渭《南词叙录》："生"，即男子之称。（北曲中即是"末"。"旦"，主要女角。）"外"，"生"之外又一生也，或谓之小生。"贴"，旦之外贴一旦也。"丑"，以墨粉涂面，其形甚丑。今省文作"丑"。"净"，予意即古"参军"二字合而讹之耳。"末"，古谓之"苍鹘"。]

　　我们看了中国戏曲的演变，不独院本与温州杂剧，北曲与南曲，带着很深厚的地方色彩，而近三百年间中国戏曲的推展，显然有着地方戏曲的兴替起伏之迹。笔者曾于十年前，周游南曲（传奇）散布的地区，访旧探源，略有所得。姑且在这儿作巡游式的记叙。浙东温州，虽为杂剧的发源地，也和北曲一样，找不到南宋时代的流风余韵。我们所知道的，到了明代，余姚腔的发达，渡海则为海盐腔，便是后来昆曲的先导。余姚腔的痕迹，或许在绍兴戏中保留得不少，而接唱的方式，以及丑角的出色，保留着民间草台戏风格。海盐腔便是进入豪富之家的客厅，成为士大夫所欣赏与创造的艺术品，乐器以箫笛为主，文辞富丽，由俗入雅，乃是一大转变。不过，到了明代中叶，昆曲行时之际，弋阳腔早已在赣东别树一帜。弋阳腔的来源虽不详，但从若干传播痕迹看来，可以说是温州杂剧的支流。当时"昆""弋"既已并称，可见代表南曲的两大派必有其特殊的风格。究竟"昆""弋"两派有何不同？我们可从汤若士的《宜黄县戏神清源师庙记》中看到。（宜黄，江西县名，明征倭将军谭纶家乡，清源师，系戏祖师，此庙建于宜黄城中。汤若士作记。）他举出弋阳腔"其节以鼓，其调喧"，即是说和"其节以板，其调幽"的昆腔（海盐腔），有雅俗之分。[据清礼亲王《啸亭杂录》：高腔（弋阳腔之传入高阳者）其"铙钹喧阗，唱口器杂"，所用乐器，文场用夹板、单皮鼓、大钹、手锣；武场用堂鼓、单皮鼓、大锣、小锣、大钹、小钹、唢呐等。]说得明显一点，海盐腔、昆腔成为士大夫欣赏的宫廷戏，弋阳腔依然是一般民众所欣赏的草台戏。

不过，其间也有着很重要的演变。因为明嘉靖年间，那位驻防在海盐抵御倭寇的谭纶将军，他看了细腻娴雅的海盐腔，就把一批海盐伶人带回到自己的家乡宜黄去，他要把新的风格来注入本来的弋阳腔中去，于是产生了新的弋阳腔，在宜黄风行起来。（宜黄弟子，也就成为江西的特种技术人才。）加以那位大戏曲家汤若士，又创作了许多伟大剧本，如《玉茗堂四梦》，弋阳腔乃重放光辉。大概在赣东沿饶河一带，风行一时，称为"饶河戏"。俗所谓啰啰者，乃"饶河"二字一声之转。其流传于赣东北者，所谓乐平腔、青阳腔，流入皖南，称为徽腔，就是这么一个线索。我们再仔细看去，散布在浙东的，如绍兴腔、义乌腔，都有着弋阳腔风格，而与昆腔雅俗异途的。大抵流入湖南，成为湘戏，流入广西成为桂戏，以及流入四川的川戏，在血缘也可以看得清清楚楚的。（以上笔者根据十年间的巡游调查所得结论，盖与事实相近了。）

欧阳予倩说："二黄腔，到现在为止，我还相信它从四平腔发展而成的说法，由弋阳腔同安徽的某种曲调相结合而成的四平腔，可能又和湖北黄州一带的民歌相结合，经过湖北人加工，成了二黄。至于西皮，则是脱胎于西北的梆子腔。由梆子变成襄阳腔，由襄阳腔变成西皮，必然经过一个不短的时间。这个腔调，显然也是湖北人唱出来的。湖北人习惯于称唱词为'皮'，经常说唱一段'皮'。所谓'西皮'，可能就是说从陕西或山西而来的曲调。因为从西北来的，所以湖南称西皮为北路；'二黄'是由安徽和湖北南边的曲调相结合而成，所以称为南路。二黄和西皮是两种不同的曲调，产生在不同的地区，它们都能够各自独立表演完整的故事。艺人们也不知道经过多少时间，把这两种曲调凑合在一起，便使二黄戏开展了一个新的面目。清初，北京盛行弋阳腔，称之为京腔（满洲人入关，在文化水准上，接受不了昆腔的'雅'，所以'俗'的弋阳腔先入了京）。士大夫间爱听昆腔的不少，昆腔也占一定的势力。乾隆中叶，魏长生把西秦腔带到北京，兴旺过一个时期；接着山西梆子班也到了北京。徽班进京的时候，正当各种戏曲在那里竞赛，徽班为着配合各类观众不同的口味，二黄、梆子、昆腔都演。最初，京官们以为梆子、二黄粗俗，不爱去看。以后弋阳腔、梆子腔、昆腔都下去了，皮黄独盛，成为京戏。"这一段，可作上文的补注。（欧阳氏认为二黄戏所以盛行，它本身有若干优点：（一）词句通俗，容易听得懂。（二）词句少动作多。（三）戏的结构比昆戏简练得多，能够在很短的时间里表现一个完整的故事。（四）声调高亢爽朗，结合通俗歌调，在广场上，观众能听得见，曲调和唱法接近语言，容易听得懂。（五）无论表演也好，歌唱也好，节奏鲜明，能提起观众的精神。（六）内容能反映民众的生活和感情。）

《南词叙录》："魏良辅合海盐、弋阳二腔，加以取舍，别成一派（便是昆腔），腔调流丽悠远，实超过海盐、弋阳、余姚三腔之上，听之最足荡人。"《剧说》："自明万历以来，公卿缙绅等富贵之家，凡有宴会小集，都用南唱，歌者只用一小拍板，或以扇子代之，间或亦有用鼓板者。后来吴人更加以洞箫或月琴相和，声音益加悽惨，几使听者堕泪。大会中用南戏，最初只二腔，但昆腔比海盐腔更清柔婉折。"这也可以见得昆腔的特点，昆腔盛行于太湖流域，魏良辅镂心南曲，转喉押调，度为新声，疾徐高下清浊之数，一从本官。取字齿唇之间，迭换巧掇，时时以深邈助其凄泪。梁伯龙起而仿效，考订元剧，自翻新调。此时善吹洞箫者有苏州的张梅谷，工笛子者有昆山谢林泉，都和良辅交善，以箫管伴奏其唱曲，乃开出昆曲全盛时期。这一时期，从明中叶到清初，先后二百余年，详见戏曲史，此不具述了。）

第九讲　小说的演进

提　要

（一）古代小说

    1. 小说之体性。

    2. 神话。

    3. 魏晋稗史。

（二）唐宋小说

    1. 唐宋传奇。

    2. 宋话本。

    3. 元明讲史。

（三）近代小说

    1. 神魔小说。

    2. 人情小说。

    3. 讽刺小说。

小说，在中国文学上取得了和散文、诗歌、戏曲同等的地位，那是最近六十年间的事。（就在笔者的童年，梁启超已经在那儿阐扬小说在社会教育上的意义，从事政治革命的也注意小说的宣传作用；但在一般士大夫心目中，小说还是一种闲书，不登大雅之堂的。这一观念的改变，乃是五四新文学运动以后的事。语详笔者所著《文坛五十年》。）不过和欧美的 Fiction 或 Novel 相当的小说，在古代早已产生了。

《庄子·外物篇》有"饰小说以干县令"一语，这是"小说"名词在中国古籍中见得最早的。不过，那时所谓小说乃是和当时纵横家游说王侯，发大议论相对举，只是一种地方上的士绅，对县令说说本乡本土的风土人情的，却也可以说是掌故之类的东西。到了《汉书·艺文志》，班固依刘向《七略》于《诸子略》中，以小说家附于九家之末，并且说："小说家者流，盖出于稗官，街谈巷语，道听途说者之所造也。孔子曰：'虽小道，必有可观者焉，致远恐泥，是以君子弗为也。'然亦弗灭也。闾里小知者之所及，亦使缀而不忘，如或一言可采，此亦刍荛狂夫之议。"依《艺文志》所载目篇，又据班固的注文，这都是野史，或托之古人，或托之于古事；托人的近于诸子百家，陈义却很浅薄，记事的近于史文，却又道听途说，缺乏真实性的。其后《隋书·经籍志》《唐书·艺文志》，也有小说类，篇目虽是增加得很多，体例还是沿着《汉书·艺文志》的成规的。到了明代胡应麟，才把小说分为志怪、传奇、杂录、丛谈、辩订、箴规六类。后来清纪昀作《四库全书总目提要》，分小说为三派，"其一叙述杂事，其一记录异闻，其一缀缉琐语也。唐宋而后，作者弥繁，中间诬谩失真，妖妄荧听者，固为不少，然寓劝戒，广见闻，资考证者，亦错出其中。班固称小说家流盖出于稗官，如淳注谓'王者欲知闾巷风俗，故立稗官，使称说之'。然则博采旁搜，是亦古制，固不必以冗杂废矣"。他的体例，和胡应麟相去不远，杂事即是杂录，异闻琐语，即是志怪，他不收传奇，又把丛说、辩订、箴规改属于杂家、小说的范围，比较整洁了。他把《山海经》《穆天子传》列入小说，也认为传说之类的书，并不能算是史书的了。

鲁迅的《中国小说史略》，就从《山海经》开始，如《西山经》载："昆仑之丘，是实惟帝之下都，神陆吾司之，其神状虎身而九尾，人面而虎爪，是神也，司天之九部及帝之囿时。""玉山是西王母所居也。西王母其状如人，豹尾虎齿而善啸，蓬发戴胜，是司天之厉及五残。"也颇近于希腊的神话，又如《列子·汤问》说："天地，亦物也。物有不足，故昔者女娲氏炼五色石以补其阙，断鳌之足以立四极。其后共工氏与颛顼争为帝，怒而触不周之山，折天柱，绝地维，故天倾西北，日月星辰就焉，地不满东南，故百川水潦归焉。"徐整《三五历记》称："天地混沌如鸡子，盘古生其中，一万八千岁。天地开辟，阳清为天，阴浊为地，盘古在其中，一日九变，神于天，圣于地。天日高一丈，地日厚一丈，盘古日长一丈，如此万八千岁。"《淮南子》称"羿请不死之药于西王母，姮娥窃之奔月"。这又是东方的《创世纪》。又如《楚辞·天问》，也提出了许多神话中的疑问，如："鲧何所营？禹何所成？康回凭怒，地何故以东南倾？"正是古代流行的传说。

不过，我们这个生长在黄河流域的以农稼为生的民族，自始便和地中海沿岸的以海洋贸易为生的民族异其趋向；我们的祖先缺乏幻想的意境，不像希腊、希伯来、埃及民族那样富于神话。我们的先民，流传于里巷间的多是日常生活的记录，所以我们的初期小说，便是稗史。如托名班固的汉武帝故事——《汉武帝内传》，托名刘歆的《西京杂记》，所载金屋藏阿娇的问答，司马相如、卓文君成都卖酒故事，也一直流传下来的。鲁迅说这些故事，虽未必十分真实，但在古小说中，也可以说是"意绪秀异，文笔可观"的。例如：

> 　　司马相如初与卓文君还成都，居贫愁懑，以所著鹔鹴裘就市人阳昌贳酒，与文君为欢。既而文君抱头而泣曰："我生平富足，今乃以裘贳酒。"遂相与谋于成都卖酒。相如亲着犊鼻裈涤器，以耻王孙。王孙果以为病，乃厚给文君，文君遂为富人。文君姣好，眉色如望远山，脸际常若芙蓉，肌肤柔滑如脂，十七而寡，为人放诞风流，故悦长卿之才而越礼焉。（《西京杂记》卷二）

这样的故事，固富有浪漫气息，文辞也绮丽可喜的。

本来，战国末期，阴阳五行家神仙之说，盛行一时，邹衍之徒，"深观阴阳消息，而作怪迂之变，《终始》《大圣》之篇，十万余言，其语宏大不经"。"谈天雕龙"，已有神怪的意味。秦汉的帝王诸侯卿相，都是方士的信徒，如《淮南子》所称："卢敖游于北海……至于蒙毂之上，见一士，欲与为友，士笑曰：'吾与汗漫期于九垓之外，吾不可以久驻。'举臂竦身，遂入云中。"正是士大夫所共同向往的求仙之说。（《史记·秦本纪》："齐人徐市等上书，言海中有三神山，名曰蓬莱、方丈、瀛洲，仙人居之。"《十洲记》说："瀛洲在东海中，……对会稽，去西岸七十万里，上生神芝仙草，洲上多仙家。"）到了东汉末年，阴阳五行的巫术和儒家谶纬之说相结合，再加上道家的一部分久视长生之说，乃成为民间流行的道教，鬼道乃十分流行。恰好从当时的西方（印度），传来小乘佛教，张皇鬼神，称道灵异，敷衍果报，自晋迄隋，特多鬼神志怪之书。其书有出于文人之笔，也有出于教徒讲道之舌，他们以为"幽明虽殊途，而人鬼乃皆实有，故其叙述异事，与记载人间常事，自视固无诚妄之别矣"。如魏文帝《列异传》、张华《博物志》、干宝《搜神记》、托名陶潜的《搜神后记》、荀氏《灵鬼志》、祖冲之《述异记》、刘敬《叔异苑》、刘义庆《幽明录》、吴均《续齐谐记》，都有着小说的风格与趣味的。例如：

> 焦湖庙有一玉枕，枕有小坼。时单父县人杨林为贾客，至庙祈求。庙巫谓曰："君欲好婚否？"林曰："幸甚。"巫即遣林近枕边，因入坼中，遂见朱楼琼室，有赵太尉在其中，即嫁女与林，生六子，皆为秘书郎。历数十年，并无思归之志，忽如梦觉，犹在枕旁。林怆然久之。(《搜神记》)

这一故事，已开唐人枕中记南柯记的先例。而吴均的阳羡鹅笼故事，便采取了印度传说，敷衍成为中国的故事了。

（鲁迅论六朝鬼神志怪书谓："释氏辅教之书，《隋志》著录九家，在子部及史部，今惟颜之推《冤魂志》存，引经史以证报应，已开混合儒释之端矣。而余则俱佚。遗文之可考见者，有宋刘义庆《宣验记》、齐王琰《冥祥记》、隋颜之推《集灵记》、侯白《旌异记》四种，大抵记经像之显效，明应验之实有，以震耸世俗，使生敬信之心，顾后世则或视为小说。""佛教既渐流播，经论日多，杂说亦日出，闻者虽或悟无常而归依，然亦或怖无常而却走。此之反动，则有方士自造伪经，多作异记，以长生久视之道，网罗天下之逃苦空者，今所存汉小说，除一二文人著述外，其余盖皆是矣。方士撰书，大抵托名古人，故称晋宋人作者多有，惟类书有引《神异记》者，则为道士王浮作。"）

东汉末年，士流崇尚气节，自命清流，时常有一种矫情固执的行为（《汉书》为之作《独行传》）。到了魏晋，转尚通脱，和返之于自然的老庄思想相结合，在世俗人眼中，又是一种"独行"。至于佛教信徒，他们的信念、行为，也是和礼法不相合的。也可说是"独行"。而当时的士大夫，不仅注意品评人物，而且发挥易老道释的妙义，以"清谈"相尚，妙语解颐，会心微笑；言语之科，可以说是历史上最发展的时代。怕的连孔门师弟，也不能像魏晋清谈家这么精妙。即如："乐广善于清言而不长于手笔。将让河南尹，请潘岳为表，……述己所以为让，标位二百许语，潘直取错综，便成名笔。"真可以说是出口成章，自成文彩的了。这类独特的行为，精妙的辞令，见之于前人记录，如《语林》《世说新语》的，也颇有小说的韵味。例如：

　　孔文举年十岁，随父到洛。时李元礼有盛名，为司隶校尉，诣门者皆俊才清称及中表亲戚乃通。文举至门，谓吏曰："我是李府君亲。"既通，前座。元礼问曰："君与仆有何亲？"对曰："昔先君仲尼，与君先人伯阳有师资之尊，是仆与君奕世为通好也。"元礼及宾客莫不奇之。太中大夫陈韪后至，人以其语语之。韪曰："小时了了，大未必佳。"文举曰："想君小时，必当了了。"韪大踧踖。
（《世说·言语》）

甲与乙争斗，甲啮下乙鼻，官吏欲断之，甲称乙自啮落。吏曰："夫人鼻高而口低，岂能就啮之乎？"甲曰："他踏床子就啮之。"（《太平广记》引《笑林》）

这类文字，也就有了近人们提倡的幽默风味了。

至于唐代传奇，具备了小说的体性风格，上文曾于叙述唐代古文运动时，略已提及。（宋刘贡文云："小说至唐，鸟花猿子，纷纷荡漾。"）近人汪辟疆编次《唐人小说》序文中说："唐代文学，诗歌小说，并推奇作。……风会既开，作者弥众，才杰之士，各拾所闻，搜奇则极于《山经》《十洲》，语怪则逾于《齐谐》《列异》。于是道箓三清之境，佛氏轮回之思，负才则自放于丽情，摧强则酣讴于侠义。罔不经纬文心，奔赴灵囿。繁文绮合，缛旨星稠；斯亦极稗海之伟观，迈齐梁而轶两京者欤！虽流风所届，籍肆诋谀；而振采联辞，终归明密。"他便说唐人传奇兼取骈、散的文体，运用丰富的想象力，搜奇志怪，言情侠义，融合道佛二家的思想，或为特创的风格。

胡应麟云："变异之谈，盛于六朝，然多是传录舛讹，未必尽幻设语，至唐人乃作意好奇，假小说以寄笔端。"所谓"作意"，所谓"幻设"，即是唐代文士已从事有意识的创作的。（幻设之文，如阮籍之《大人先生传》，刘伶之《酒德颂》，陶潜之《桃花源记》《五柳先生传》，都是以寓言为本，文辞为末的。唐代古文家的作品，如王绩《醉乡记》，韩愈《圬者王承福传》，柳宗元《种树郭橐驼传》，也是这一类文字。）

那时的传奇文，总是有一个完整的故事。这些故事，有的得之于里巷的传闻，如虬髯客、杨玉环的传说；有的对于社会人生的感悟，如沈既济的《枕中记》，李公佐的《南柯太守传》；有的本着个人的遭遇，加以点缀，注入个人的"曼依帕"，如元稹的《莺莺传》，张文成的《游仙窟》；或托讽喻以纾牢愁，或谈祸福以寓惩劝；总之，已经属于文艺创作的境界的。我们且看沈既济的《枕中记》，故事轮廓，大致和刘义庆《幽明录》所记的杨林，差相仿佛；但《枕中记》的卢生，正是一个完完整整的故事："略谓开元七年，道士吕翁行邯郸道中，息邸舍，见旅中少年卢生佗傺叹息，乃探囊中枕授之。生梦娶清河崔氏，举进士，官至陕牧，入为京兆尹，出破戎虏，转吏部侍郎，迁户部尚书兼御史大夫，为时宰所忌，以飞语中之，贬端州刺史，越三年征为常侍，未几，同中书门下平章事。嘉谟密命，一日三接，献替启沃，号为贤相；同列害之，后诬与边将交结，所图不轨，下制狱，府吏引从至其门而急收之。生惶骇不测，谓妻子曰：'家山东有良田五顷，足以御寒馁，何苦求禄，而今及此，思衣短褐，乘青驹行邯郸道中，不可得也。'引刃自刎，其妻救之获免，其罹者皆死，独生为中官保之，减罪死投驩州。数年，帝知冤，复追为中书令，封燕国公，恩旨殊异。生五子……其姻媾皆天下望族，有孙十余人。……后年渐衰迈，屡乞骸骨，不许。病，中人候问，相踵于道，名医上药，无不至焉，……薨；生欠伸而悟，见其身方偃于旅舍，吕翁坐其傍，主人蒸黍未熟，触类如故。生蹶然而兴曰：'岂其梦寐也？'翁谓主人曰：'人生之适，亦如是矣。'生怃然良久，谢曰：'夫宠辱之道，穷达之运，得丧之理，死生之情，尽知之矣；此先生所以窒吾欲也。敢不受教！'稽首再拜而去。"这故事若有其事，而且和隋唐时代士子渴慕功名的心理相符合。而当时道佛两家所启发的人生如梦的觉解，就像蜡酸一般，注入这一故事之中。又如李公佐《南柯太守传》，言东平淳于棼家住广陵郡东十里，宅南有大槐一株，贞元七年九月，因沉醉致疾，二友扶生归家，令卧东庑下，而自秣马濯足以俟之。生就枕，昏然若梦，见二紫衣使称奉王命相邀，出门登车，指古槐穴而去。使者驱车入穴，忽见山川，终入一大城，城楼上有金书题曰"大槐安国"。生既至，拜驸马，复出为南柯太守，守郡三十载，"风化广被，百姓歌谣，建功德碑，立生祠宇"，王甚重之，……进迁大位，生五男二女，……后将兵与檀萝国战，败绩，公主又薨。生罢郡，而威福日盛，王疑惮之，逐禁生游从，处处私第，已而送归。既醒，则"见家之童仆拥彗于庭，二客濯足于榻，斜日未隐于西垣，余樽尚湛于东牖，梦中倏忽，若度一世矣"。梦中倏忽，若度一世，这是《枕中记》的本意。篇末言"命仆发穴"，以究根源，乃见蚁原，悉符前梦，假实证幻，余韵悠然。当然，在变幻极端的官僚圈子中，这样的风涛是常有的，《红楼梦》作者曹雪芹第一回题诗："浮生着甚苦奔忙，盛席华筵终散场。悲喜千般同幻渺，古今一梦尽荒唐。"也就是这个意见。

又如元稹的《莺莺传》、蒋防的《霍小玉传》，也和歌德的《少年维特之烦恼》一般，有他自己那么一段遭遇底子而加以渲染的。他们自己都是新进的士大夫，和北里声使有着一段缠绵悱恻的痴情；而男的所谓才子，终于负情，因为新进士要缔婚名门，就把他们的心上人忘掉了。这一类故事，在当时一定多得很。《霍传》称：

中宵之夜，玉忽流涕观生曰："妾本娼家，自知非匹。今以色爱，托其仁贤。但虑一旦色衰，恩移情替，使女萝无托，秋扇见捐，极欢之际，不觉悲至。"生闻之，不胜感叹。乃引臂替枕，徐谓玉曰："平生志愿，今日获从，粉骨碎身，誓不相舍。夫人何发此言，请以素缣，著之盟约。"玉因收泪，命侍儿樱桃褰帷执烛，授生笔砚。……自尔婉娈相得，若翡翠之在云路也。如此二岁，日夜相从。其后年春，生以书判拔萃登科，授郑县主簿。至四月，将之官，……玉谓生曰："以君才地名声，人多景慕，愿结婚媾，固亦众矣。况堂有严亲，室无冢妇，君之此去，必就佳姻。盟约之言，徒虚语耳。然妾有短愿，欲辄指陈。妾年姓十八，君才二十有二，迨君壮室之秋，犹有八岁。一生欢爱，愿毕此期。然后妙选高门，以谐秦晋，亦未为晚。妾便舍弃人事，剪发披缁，凤昔之愿，于此足矣。"生且愧且感，不觉涕流。

霍氏的话，说得这么凄婉动人，而功名念重的李生，毕竟负情，连待之八年的短愿，都不能如她所期待，终于抑郁以卒。这一型的悲剧，差不多是士大夫阶级所常见的，张生之于莺莺，也是如此，高则诚笔下的蔡伯喈、吴敬梓笔下的匡超人，便是同一典型的。

至于写唐明皇天宝前后的宫闱间故事，盛衰之迹，兵乱的遭遇，以及杨氏姊妹荒淫的旧迹，而总结于马嵬坡的大悲剧，里巷间早已流传，到了后世，更是传奇的好题材。（明皇本来也是一个戏剧性人物，他的晚年，更富有戏剧性，成为大悲剧的主角。）如陈鸿的《东城父老传》《长恨歌传》《华清汤池记》，以及宋乐史《杨太真外传》，都是很好的传记小说。还有那反映藩镇割据的豪侠小说，如《红线传》《虬髯客传》，也正以反映民众的苦闷而好奇的心理，成为后世剑侠小说的先导。而且唐代文人，不像宋明理学家那么头巾气，富有浪漫情调，在文艺上自能大放异彩。

宋代士子，也有作传奇文的，如徐铉《稽神录》、吴淑《江淮异人传》、张君房《乘异记》、乐史《绿珠传》、洪迈《夷坚志》，皆传当时侠客术士及道流，行事大率诡怪。然其文平实简率，偏重事状，少铺叙，既失六朝志怪之古质，复无唐人传奇之缠绵，在文艺价值上，差了一截了。

（陈寅恪氏所著之《元白诗笺证稿》论唐代传奇文，独多胜义。他引了赵彦卫《云麓漫钞》："唐之举人，先借当世显人以姓名达于主司，然后以所业投献。逾数日又投，谓之'温卷'，如《幽怪录》《传奇》等皆是也。盖此等文备众体，可以见史才、诗笔、议论。至进士则为以诗为赞。"唐代科举之盛，肇于高宗之时，成于玄宗之代，而极于德宗之世。德宗本为崇奖文词之君主，自贞元以后，尤欲以文治粉饰苟安之政局。就政治言，当时藩镇跋扈，武夫横恣，固为纷乱之状态；然就文章言，则其盛况殆不止追及，且可超越贞观开元之时代。此时之健者，有韩柳元白，所谓古文运动，即发生于此时，殊非偶然也。中国文学史中，别有一可注意之点，即今日所谓唐代小说者，亦起于贞元和元和之世，与古文运动实同一时，而其时最佳小说之作者，实亦即古文运动中之中坚人物。陈氏以为古文之兴起，乃其时古文家以古文试作小说而能成功之所致，而古文乃最宜于作小说者也。当时所用以著述之文体，骈文固已腐化，即散文亦极端公式化，实不胜叙写表达人情物态世法人事之职任。欲事改进，一应革去不适描写人生已腐化之骈文，二当改用便于创造之非公式化之古文，则其初必须尝试为之。然碑志传记为叙述真实人事之文，其体尊严，实不合于尝试之条件。而小说则可为驳杂无实之说，既能以俳谐出之，又可资雅俗共赏，实深合尝试且兼备宣传之条件。此韩愈之所以为爱好小说之人。陈氏以为贞元、元和间之小说，乃一种新文体，明乎此，则知陈鸿之《长恨歌传》与白居易《长恨歌》，非通常序文与本诗之关系，而为一不可分离之共同机构。赵氏所谓文备众体中"可以见诗笔"之部分，白氏之歌当之；其所谓"可以见史才""议论"之部分，陈氏之传当之。就文章体裁演进之点言之，则《长恨歌》者，虽从一完整机构之小说中分出别行，为世人所习诵久已忘其与传文本属一体，然其本身无真正收结，无作诗源起，实不能脱离传文而独立也。至若元微之《连昌宫词》，则虽深受《长恨歌》之影响，然已更进一步，脱离备具众诗文合并之当日小说体裁而成一新体，史才、诗笔、议论诸体皆汇集融贯于一诗之中，使之自成一独立完整之机构矣。此固微之天才学力之所致，然实亦受乐天新乐府体裁之暗示而有所模仿。唐代文人赋咏，本非史家纪述，故有意无意间，逐渐附会修饰，历时既久，益使复曼衍滋繁，遂成极富兴趣之物语小说。这一番论断，确为陈氏的创见，而为治唐人小说所不可不知者。）

至于民间的故事传说，里巷茶楼酒肆作口头讲述的，也是由来已久。其俚语记述的，如见之于敦煌石室中的《唐太宗入冥记》《孝子董永传》《秋胡小说》《伍员入吴故事》《目连入地狱故事》，便是早期的话本，这类故事，一半是娱心的滑稽笑谈，一半是劝善的因果报应之书。说话人，在唐代已经成为市井杂技，李商隐《骄儿诗》："或谑张飞胡，或笑邓艾吃。"可见那时已有人在说三国故事了。（段成式《酉阳杂俎》，也有"市人小说"之语。）到了北宋，汴梁的杂使艺，有说话人的专业；孟元老曾举其目，曰小说，曰合生，曰说浑话，曰说三分，曰说五代史。吴自牧《梦粱录》称有四科："说话者，谓之舌辨，虽有四家数，各有门庭：且'小说'

名'银字儿'，如烟粉、灵怪、传奇、公案、朴刀杆棒发迹变态之事。……谈论古今，如水之流。'谈经'者，谓演说佛书，'说参请'者，谓宾主参禅悟道等事。……又有'说诨经'者。'讲史书'者，谓讲说《通鉴》汉唐历代书史文传兴废战争之事。'合生'，与起今随今相似，各占一事也。"灌园耐得翁述临安盛事，也说"说话"有四家：曰小说，曰说经说参，曰说史，曰合生，而分小说为三类，即"一者银字儿，如烟粉灵怪传奇；说公案，皆搏奉提刀杆棒及发迹变态之事；说铁骑儿，谓士马金鼓之事"是也。这就开出了后来章回小说的源流。

茶楼中的茶博士（说话人），他们敷衍故事，各运匠心，随时生发，但也有着底本以作凭依，那便是流传下来的话本。（《梦粱录》："小说者，能讲一朝一代故事，顷刻间捏合。"讲史之体，在历叙史实而杂以虚辞。小说之体，在说一故事而立知结局。）如新编五代史平话，就是当时讲史的底本，而京本通俗小说（今存卷十至十六）就是当时小说的底本。当时文人，模仿话本体式而敷衍故事的很多，今存的尚有《大唐三藏法师取经记》及《大宋宣和遗事》，也流传到民间去，由说话人再敷衍开去，那就成为后来几种章回小说，即《西游记》《水浒传》的雏形。这种小说"首尾与诗相始终，中间以诗词为点缀，辞句多俚，顾与话本又不同，近讲史而非口谈，似小说而无捏合"。

讲史在两宋时代，说三分、说五代盛行，而说三分，尤适合说话人的口味；因为三国时代，产生了许多英雄，武勇智术，瑰玮动人，那几年的军事政治外交，不像楚汉之际那么简单，也不像春秋战国那么繁多，说起来头头是道，听起来有条有理。苏东坡《志林》称："王彭尝云：'涂巷中小儿薄劣，其家所厌苦，辄与钱，令聚坐听说古话，至说三国事，闻刘玄德败，频蹙眉，有出涕者；闻曹操败，即喜唱快。'"可见三国故事，早就那么引动人的。其时，金元杂剧，也很多用三国时事，如赤壁鏖兵、诸葛亮秋风五丈原、隔江斗智、连环计、复夺受禅台，一直传下来，成为近世昆、弋、秦、徽、乱、京戏文最流行的剧本。而且，连演三国戏，在旧剧界也是一件大事；由于近一千年间小说、戏曲的接连不断对民间的深入宣传，民众的三国人物观，就代替了陈寿《三国志》的地位。

单就小说这一方面来说，罗贯中的《三国演义》成为话本发展的综结。依今人所见明弘治甲寅刊本（一四九四）来说，全书二十四卷，分二百四十回，起于汉灵帝中平元年"祭天地桃园结义"，终于晋武帝太康元年"王浚计取石头城"，首尾凡九十七年（一八四至二八〇）。其中史实，皆从陈寿《三国志》及裴松之注排比而成，间亦采取宋人的平话，又加以推演而成的；论断每取陈、裴二氏及习凿齿、孙盛诸家论断，还引了各代诗人的咏史诗。"然据旧史即难于抒写，杂虚辞复易滋混淆，故明谢肇淛以为太实则近腐，清章实斋又病其'七实三虚，惑乱观者'。至于写人，亦颇有失，以致欲显刘备之长厚而似伪，状诸葛之多智而近妖；惟于关羽，特多好语，义勇之概，时时如见矣。"（鲁迅语）其实，他对于三国人物性格的了解，都是很浅薄的，那几个最突出的人物，如曹操（并非奸诈之徒）、鲁肃（也非庸碌之辈）、关羽（性躁急而无谋，品行也本不十分纯正）、刘备（权谋阴险，并不比曹操高明）、周瑜（年长于诸葛，本非少年好冲动之士）、**诸葛亮**（既非方士，也不是儒家，乃是名法家，治川甚严，气度也不甚大），都已歪曲了史实。所以《三国演义》的小处都很成功，大处却完全失败的；这是一部对中国社会最有影响的书，却又是一部最淆乱史实的书。

罗贯中系元明间人，所著讲史小说，除《三国演义》外，尚有《隋唐志传》《残唐五代史演义》《三遂平妖传》《水浒传》等，不过，经过后代说话人用作底本，各有增减，面目渐变，详略不同，难于追寻本来面目了。其中最深入民间，流传最广的，乃是《水浒传》。水浒人物的传说，由来已久，先有口传的故事，不久即变成笔记的水浒故事。那时期正当北宋末年以迄南宋末年，那种传说，还是没有统系的，在京东的注意梁山泊，在京西的注意太行山，在两浙的注意平方腊，并且各地都有他们喜爱的中心英雄。南宋时已有了笔记水浒故事，如龚圣与《宋江三十六人赞序》和《宣和遗事》，便是那时的记载。那些短篇水浒故事，和元代的杂剧同时或稍前的。元曲的水浒剧即取材于这些篇。因为他们的传说、作者、产地的不同，所以内容常异，杂剧内人物的性格也因取材的不同而不一致。约在元、明之间，许多的短篇笔记，连贯成了长篇，截成一回一回的变成章回体的长短篇水浒故事。（李玄伯说）鲁迅说：水浒古本有一种一百回本，在当时已不可复见，但还有一种百二十回的繁本，中有四大寇，谓王、田、方及宋江。也许还有一种古本，招安之后，即接叙征方腊。这些古本的真相已不可考，但百五十回本的文字，虽非原本，盖近之矣。总而言之，《水浒传》有繁本与简本两大类：百十五回本、百十回本与百二十五回本，属于简本；百回本与百二十回本，属于繁本。鲁迅以为简本近于古本，繁本是后人修改扩大的。七十回本是金圣叹依据百回本而裁去后三十回的，为《水浒传》最晚出的本子。

这类分章设回的小说，常以一时代为段落，贯串若干事件来描述若干人物的境遇。组织不一定十分严密，有如编年史。每一章回，都有诗句式的回目，好似这一事件的纲目，如《水浒》第四回回目"鲁智深大闹五台山，赵员外重修文殊院"，便是以鲁智深在五台山闹乱子作为描写的中心的。每一回开头，略述前回结末的要领转入本回，而这一回的结尾，每是这一故事的高明，而以"欲知后事如何，且听下回分解"作结，显然留着说话人在讲台上擒纵听众心理的痕迹。这类小说，有着民间说话人各自发挥集体创作的痕迹，编次的，虽是文人，却不一定是在当时很著声名的，所以算不得有意的创作的。

同类的，以神魔为题材的章回小说，《西游记》乃是最成功的一种。道教方士神仙之说，秦汉以来，一直在各阶层流行着；进入宫闱与深入民间，其影响之大，自在儒佛二家之上；虽说他们理论很浅薄，却适合一般人的口味。至于尊奉道士羽客之流，到了北宋徽宗宣和年间，可说隆重已极。蒙古人虽信佛，也很信奉道教，所以他们的幻惑，依旧遍行于人间。明代初期，道教势力稍衰，到了中叶，又占了显赫地位，十分有了势力，成化时的方士李孜，上人继晓，正德时有色目人于永，都是以方使杂流做大官，荣华熠耀，倾动一时。因此，妖妄之说日盛，其影响及于文章。而且三教的争论，经过了一千年长时期，不曾有过结论，无从解决，互相容受，乃称之为同源。所谓义到邪正善恶是非真妄等等，溷为一谈，统于二元，虽无专名，称之为神魔，也就可以赅括了。那部《平妖传》的小说，便已开了端；当时文人，纷纷继作，如《四游记》，如吴承恩《西游记》，如《封神传》，如《三宝太监西洋记通俗演义》，都是这一类题材的神魔小说。

从讲史小说再进一步，从茶楼的说话人转入文士之手，积章经营的，近于近人所谓创作的，该从《金瓶梅》说起。这部小说，以《水浒传》的西门庆为线索，从武松景阳冈打虎在清河县碰到兄嫂开头，后来潘金莲姘上了西门庆，毒死了武大，武松来报仇，寻之不获，误杀李外傅刺配孟州；第八回以后，便从西门庆这一头生发开去，便和原来故事完全脱离了。这部小说"作者之于世情，盖诚极洞达，凡所形容，或条畅，或曲折，或刻露而尽相，或幽伏而含讥，或一时并写两面，使之相形，变幻之情，随在显见，同时说部，无以上之。至谓此书之作，专以写市井间淫夫荡妇，则与本文殊不符，缘西门庆故称世家，为缙绅，不惟交通权贵，即士类亦与周旋，著此一家，即写尽诸色，盖非独描摹下流言行，加以笔伐而已"。(鲁迅语）有人以为出于王世贞之笔，并无根据。以笔者推测，这一类小说，都是明代权臣门客所作，借以上呈御览，因为明代君王，荒淫无道，宰执托"变理阴阳"之说，乃以进淫书淫药为取宠之道。他们养了许多门客，写这一类淫秽的章回小说，每有佳构，《金瓶梅》可说是最好的了。(成化时方士李孜省、僧继晓以献房中术骤贵，嘉靖间陶仲文以进红铅得幸于世宗，于是颓风渐及士流，盛端明、顾可学皆以进士起家而俱借秋石方致大位。瞬息显荣，世俗所企羡，侥幸者多竭智力以求奇方，世间乃渐不以纵谈闺帏方药之事为耻。)

这一类小说，如果撇开猥亵部分，那是以描尽人情为主，鲁迅称之为人情小说。明代之《玉娇梨》《平山冷燕》《好逑传》，都是很平常的，到了清初曹雪芹的《红楼梦》(亦称《石头记》)出来，其间也说的神品。"全书所写，虽不外悲喜之情，聚散之迹，而人物事故，则摆脱旧套，与在先之人情小说甚不同。……盖叙述皆存本真，闻见悉所亲历，正因写实，转成新鲜，而世人忽略此言，每欲别求深义，揣测之说，久而遂多。……但据本书自说，则仅乃如实抒写，绝无讥弹，独于自身，深所忏悔。此固常情所嘉，故《红楼梦》至今为人爱重。"（鲁迅语）用现代文学的术语来说，这是一部写实小说，它的结构是波纹式，无数大波起伏，洸洋澎湃，每一大波又环包着无数小波，前波似尽，余漾犹存，正波未平，后涟已起。钩连环互，目眩神迷，读者还以为一切是琐碎的平铺直叙，却被作者由一波送到另一波，自己已辨不出是在哪个大波之间、小波之内了。这是积意经营有组织的创作，不独空前，几乎绝后了。清代这一类人情小说，非常之多，有的就替《红楼梦》续笔，都是恶札，不值一读，也有模仿他的风格的，品质低下，流为狭邪小说，更不足道了。

　　和曹雪芹同时，而以描写寒酸腐迂的儒士心理为题材的，则有吴敬梓的《儒林外史》。"秉持公心，指摘时弊，机锋所向，尤在士林，其文又戚而能谐，婉而多讽；于是说部中乃始有足称讽刺之书。"讽刺以婉曲为主，过于显露便近于谩骂。这一风格，到了清末，因为世俗卑鄙，官场贪污，而国势危殆，激起了一般文士的愤情，于是暴露黑暗面的小说，先后迭作，如南亭亭长（李宝嘉）的《官场现形记》、我佛山人（吴沃尧）的《二十年目睹之怪现状》、刘鹗的《老残游记》、东亚病夫（曾孟朴）的《孽海花》，虽不及《儒林外史》的微婉，但激发人心，趋于改革，小说的社会意义，显得十分重大了。

　　至于仿拟宋代的市人小说的，明代有《喻世明言》《警世通言》《醒世恒言》，极摹世态人情之歧，备写悲欢离合之致（通俗本即为《今古奇观》），原不是一时之笔，也不是一人之笔，却也有着短篇小说的风格。而模拟唐人传奇的《聊斋志异》（蒲松龄），"虽亦如当时同类之书，不外记神仙狐鬼精魅故事，然描写委曲，叙次井然，用传奇法而以志怪，变幻之状，如在目前；又或易调改弦，别叙畸人异行，出于幻域，顿入人间；偶述琐闻，亦事简洁，故读者耳目，为之一新"。（鲁迅语）模拟晋宋小说的《阅微草堂笔记》（纪昀），"虽聊以遣日之书，而立法甚严。……凡测鬼神之情状，发人间之幽微，托狐鬼以抒己见者，隽思妙语，时足解颐；间杂考辨，亦有灼见。叙述复雍容淡雅，天趣盎然，故后来无人能夺其席"。这类笔记小说，盛行于明清两代，其时虽未接触西方文学，也已有了短篇小说的韵味了。

此外，还有以侠义为题材，近于《水浒传》的，清代则有《儿女英雄传》（文康）和《三侠五义》（石玉琨叙），也是章回小说老风格，在民间流行甚广，且在《水浒传》之上了。

第十讲　近代散文之流变

提　要

（一）宋明古文运动

    1. 两宋古文。

    2. 台阁体。

    3. 明前后七子的复古运动。

    4. 公安竟陵派古文。

（二）近代古文

    1. 桐城派古文。

    2. 阳湖派古文。

    3. 八股文之体性及沿变。

（三）现代散文

    1. 清末理家运动。

    2. 新文学运动——白话文。

唐代古文运动，乃是韩柳那一群古文家对魏晋以来南朝文士好尚骈俪文学的复古，上章已经说过了。不过，到了唐末、五代、宋初，依旧回到骈俪四六文路上去。北宋自柳开、尹洙、穆修力为古文，欧阳修出，重振古文运动，其后以古文名家的，北宋有王安石、苏氏父子（洵、轼、辙）和曾巩，南宋则有朱熹、叶水心。不过，两宋古文家，虽带着更浓重的传道气体，他们主张文以载道，使"文"成为"道"的工具。但在"古文"与"骈文"的界线上，却不像唐代古文家那么严格。他们的散文中，就有着骈文的韵味与辞藻，他们也都是四六文的名手，他们的四六文，也就有着古文的气息。苏门弟子中，秦观工于骈俪文字，朱熹的弟子真德秀，也是四六文的大手笔。（宋代文风，本来如此，他们的古近体诗，就有散文的气息，所谓江西诗派的宋诗，即是以散文之体行诗，而苏东坡、辛稼轩的词，也就有着古风诗的风格。）即如有名的苏轼前后的《赤壁赋》，可以说是散体文的赋，也可以说是赋体散文。（吕思勉云：古文非一蹴而几也。其初与藻绘之文并行者有笔。笔虽不避俚俗，然词句整齐，声谓啴缓，实仍不脱当时修饰之风。且文贵典雅，久已相沿成习，以通俗之笔，施之高文典册，必为时人所不慊。然以藻绘之文为之，亦有嫌其体制之不称者，于是有欲模仿古人者焉。逮韩柳出，用古人之文法，以达今人之意思。今人之言语，有可易以古语者，则译之以求其雅。其不能易者，则即不改以存其真。如是，则俚俗与藻绘之病皆除。文之适用于其时者，算此体若矣。然能为此种文字者，寥寥可数。普通文字，仍皆沿前此骈俪之旧者也。至宋世而古文之学乃大昌，欧、曾、苏、王各极所至。普通应用文字，亦多用散文，而散文，始与骈文成中分之势矣。）

从骈散两体的演进看，士大夫阶级首先有意采用骈偶藻俪文辞，到了后来，文士才有意复古，积意写作古文，而且加以推行。从文言白话两体的演进看，则在朝的尚文言，民间先采用白话，隋唐以后，佛教尚质，采用口语，到了两宋，士大夫阶级的理学家，也试用了语录体和说话人的语本，无意之中，走上了同一趋向。蒙古人占据了中国，元代沿令，多用语体，这才打破了诏诰章表沿用骈文的传统。（明清两代诏令，虽貌似文言，实则以口语为主，而以文言变其貌。）

　　明代，汉族复兴，士大夫依旧回复文化上的中心地位。（元末大乱，士皆无意于功名，埋身读书，而光芒卒不可掩。）那几位大作家，如宋濂、刘基、王祎，都是起自民间，在朱氏新政权中取得高位的。他们从被蔑视重新获得了被尊重（元代轻视儒士，有"九儒十丐"之称），在文体上也转入雍容华贵的路向。明代还推行了科举取士的制度，规定了制艺格式即所谓八股文，不独题目限于四书的范围，而且限定依着朱熹的注解来代圣人立言。八股文这一种文体，乃是散文的骈体化；成化以后，体式完备，造成了一种比六朝骈文更做作更拘于格律的排偶文体。他们在科场所用的试帖诗，也是格律最谨严的近体诗。这一种风格，也可以说是回复到六朝、五代、宋初崇尚藻饰骈偶的旧路去了。

　　至于在朝的文士，从明成祖永乐以迄宪宗成化间（一四○三至一四八七）这八十多年，可说是一个长时期的太平。杨士奇、杨荣、杨溥三人，并以文雅见任，历事成祖、仁宗、宣宗、英宗四朝，他们所提倡的平正典雅、雍容平易的文体，成为馆阁著作的典型，遂有"台阁体"之称。这种台阁体，平正纡余，缺少了深湛幽渺的思想、纵横驰骤的气度，所以平正有余而精劲不足。流弊所及：肤廓见长，几于万喙一音，正如我们所说的，一种不痛不痒的文字。（《四库提要》云："（士奇等）柄国既久，晚进者递相模拟，城中高髻，四方一尺，余波所及，渐流为肤廓冗长，千篇一律。物穷则变，于是何（景明）、李（梦阳）崛起，倡为复古之论，而士奇遂为艺林之口实。"）在三杨以后的台阁中文士，李东阳以深厚雄浑之体，一洗啴缓冗沓之习，时人称其"气度雍容，风骨遒健"，号为茶陵派，却也脱不了台阁体的萎弱的。

明弘治、正德之际，内外渐多事，雍容平易的台阁体和那个变乱的时代环境不相合了。李梦阳倡言复古，以为"今人摹临古帖，不嫌太似，反曰能书，诗文之道，何独不然"。所以他主张散文及古体诗必效汉魏，近体诗当法盛唐，教天下人毋读唐以后书。他既提出了这个主张，自己便依了这个主张去实行模仿古人。所以他的散文，貌似秦汉，故意佶屈聱牙，以艰深文其浅陋，诗则古体必汉魏，近体必盛唐，往往句拟字摹，犯了食古不化的毛病。钱谦益曾加以批评，说："献吉以复古自命，……牵率模拟，剽贼于声句字之间，如婴儿之学语，如童子之洛诵，字则字，句则句，篇则篇，毫不能吐其心之所有，古之人固如是乎？天地之运会，人世之景物，新新不停，生生相续，而必曰：'汉后无文，唐后无诗。'此数百年之宇宙日月，尽皆缺陷晦蒙，直待献吉而洪荒再辟乎？献吉曰：'不读唐以后书'，献吉之诗文，引据唐以前书，纰谬挂漏，不一而足，又何说也？"那位和他相呼应的何景明，他以为"诗溺于陶（潜），谢灵运力振之，古诗之法亡于谢。文靡于隋，韩（愈）力振之，古文之法亡于韩。"这都是他们的复古论调。（李、何而外，再加上徐祯卿、边贡、王廷相、康海、王九思，称"前七子"。）

明嘉靖年间，又有李攀龙、王世贞辈继起，复主复古之说。

（李、王而外，合谢榛、宗臣、梁有誉、徐中行、吴国伦五人，称"后七子"。）他们的诗文，貌为秦汉，聱牙戟口，读者至不能终篇。他们抨击八股文、台阁体的拙陋是不错的，他们自己的文体，也钻入了另一拙陋的牛角尖，也就无以自立了。（王世贞晚年造诣颇深，已经不再以提倡复古为高。）

在前后七子提倡复古的起伏过程中，明嘉靖初年，有王慎中、唐顺之等起为欧（阳修）曾（巩）之文，以矫李、何复古之弊；支持他们主张的乃有茅坤、归有光等。他们也是主张复古的，不过他们并不要复秦汉之古，而是要复唐宋之古，易佶屈聱牙为文从字顺，适合了近代人的需要了。这一派的主张，对于近代散文的影响是很大的。一般人所说的古文，就是唐顺之、茅坤所说的古文；一般人所说的唐宋八大家，也就是唐顺之、茅坤所说的八家。（其实，唐代古文家，如李翱，南宋古文家如朱熹、叶水心，作品都在苏洵、苏辙之上的。）而时人所家弦户诵的古文名篇，就是他们所推选的篇目。他们在当时还不能与前后七子相抗衡，但对于近四百年间中国散文界的影响，却在任何文派之上。而其中的古文家归有光，乃成为桐城派的不祧之祖。

唐顺之论古文，着重本色，其《与茅鹿门论文书》云："就文章家论之，虽有绳墨布置，奇正转折，自有专门师法，至于中间一段精神命脉骨髓，则非洗涤心源，独立物表，具古今只眼者，不足以与此。今有两人，其一心地超然，所谓具千古只眼人也，即使未尝操纸笔呻吟，学为文章，但直据胸臆，信手写出，如写家书，虽或疏卤，然绝无烟火酸馅习气，便是宇宙间一样绝好文章。其一人犹然尘中人也；虽其颜颜学为文章，其于所谓绳墨布置，则尽是矣，然翻来覆去，不过是这几句婆子舌头语，索其所谓真精神，与千古不可磨灭之见，绝无有也，则文虽工而不免为下格。此文章本色也。……本色卑，文不能工也，而况非其本色者哉！"这就是说他们主张写真实有内容的文字，与其模拟汉魏文字，成为假古董，不如近师欧、曾，示人人可循的道路的。而且他们并不菲薄八股文，唐顺之、归有光的八股文，又独创一格，以古文风格来写八股文，自有简洁清新的韵味，他们对八股文的影响，也和对古文一样的重大。

归有光的古文，从史汉中出，而能得唐宋古文家的神理，《四库提要》称："自明季以来，学者知由韩、柳、欧、苏沿回以溯秦汉者，有光实有力焉。"钱谦益极口称许他的《李罗村行状》及《赵汝渊墓志》，谓："继韩欧复生，何以过此。"后人传诵其《项脊轩记》和《先妣事略》。大体说来，他的记叙文字，从史汉中变化出来，颇有文学的意味的。（议者以归氏为明代古文家第一。）钱谦益谓："熙甫为文，原本六经，而好太史公书，能得其风神脉理。"刘开则谓："震川熟于《史》《汉》矣，学欧、曾而有得，卓乎可传，然不能进于古者，时艺太精之过也，且又不能囿于八家也。"他所写的都是真性情文字，无意于复古，而自与古文的轨辙相合的。

比唐顺之、茅坤、归有光的反复古倾向更彻底一点，更主张真性情的则有公安、竟陵派的古文家。公安派的主要人物是三袁，即袁宗道、袁宏道、袁中道三人，他们是湖北公安县人，所以有了公安派的名称。他们的主张很简单，周作人说他们和胡适五四运动时期新文学主张差不多。所不同的，那时是十六世纪，利玛窦还没有来中国，所以缺乏西洋思想。假如从现代胡适的主张中灭去他所受到的西洋影响，科学、哲学、文学以及思想各方面的，那便是公安派的思想和主张了。而他们对中国文学变迁的看法，较诸现代谈文学的人或者还更清楚一些。"独抒性灵，不拘格套"，那是公安派的主张。袁中郎（宏道）说："诗文至近代而卑极矣。文则必欲准于秦汉，诗则必欲准于盛唐，剽袭模拟，影响步趋，见人有一语不相肖者，则共指以为野狐外道。曾不知文准秦汉矣，秦汉人何尝字字准六经欤？诗准盛唐矣，盛唐人何尝字字学汉魏欤？秦汉而学六经，岂复有秦汉之文？盛唐而学汉魏，岂复有盛唐之诗？惟夫代有升降而法不相沿，各极其变，各穷其趣，所以可贵，原不可以优劣论也。"这些话，说得都很得要领的。他们也有了文学变迁的观念，说："夫古有古之时，今有今之时，袭古人语言之迹而冒以为古，是处严冬而袭夏之葛者也。骚之不袭雅也，雅之体穷于怨，不骚不足以寄也。后之人有拟而为之者，终不肖也，何也？彼直求骚于骚之中也。至苏李述别及十九等篇，骚之音节体制皆变矣，然不谓之真骚不可也。""夫法因于敝而成于过者也：矫六朝骈俪饤饾之习者，以流丽胜，饤饾者，固流丽之因也，然其过在于轻纤，盛唐诸人以阔大矫之；已阔矣，又因阔而生莽，是故续盛唐者，以情实矫之；已实矣，又因实而生俚，是故续中唐者以奇僻矫之。然奇则其境必狭，而僻则其务为不根以相胜。故诗之道，至晚唐而益小。有宋欧苏辈出，大变晚习，于物无所不收，于法无所不有，于情无所不畅，于境无所不取，滔滔莽莽，有若江河。今之人徒见宋之不法唐，而不知宋因唐而有法者也。"他们于是提出了"信腕信口，皆成律度"的口号，也和新文学运动所提倡的"要有话说，方才说话""有什么话，说什么话；话怎么说，就怎么说""要说我自己的话，别说别人的话""是什么时代的人，说什么时代的话"等主张相同的。

周氏又说：公安派的文章，便是清新流丽，他们的诗，也都巧妙而易懂。他们不在文章里面摆架子，不讲治国平天下的大道理，只要看过前后七子的假古董，就可很容易看出他们的好处来。不过，公安派的流弊也就在此，他们所作的文章，都过于空疏浮滑，清楚而不深厚。于是竟陵派又起而加以补救。竟陵派的主要人物是钟惺、谭元春，他们的文章很怪，里边有很多奇僻的词句，但其奇僻，绝不是在模仿左、马，而只是任他们自己乱作的。其中有许多很好玩，有些则很难看得懂。(周氏极推许张岱，谓为结合这两派的特长。)

从归有光开了头（事实上，归有光和唐顺之、茅坤是一派，如上文所说的，他们只是反对前后七子的复古，而把古文的典则放到唐宋八大家身上去的。但桐城派却奉之为祖师，有如六祖开宗似的），中间还跳过了顾亭林（继承归有光的古文的，顾氏乃在桐城派之先），把安徽桐城三古文家——方苞、姚鼐、刘大櫆推为宗师，这便是桐城派古文的脉络。桐城派有他们的门户，也有他们的义法。方苞为文好言义法，而义法所在，则推崇左史，其于后代作者，则推退之、永叔、介甫三家。他说："古文所从来远矣，六经《语》《孟》，其根源也，得其支流而义法最精者，莫如《左传》《史记》。""古文气体，所贵清澄无滓，澄清之极，自然而发其光精，则《左传》《史记》之瑰丽浓郁是也。"他又在《汉书·货殖传》后云："春秋之制义法，自太史公发之，而后之深于文者亦具焉，义，即《易》之所谓言有物也，法，即《易》之所谓言有序也，义以为经而法纬之，然后为成体之文。"言之有序，言之有物，乃是桐城派所谓"义法"。用现代的观念来说，言之有序，即是指修辞布局，文学形式上的功夫；言之有物，则是文学的内容。沈廷芳《书方先生传后》，记望溪尝告以"南宋、元、明以来，古文义法不讲久矣，吴越间遗老尤放恣（即是批评公安、竟陵派的文论）：或杂小说，或沿翰林旧体，无一雅洁者。古文中不可入语录中语、魏晋六朝人俳俪俳语、汉赋中板重字法、诗歌中隽语、南北史佻巧语。"在消极方面，他们也提出了这么多的禁忌。吕璜《初月楼古文诸论》，记吴仲伦论古文的语录，谓："作文立志要高，北宋大家，虽不可以不学，然志仅及此，则成就必小矣。《史》《汉》及唐人，须常在意中也。""古文之体，忌小说，忌语录，忌诗话，忌时文，忌尺牍，此五者不去，非古文也。清初如汪尧峰文，非同时诸家所及，然诗话、尺牍气尚未去净，至方望溪，乃尽净耳。诗赋字虽不可有，但当分别言之，如汉赋字句，何尝不可用？惟六朝绮靡，乃不可也。正史字句，亦自可用，如《世说新语》等太隽者，则近乎小说矣。公牍字句，亦不可阑入者，此等处，辨之须细须审。"这都说得很具体的。以笔者的说法，桐城派文士，只是十分平稳，要保持士大夫阶级的气度，凡是他们所不能确实把握的词语，如宋明理学家的哲学用语、魏晋清谈家所用的讽刺幽默语、赋家所用的辞藻，都以不用为上。他们把握着小小的生活圈子，就把古文写给这小小生活圈子中的朋友看，彼此欣赏一回就算，境界是十分狭小的。

方苞以后，刘大櫆发展他的艺术哲学，倡阴阳刚柔之说，姚鼐则编选《古文辞类纂》，示后人以轨范。周作人讲演"近代散文的流变"，说桐城派文士自以为承接着唐宋八大家的系统下来的：上承左、马而以唐朝的韩愈为主，将明代的归有光加入，再下来就是方苞。不过在他们和唐宋八大家之间也有很不相同的地方：唐宋八大家虽主张"文以载道"，但其着重点，犹在于古文方面，只不过想将所谓"道"这东西，放进文章里去作为内容罢了，所以他们还只是文人。桐城派诸人则不仅是文人，而且也兼作了"道学家"。

他们以为韩愈的文章总算可以了，然而他在义理方面的造就却不深；程朱的理学，总算是可以了，然而他们所做的文章却不好。于是想将这两方面的所专合而为一，因为有"学行继程朱之后，文章在韩欧之间"的志愿。他们以为"文即是道"，二者并不可分离，这样的主张和八股文是接近的。（方苞和唐顺之、归有光一样，也是一位很好的八股文作家）。所以，桐城派古文，照说是独属于文学中的一流派，但他们并不这么想，他们以为：

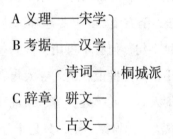

A 义理——宋学
B 考据——汉学
C 辞章 { 诗词— 骈文— 古文— } 桐城派

他们不自认是文学家，而是集义理、考据、辞章三方面的大成的。

刘大櫆论古文，提出神气之说；姚鼐论文章之美，提出阴阳刚柔之义，这就发挥他们的文艺哲学。刘氏说："行文之道，神为主，气辅之。曹子桓、苏子由论文，'以气为主'，是矣。然气随神转，神浑则气浩，神远则气逸，神伟则气高，神变则气奇，神深则气静，故神为气之主。至专以理为主者，则犹未尽其妙也，盖人不穷理读书，则出词鄙倍空疏，人无经济，则言虽累牍，不适于用。故义理、书卷、经济者，行文之材料；神气音节者，行文之能事也。"姚鼐《复鲁絜非书》，说："文者天地之精英，而阴阳刚柔之发也。惟圣人之言，统二气之会而弗偏，然而《易》《诗》《书》《论语》所载，亦间有可以刚柔分矣，值其时其人，告语之体，各有宜也。自诸子而降，其为文无有弗偏者。其得于阳与刚之美者，则其文如霆如电，如长风之出谷，如崇山峻崖，如决大川，如奔骐骥。其光也，如杲日，如火，如金镠铁；其于人也，如凭高视远，如君而朝万众，如鼓万勇士而战之。其得于阴与柔之美者，则其文如升初日，如清风，如云，如霞，如烟，如幽林曲涧，如沦，如漾，如珠玉之辉，如鸿鹄之鸣而入寥廓。其于人也，漻乎其如叹，邈乎其如有思，暖乎其如喜，愀乎其如悲。观其文，讽其音，则为文者之性情形状，举以殊焉。"他的《古文辞类纂》，分古文为十三类。"而所以为文者八，曰：神、理、气、味、格、律、声、色。神理气味者，文之精也；格律声色者，文之粗也。然苟舍其粗，则精者亦胡以寓焉。学者之于古人，必始而遇其粗，中而遇其精，终则御其精者而遗其粗者。"（曾国藩《欧阳生文集序》，论桐城派之原委甚详，别见中国文学史，此不具述。）其后曾国藩（他是桐城派的中兴盟主），编次《经史百家新钞》，本姚氏刚柔之说，有所发挥，谓："大抵阳刚者气势浩瀚，阴柔者韵味深美；浩瀚者喷薄而出之，深美者吞吐而出之。就吾所分十一类言之：论著类、辞赋类宜喷薄，序跋类宜吞吐；奏议类、哀祭类宜喷薄，诏令类、书牍类宜吞吐；传志类、叙记类宜喷薄，典志类、杂记类宜吞吐。……此外可类，皆可以是意推之。"他对古文有八字诀，所谓"雄直怪丽，茹远洁适"是也。这都是桐城派古文派所以教人为文的门径。他们提倡士大夫的雅驯风度，所以他们要提倡这种雅驯文字。周作人说："不管他们的主张如何，他们所作出的东西，也仍是唐宋八大家的古文。并且，越是按照他们的主张作出的，越是作得不好。方、姚文中所选的一些，是他们自己认为最好，可以算作代表作的，但其好处何在，我们却看不出来。"还有一点最有趣的矛盾：他们主张古文不可有小说气，却推崇韩退之的《毛颖传》，恰正是唐人的传奇小说，而为韩退之弟子所最不赞成的。他们说，古文不可有时文气，不独唐顺之、归有光、方苞都是八股文好手，而且评论归、方古文的，都说他们的古文，就有八股文气息，说他们以时文作古文。他们是反对骈偶文的，而桐城派的另一作家刘开（孟涂）都说了很持平的话：刘氏《与王子卿书》云："夫辞岂有别于古今，体亦无分于疏整。""骈之与散，并派而争流，殊途而合辙。千枝竞秀，乃独木之荣；九子异形，本一龙之产。故骈中无散，则气壅而难疏；散中无骈，则辞孤而易瘠。两者但可相成而不能偏废。"这都可以发人深省的。

桐城派的文章，比那些复古派的多带点文学意味，平淡简单，含蓄而有余味，这是他们成功之处。但他们的门户太小，气度太狭，仅仅守雅驯的典则，是不足以言开展的。阳湖派诸子，如恽敬、张惠言等，他们都从桐城派出，却开拓了广大的门庭。"皋文（张惠言）研精经传，其学从源而及流，子居（恽敬）泛览百家之言，其学由博而返约。"（子居自言其学非汉非宋，不主故常，治古文得力于韩非、李斯。）继阳湖派的传说，再加以扩大，乃有魏默深、龚定庵。"常州言学，既主微言大义而通于天道人事，则其归必转而趋于论政。"这就开出了晚清时务派康（有为）梁（启超）的时务文字的先河了。（梁启超云："自珍所学，病在不深入，所有思想，仅引其绪而止，又为瑰丽之辞所掩，意不豁达。虽然，晚清思想之解放，自珍确与有功焉。光绪间所谓新学家者，大率人人皆经过崇拜龚氏之一时期。初读《定庵文集》，若受电然。"）

笔者在谈论现代的散文运动以前，先把八股文（制艺）提出来说一说。正如周作人所说的，八股文和现代文学有着很大的关系。清代的文艺学问，约略可分为下列几种：（一）宋学（哲学或玄学）；（二）汉学（包括语言文学和历史）；（三）文学：（A）明代文学的余波（公安、竟陵派文体），（B）骈文（文选派），（C）散文（古文，以桐城为代表）；（四）制艺，即八股。在清代，每一个士子，无论你研究哪一种，八股文是人人必须学的。八股是制艺四书文，这种文体，限于四书中的题目，代圣人立言，有一定的格式，上文也说过了。周氏曾将清代各种文学，就其形式和内容两方面的差别，列表如下：

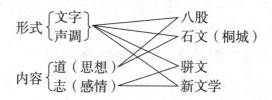

　　这里边，八股文是以形式为主，而以发挥圣贤之道为内容的。桐城派的古文，是以形式和思想并重的。八股文和桐城派的古文很相近，早有人说过，桐城派是以散文作八股的。

　　周氏提到八股文的特性，八股起于汉字的特点，它有所谓六书，所以有象形会意，有偏旁；有所谓四声，所以有平仄，从这里，必然地生出好些文章上的把戏。有如灯谜、诗钟，再上去，有如律诗、骈文，已由文学游戏而进于正宗的文学。自韩退之化骈为散，骈文似乎已交末运；然而不然，八股文起于宋，至明而稍长，至清而大成，实行散文的骈文化，结果造成一种比六朝的骈文还要圆熟的散文诗。而且破题的做法，差不多等于灯谜，至于有些"无情搭"，显然须应用诗钟的手法，才能奏效，所以八股，不但是集合古今骈散的菁华，凡是从汉字的特别性质演出的一切微妙的游艺，也都包括在内，所以我们说它是中国文学的结晶。八股文的音乐成分，也很显然的，从前的文人，他们读起时文来，摇头摆脑，简直和听梅兰芳唱戏差不多，他们只是陶醉于抑扬顿挫的声调中。他们作八股文，也只是检点应用的材料，选定合用的套，按谱填词，那么填上去就是了。这样的风尚，流行了五六百年，自然对于一切文学，都有了影响了。这种八股文，是随着科举的废除而废弃，但八股的幽灵，一直是在中国文化界飘荡着的，到而今还是阴魂不散的。

到了晚清，那正是十九世纪后期，由于世界资本主义国家向海外争取市场，中国沿海的都市正在发展，而连带刺激了国内民族工业的萌长。在这样的社会里，小市民群的生活，比乡村农民复杂得多了。以往士大夫阶级所用的词语，已不能应付裕如，大家需要一个范围广大的语圈。康有为、谭嗣同的政论文体，乃为大众所欢迎；这种文体，也可称为报章文学，和桐城派义法正相反，不是收敛的而是放纵的，不是简洁的而是曼衍的。那时，黄遵宪主张"其取材也，自群经三史逮于周秦诸子之书，许郑诸家之注，凡事名切于今者，皆采取而假借之；其述事也，举今日之官书，会典方言俗谚，以及古人未有之物，未辟之境，耳目所历，皆笔而书之"，与梁启超所主张"为文自解放，务为平易畅达，时杂以俚语、韵语及外国语法，从笔所至不检束"相为呼应。他们的主张，几乎将桐城派的义法樊篱完全扫荡掉了；但从另一方面看，这正是"言之有序"的补充和实践。谭嗣同以骈文体例气息写成沉博绝丽之文，梁启超以带情感的笔锋写成条理分明的辞句，浅显的文字，应用的范围推广得很大，他们的读者，也渐渐推广到士大夫的圈子以外去了。(周作人也说：梁启超是戊戌政变的主要人物，他从事于政治的改革运动，也注意到思想和文学方面。在《新民丛报》内有很多的文学作品，不过这些作品，都不是正路的文学，而是来自偏路的，和林纾所译的小说不同。他是想借文学的感化力作手段，而达到其改良中国政治和中国社会的目的。这意见，在他的一篇很有名的文章《论小说与群治之关系》中，可以看出。梁氏的文章是融合了唐宋八家、桐城派和李笠翁、金圣叹为一起，而又从中翻陈出新的。就这样，他以改革政治、改革社会为目的，而影响所及，也给予文学革命运动以很大的助力。)

和谭、梁同时，也在写政论文字的那位章太炎先生，他也注意到"有序有物"的桐城义法上去；不过，他是要借光于古代，以魏晋之文为文章典型的。他说："魏晋之文，持论仿佛晚周，气体虽异，要其守己有度，伐人有序，和理在中，孚尹旁达，可以为百世师矣。"又云："效魏晋之持论者，上不徒守文，下不可御人以口，必先豫之以学。"他所期望的，乃是一种雅驯近古有物有则的学术文，比桐城文更高一层的古文呢！梁、谭的报章文体，合乎时代的要求，其弊却流于空洞无物；章太炎的学术文体，持论太高，一般人难于接受，到了一九一二年间，章士钊的《甲寅杂志》出来了，他们这一群人，有人称之为逻辑文学。其论议既无华夷文学的自大心，又无策士文学的浮泛气，而且文字组织上，无形中受了西洋文法的影响，所以格外觉得精密。章氏曾说明他们这一种文体，"凡式之未慊于意者，勿著于篇；凡字之未明其用者，勿厕于句；力戒模糊，鞭辟入里，洞然有见于文境意境，是一是二，……文中不著不了之语，命意遣词，所定腕下必遵之律令，不轻滑过，卒尔见质，意在而口不能言其故者甚罕"。这一种文体，可以说是桐城派谈义法以来最有力量的修正，也可说是古文革新运动中最有成就的文体。——我们把清末及民初的文学运动，称之为"启蒙运动"，其文学趋向大体如此。

到了最近三十年，即是五四运动（一九一九年）以来的新文学运动，文学已经包含小说、戏剧、诗歌和散文，范围广大得多。散文也退出了正统的地位，和其他文学部门等量齐观。而最大的改变，还在于放弃了古文（文言），白话文学取得了正统的地位。胡适当时指出：我们认定文学革命须有先后的程序，先要做到文学体裁的大解放，方可以用来做新思想新精神的运输品。我们认定白话实在有成为文学的可能。他主张用白话做各种文学，说："我们有志做新文学的人，都说发誓不用文言作文，无论通信、做诗、译书、做笔记、做报馆文章、编学堂讲义、替死人作墓志、替活人上条陈，都说用白话来做。"胡氏的大成功，就在他看出这个先后的程序。《新青年》《新潮》那一群人，集中力量在这一点上，加上五四运动的群众意向，两三年间，白话文的传播，便已有了一日千里之势。胡氏在当时又提出历史的文学进化观念，说："居今日而言文学改良，当注重历史的文学观念。一言以蔽之，曰：一时代有一时代之文学。……纵观古今文学变迁之趋势，……白话文学自宋以来，虽见屏于古文家，而终一线相承，至今不绝。"他认为"自从三百篇到于今，中国文学凡是有一些价值者，有一些生命的，都是白话的或是近于白话的。其余的都是没有生气的古董，都是博物院中的陈列品"。他把白话文学当作中国文学的正宗，他的话，我们看来很平常，在那时，却是用扛鼎的气力说出来，可以说是划时代的看法。（胡适有胆识把小说、戏剧放在文学正统上，让它们登上大雅之堂，在当时的确惊骇流俗的。他指出这五百年之中，流行最广、势力最大、影响最深的书，乃是那几部"言之无文，行之最远"的《水浒》《三国》《西游》《红楼梦》。这些小说的流行便是白话的传播。所以这几百年来，白话的知识与技术，都传播得很远，超出平常所谓"官话疆域"之外。）

中国的文学，到了这一个新阶段，可以说是正处于朱子所谓"一齐打烂，重新造起"的局面，无论回顾与前瞻都可以得到最广阔的眼界。本书也就停在这一阶段上，至于有关现代中国文学的详细报道，别有专书，此不具论。

后记

我着笔编次这本小书，始于一九五四年冬天，到全稿完已经是一九五六年春天，其间也花了一年半的时日。因为这本小书，是为着中学生课外阅读之用，下笔反而拘谨起来，先后就换了三次草稿，到了这次脱稿，几乎又想全部毁去重新来过，却已限于时日，不可能的了。刚着笔的时候，我颇想写一本"有所见"的书，也曾向主编者表示这个意向。一动手就知道这是不可能的，因为看这本书的青年学生，可能根据书中所说的话，去答复课堂上的考试，也可能和他们语文教师所主张的完全相反，因而落第了的。我只能辅导他们的文学知识，还不能纠正他们的传统观点。因此，决定改变方式，要来写一本罗列所见的书，先提出了一个中国文学上的问题，再把各家的学说搜集起来让读者去选择。这也是不可能的，因为这么一来，这一小书得有五倍至十倍的篇幅，而且近于类书，要让一个对文学初入门的青年去选择，也是困难的。因此，我再来变换写法，这本小书，乃成为选择了"所见"的书。书中并没有我的主见，我只是选择一种可以相信的说法，给读者以参考。当然，在选择中，就有了我的观点，我却自期能够保持冷静的态度，采用比较权威性的论断。

或问：什么是权威性的论断呢？这本来也难说得很，谈文学的人各有各的偏见，其偏见之深，不下于政党的入主出奴、党同伐异。即如我们谈"在中国"的文学，自不能忽略明清两代五六百年间士子必读必习的八股文；这种文体的废除，到而今不过六十年，而读者已不知道它究竟是怎么一种文体了。一方面，这文体已经废了六十年，而洋八股、党八股、抗战八股，八股的幽灵依旧在每一种思想中潜伏着。我们要看它的真面目，似乎周作人所谈的比较透彻得多。他能够批评八股文的得失，说明它的源流，替中国文学史补上一页空白，这就是我所说的权威论断了。本书编写既毕，我偶尔翻看钱钟书的《谈艺录》，他说："八股文实骈俪之支流，对仗之引申，阮文达《书文选序后》曰：'《两都赋》序白麟神雀二比、言语公卿二比，即开明人八比之先路。洪武永乐四书文甚短，两比四句，即宋四六之流派，是四书俳偶之文，上接唐宋四六，为文之正统。'余按六代语整而短，尚无连犿之句，暨乎初唐四杰，对比遂多，杨盈川集中，其制尤伙。……宋人四六，更多用虚文作长对，谢伋《四六谈麈》，谓宣和多用全文长句为对，前人无此格。孙梅《四六丛话》，……论汪彦章四六，非隔句对不能，长联至数句，长句至十数字，古意寖失。……至于唐以后律赋开篇，尤与八股破题了无二致。八股古称'代言'，盖揣摩古人口吻，设身处地，发为文章，以俳优之道，抉圣贤之心。董思自《论文九诀》之五曰'代'是也。宋人四书文自出议论，代古人语气似始于杨诚斋，及明太祖乃规定代古人语气之例。窃谓欲揣孔孟情事，须从明清两代佳八股文求之，真能栩栩欲活。……其善于体会，妙于想象，故与杂剧传奇相通。"（袁枚论时文，谓八股通曲之意甚明。）他的话，可说是与周作人不谋而合的。可见在科举兴废的争论早已过去的今日，让现代的文学青年，知道一点什么是八股文，无论消极或积极，都有所裨益的。而我引用了周作人的说法，也可以是和各家说相印证的，那我就自以为对得起读者了。

本书说道："在中国"的文学，一向以散文、诗歌为文学正统，而戏曲、小说一直被看作是"闲书""小道"；直到最近三十年，才接受了西洋的文学概念，扶起了施耐庵、曹雪芹、吴敬梓，使和司马迁、班固、李白、杜甫、韩愈、柳宗元同样看待，就是我们这一代的事。而把汤若士看作是东方的莎士比亚（他们两人时代也正相先后），还是一位日本学人的话。所以，谈中国戏曲，起于王国维的《宋元戏曲史》（先前只有私人的笔记），谈中国小说的，也要算鲁迅的《中国小说史略》（其后才有阿英、郑振铎等的研究），这都是近几十年间新兴的研究，所以小说、戏曲的作品并不算少，但可读的与能读的并不很多。至于谈诗谈词谈赋的，那又人各有所宗，各家每自持其说，群言器杂，一部中国文学批评史，几乎等于是一部诗话词话的综批料，我们又苦于篇幅过少，挂一容易漏万的。此中取舍，笔者只能本着个人的私见，总希望能条理源流，让读者明其线索就是了。这一类的书，写得好的话，当如刘勰的《文心雕龙》，那是传世的不朽之作，"高山仰止，景行行止，虽不能至，心向往之"。

钱钟书《谈艺录》序，自谓："东海西海，心理攸同；南学北学，道术未裂。"他批评中国的文学，很多借镜于西方文学家的义法。他引用德国诗人希勒的论诗派，谓："诗不外两宗，古之诗真朴出自然，今之诗刻露见心思，一称其德，一称其巧。"顾后自注曰："所谓古今之别，非谓时代，乃言体制。故有古人而为今之诗者，有今人而为古人之诗者，且有一人之身搀合古今者，是亦非容刻舟求剑矣。"对于论诗者之分唐宋，作进一步的剖推，"性情原自无今古，格调何须辨宋唐"。此意甚好，其好在于东西的真正能汇通。时人缪钺论宋诗，谓"宋人欲求树立，不得不自出机杼，变唐人之所已能，而发唐人之所未尽"，其意相同。我辈谈中国文学，假使能把前人笔记、时人论议，以类相从，先作长编，再加以整理，那一定可以写一本很好的中国文学概论。可是，变乱相寻，生活这么动荡，连鲁迅有志于写中国文学史，都不能成书，我辈要想把"文学之道，一以贯之"，也只能俟河之清了。

这本小书，原算不得一本著作，说得明白一点，只能算是一种笔记，却也敝帚自珍。略述原委，以待来哲。

小说新语

人物与故事

斜阳古道赵家庄，负鼓盲翁正作场；
身后是非谁管得，满村听说蔡中郎！

此陆放翁《小舟游近村》诗也。说话人，在两宋已经很流行，放翁所说的瞎子唱新闻风尚，在我们浙东一直流行着。（唱新闻，乃是千百年来沿用的口头语，并非新名词。）负鼓乃是一种长约三尺的粗竹管，一头蒙着牛皮，拍之嘭嘭作响；唱者把这种鼓背在肩上，故称负鼓。右手拿着竹夹作"皆皆"响，一面唱，一面说，伴着这两种乐器相应和，作"皆皆……蓬蓬"的节奏。正如放翁所写的，唱新闻的不仅是唱《琵琶记》的曲文，而是讲蔡中郎、赵五娘的故事了。听赵五娘人京寻夫的悲惨境遇，流不尽辛酸泪，把蔡中郎说成一个负情郎，蔡伯喈地下有知，一定哭笑不得的。

十多年前的一个冬天，我在赣南小住的时期，曾发下了宏愿，要登台说书；说的题材，乃是我自己所写的长篇小说《灯》。朋友们听了，也就当作新闻来说，见了面就问我。我说："当然有其事。"那位民众教育馆徐馆长是我的熟朋友，他因为说书人所用题材太陈旧，不合时代要求，我这么一建议，他大为赞成。（其实，说书并不一定要讲新题材的，说旧题材更好。《桃花扇》中，写柳敬亭说书，他对着侯方域、陈定生、吴次尾他们说《论语》，讲的是"夫子自卫反鲁然后乐正"，风趣横生，而且富有新义。我那时只是一种新兴趣，对此道并未升堂呢！）当时约定每晚讲两小时，二十五分钟的时事述评，十五分钟的饭后小品，长篇小说占一时十五分。海报贴出，广告、说明书都已齐全，可是磨难重重，并未实现。其始电厂修炉停电，搁了半个月；接着日本飞机连续夜袭，又搁了一个月；接上来西南战事发生，一夕数惊，人心惶乱，我们匆忙流转到赣东北去，说书的事便这么流产了。不仅说书流产，连那一长篇小说，也在夜袭流亡、奔避中中断了。不过，我时常听听各电台的说书，依旧觉得登台说书，还是有点道理的。（后来，才知道一位黎东方教授在重庆说新的《三国志》，自有新意义；许多事，正也是人同此理的。）

评话之风，在一千年前，隋唐之季，已经流行了。李商隐《骄儿诗》："或谑张飞胡，或笑邓艾吃。"可见晚唐说话人所说的"三分"，已开下《三国演义》的规模。两宋京都开封、杭州，说话之风更盛，分科立目，已成为社会流行的风尚。说话人在瓦舍开场，天天演唱，据《梦华录》《梦粱录》所记，有讲史，有小说，有说经。小说又分烟粉、灵怪、传奇、公案、说铁骑儿数派。（可参看孙楷第的《俗讲、说话与白话小说》。）苏东坡《志林》称："涂巷中小儿薄劣，其家所厌苦，辄与钱，令聚坐，听说古话。至说三国事，闻刘玄德败，辄蹙眉，有出涕者；闻曹操败，即喜唱快。"人物褒贬，显然取得了社会教育的地位，造成了新的舆论。不管陈寿《三国志》是怎样一种权威的史书，千百年来的民众，只知有《三国演义》，不知有《三国志》，只知有拿鹅毛扇唱空城计的孔明，不知有明法严刑的诸葛亮。再加上旧剧的扮演，连那位荒唐粗鲁的关云长，都转换了人格，成为武圣了。

历代说话人之中，不仅技术高超，代有名手，也有淹通古今明达事理，如我上面所说的柳敬亭。他说古道今，发挥新义，使当时名贤硕儒，击节赞叹；且出入公卿之门，成为第一流清客。可是他流寓秣陵，还是说"三分"、说《水浒》，以描写武松打虎的神情见长。（张宗子《陶庵梦忆》记："听其说景阳冈武松打虎，白文与本传大异。其描写刻画，微入毫发，然又找截干净，并不唠叨，勃夬声如巨钟，说至筋节处，叱咤叫喊，汹汹崩屋。武松到店沽酒，店内无人，謈地一吼，店中空缸空甓，皆瓮瓮有声，闲中着色，细微至此。"可说神乎其技了。）他们都不想从旧的窠臼中脱出的，对于上一代的人作如此想法，也可说是我的时代错误。二十多年前，我曾在上海听刘宝全说大鼓，从技巧上看，那是不必再说了，使人有三日绕梁不绝之感；他也说曹操、关羽，《三国演义》上的人物故事。他们的议论免不了夜航船中的浅陋，目光如豆，懂不得治乱兴亡之道的。照他们看来，三国的局面，都在诸葛先生的鹅毛扇中的。一方面，也因为从前的士大夫，只知道在学舍中讲求孔孟之道，十分看轻社会教育的力量，所以对他们的荒谬说法付之一笑，不予辨正；等到他们的传说，在民众心理上铸成了定型，甚且附会承认，如清帝在陈寿《三国志》关羽传中加一道追封谕旨，正如放翁所说的"身后是非谁管得"了。

那一回，我发下了宏愿，也可说是傻想，要在民众教育馆试一回"实验评话";那时毕竟年轻有勇气,不但要和茶馆说话人争一日之长,我还想,说得有点成绩的话,我就开始说"新三分",和传统的观点挑战,打碎他们在民众心理上所已铸成的定型。我当时认为《三国演义》和《水浒传》所介绍的传统观念,是一种思想上的顽瘤,麻木了听众,以至于不能接受现代化的军事知识。(我是说,大刀、飞剑的观念,妨害了对现代机械化作战的科学理解。)我有勇气站在"传统"面前,明明白白地,要杀掉那些传说人物,如诸葛孔明、关云长以及武松、李逵之流。而今想来,也不必这么认真去想去做的。至于要纠正传统的观念,也不是这么简单的事,我们可以说"新三分",但要民众抛掉"旧三分",也不是这么容易的。

说书这件事,也并非是我们中国所独有的。那位著名英国小说家狄更斯,他曾到美国各城市游行说书,所说的,也都是他自己的小说。(在外国,还有靠旅行讲演为生的,广播电台上,也有着说故事的节目;至于新闻评论,更是各道所长;我那回所安排的,也就和电台广播差不多的。)而十八世纪末期,那位爱尔兰说书人玛克儿摩郎,尤为著称。他外貌不扬,穿一身粗布外套,嵌上小坎肩,一件破旧的粗棉裤,一双笨大的皮鞋,提一根粗壮的棍棒,棒头安着好让手心握紧的皮条。他是一个道地的说书人,合诗人、笑话家和民众的报人为一体。早上,他吃过早饭,他的老婆或是邻家就念报纸给他听,直念到他叫打住说:"够了,让我想一想。"想了一阵,那一天的笑话和书词就都有了。此外,整部中世纪故事,他记得烂熟,好像都在那粗布外套里面,一呼就应。(见夏芝《最后的说书人》)张宗子也说:"柳麻子貌奇丑,然其口角波俏,眼目流利,衣服恬静,直与王月生同其婉娈。"西方的说书人,和我们的说书人，有异曲同工之妙。我所说的书，和他那样用新的活题材，取材于当日的报纸，用意也是差不多的。

有人问我："《三国演义》《岳传》《东周列国志》以及《隋唐五代》，不也是历史小说吗？你们要写历史小说、历史小品，又要重新来说"新三分"《新隋唐五代》，是什么道理呢？"我说：历史虽不能做到绝对的"真实"，我们总要尽其可能求其最高限度的"真实"。《三国演义》，看起来是从《三国志》中敷衍出来的，那些人物，好像都是《三国志》所有过的，但人物性格，及当时的大事件，都给说话人说得走大样了。（鲁迅曾说："至于写人，亦颇有失，以致欲显刘备之长厚而似伪，状诸葛亮之多智而近妖，惟于关羽特多好语，义勇之概，时时如见矣。"）至如赤壁之战，主角原是周瑜，打胜那一仗，是"吴"的力量；说书的一定把这一笔账转到诸葛亮身上去，好似打胜这一仗，非是那位刚刚从豫南败下来的刘玄德不可，一定把历史事实歪曲，这就非重新说过不可了。（关羽，也不是什么了不得的人才，《三国演义》所说的种种，都是附会而成，不足信的。）

有人又说："若说《三国演义》描写的人物不真实，记叙的故事不正确，则小说原系幻设之局，宝玉、黛玉何尝有其人？马二先生、严贡生、监生……所做的，何曾有其事？《三国演义》中的诸葛亮、周瑜，至少确有其人，即算说话人及演义作者加以歪曲，总比虚伪好得多，何以要这么苛求呢？"这就触及文艺写作的一个根本问题，即所谓写实小说，是否必须有其人有其事而后可以写入小说呢？这且让我来一层一层地辩解下去。我们应该承认历史必须真实，小说不妨幻设；历史小说必须在真实史事基础上来发挥想象力，不可歪曲事实来发挥自己的成见。我们所谓"写实"，并非要真有其人，确有其事，而后可以染笔。有些人说到《玉堂春》，总把确有王金龙、苏三这一对人，洪洞县确有这一件风流公案，说在前头，那都是小孩子的想法、说法。世上并未有过花和尚鲁智深其人，醉闹五台山其事；其人其事，又何尝不活生生地跃动在我们的眼前呢？贾宝玉、林黛玉并无其人，大观园也未必有此园，可是 X 或 Y 其名的贾宝玉、林黛玉，只有石狮子干净的别一贾府，又何尝不活在我们的眼前呢？施耐庵幻设了西门庆那一群人，这一型人物，就在我们眼前这个社会中随地可以找到，这便是"真实"了。鲁迅笔下的阿 Q，原是幻设的，但每一个中国人，你、我，连鲁迅也在内，都可以从阿 Q 的镜子中照见自己的灵魂的。阿 Q 那种种乏相，以及精神胜利的方式，也正在我们言动中活跃着，这才是真实。

另外一面，我们再来看，三国时代确有诸葛亮、周瑜、曹操其人，也确有赤壁之战那一回事。我们且仔细想一想，世间会有羽扇纶巾，手指一轮，能知过去未来的孔明先生吗？那是神仙家的幻影，江湖道士的悬谈，过去不曾有过，现在也没有，将来绝不会有，那便不是写实。至于赤壁之战，若要靠借东风来取得胜利，不仅是抹杀了周瑜的人格和功绩，军事成败，付之于玄妙奇迹，也就没有轨辙可寻了。没有血，没有肉，不在土地生根的人物，不合逻辑的故事线索，都不容在文艺作品中出现的。我也并不主张写实的小说，有如照相似的，什么都照原样保存下来。但云端里的吕洞宾，即使被摄入照片，也只是一套魔法，并不真实的。

有些朋友，一提到我的小说《灯》，即是我准备登坛说书的故事，就问："是不是夫子自道，把自己的面影和故事写进去？"他们以为第一个出场的马中汀便是作者自己，等到我的故事发展开去，他们的推测就豁了边了，无以自圆其说了。我所安排的人物中，很多是我所熟知的友好，借他们的轮廓、性格勾画出来，但把张三的性格装在李四的躯体中，把王二的故事，套在孔大的头上，我没有绝对依照真实的必要。其中原有我自己的灵魂，可能分别装在几个人的身上，又何必附会解释呢？其中有一女性，章蘋兰，有人以为这是唯美、个人、享乐主义的人物，并不在中国存在。我却说确有这一型的女性，从前上海、香港这两个大都市，便是产生这一型女性的摇篮。在动乱时代中，正足显她们的身手。在我这部长篇小说中，男女关系很少是正常的；我们知道"战争"给道德以假期，不正常的男女关系，却是十分真实的。经过了这一回长期战争，性道德和男女关系，不也值得重新检讨了吗？

说到历史小说，法国大小说家福楼拜（Flaubert）所写的《萨朗波》，要算是最典型的作品。他忠实于罗马时代的风俗、人物、故事，正如他对于波娃荔夫人的忠实。他这样就成为写实主义的大师。若说这样的忠实，便是他的作品最成功之点，那又估计错误了。他笔下的人物，还是他自己时代的人，至少是透过了他那时代的三棱镜找来的人物。我们批评《三国演义》，说它不是历史小说，也是从时代意义来否定它的。

我的小说，原是师法左拉，属于写实的一型，我却要郑重地说一句：写实的作品，必须写时代的真实，离开了自己的时代，就不会有客观的真实存在的。我们要忠实于自己的时代。

写实与理想

有一时期，我也坐在课室里做国文教师，也写过一些课文的讲义。这类高头讲章式的讲义，这几年似乎刊行得很多。依我看来，还是叶圣陶、朱自清二先生所编的《国文略读指导》和《国文精读指导》编得最好；他们是有所见的，启发读者以入门的途径。

他们选了鲁迅的《呐喊》来做短篇小说的范本；讲义部分，节引了鲁迅的自叙传、《呐喊》自序和自选集自序，还选了《我怎么做起小说来》来注释鲁迅的作小说的手段——用最经济的文学手段，使题材充分地形象化。这都是举一反三，指引初学的法门。有一回，某君却问我：鲁迅笔下所写的是否确有其人，确有其事？我说，每一个作家所写的，一定是他自己所体认的印象，所以他们是"写实的"；另一方面看，他们所写的，即算是确有其人，确有其事，也必透过他自己的意象再反射出来，所以每一种作品都是理想的。写小说正如绘画，而不是照相；其实，今日的照相，也带着很浓厚的作者性格的。

这些话，鲁迅也在《我怎么做起小说来》中说过了。他说："所写的事迹，大抵有一点见过或听到过的缘由，但决不全用这事实，只是采取一端，加以改造，或生发开去，到足以几乎完全发表我的意思为止。人物的模特儿也一样，没有专用过一个人，往往嘴在浙江，脸在北京，衣服在山西，是一个拼凑起来的角色。有人说，我的那一篇是骂谁，某一篇又是骂谁，那是完全胡说的。"鲁迅可以说是写实主义的作家，但他的取材，却正如此，这就可以作为对某君的回答了。

而今，关于鲁迅小说中的人物，已经有了比较切实的史料了；本来阿桂假如真是阿Q本人，那么他是有姓的，他姓谢，他有一个哥哥叫作谢阿有。可是这正传中所要的不是呆板的史实，本文说他似乎是姓赵，这样可以让秀才的父亲赵太爷叫去打嘴巴，说他不配姓赵；从第二日起，他姓赵的事便又模糊了，所以终于不知道姓什么。阿Q的精神胜利法，乃是根据鲁迅本家举人椒生叔祖所说的；而鲁迅的同事，北大教授林损写过"美比你不过，我和你比丑"的诗句，这都是"儿子打老子"的蓝本。阿Q的胜利史，有着中国士大夫的传统概念，而恋爱的悲剧，则是鲁迅的叔辈桐少爷的事，他曾跪在老妈子面前要她和他睡觉，给他的叔父打了几竹杠，这都是实事。关于吴妈要上吊，以及交给地保办理，那就是作者的戏剧化的笔法了。这么一看，小说的真实与事实的真实，其间有这么一段路，其中带着作者的理想是最主要的。（我的话，和上一节并不冲突的，因为历史小说，在大前提上，不能不忠于历史；否则，尽可虚构，不必名之为历史小说的。）

有一时期，屠格涅夫的小说是我们这一代知识分子的灵魂镜子，我们每每觉得他笔下的罗亭便是我们自己。那小说的故事，是这样：在一些乡下地主群中，有一天，忽然来了一个中年男人罗亭，第一天晚上，他使所有聚在那里的人发生一种异常的印象。他是雄辩的、激越的；女人们觉得他是有天才的，男子们都怀着妒忌。只有一个邻居的厌世者警戒那些倾倒了的女人。从前他在大学里和罗亭相识，知道他有怎样一个怯懦而不能希望的灵魂藏在这些高贵的谈吐和漂亮的仪表下面。但是，那家的少女终于被他所蛊惑了。她天真地准备不计一切去跟随罗亭，嫁给他。谁知一经她母亲反对这件事，罗亭便立刻崩坏了。他推开这种热爱，并不是因为洁身自好，而是因为柔弱无力。在结尾上，我们看见这个生命的急速的崩坏，他是糊糊涂涂死在一八四八年的巴黎巷战中的。

说罗亭便是屠格涅夫的朋友巴枯宁（无政府主义派大师），可以说一部分是实在的。屠格涅夫的小说，常是根据一个活的人型在工作的；我们在罗亭灵魂中找得着赞美和愤怒的矛盾印象，屠格涅夫初见巴枯宁时所感受的正是如此。可是在罗亭的灵魂中，也正有着屠格涅夫的影子。那些女人对罗亭的批判，正用着塔西娜·巴枯宁（巴枯宁妹子）在觉悟之后，写给屠格涅夫信中的话。她说："好处呢，他是冷得像冰一样，是他所知道的，他并且善于玩弄爱情。坏处呢，他所演的角色是危险的，并不是对于他的财产、健康有什么危险，而是对于旁的一些比较诚实、足以丧失他们灵魂的人。我所不满意于他的，是他那种缺少鲜明的态度。他大概不大认识自己的言语的价值。可是他说出话来，似乎那些话都是从心的深处发出的。"那些人物中之一，谈起罗亭结识一个美丽的法国女人的事。他使她喜欢；他和她谈着自然，谈着黑格尔；他和她订约会；他约她到莱茵河上去游逛；他划了三个钟头的船。"我请问你们，你们以为罗亭怎样消磨这三个钟头呢？你们永远猜不出来。他摸摸他的阿利丝的头发，一面梦想，一面谈着天，并且几次三番地说：他对于他所最钟爱的女人，感到一种道地的父亲的爱。那个法国女人料不到有这种意味深长的纯洁的爱，愤愤地回家去。那就是罗亭呀！"可以说，罗亭就是巴枯宁。但我们也可以加上一句，那就是屠格涅夫，在罗亭灵魂中，有着一部分波娃荔（福楼拜小说中的人物）的精神。这一例子，可以使我们明白一个作家和蜜蜂正相似，它是采集了花蜜，却注入自己的蚁酸的。莫洛亚说得好："屠格涅夫比罗亭有价值些，因为他创造了这个罗亭。当一个人在自己身上找着了某几种特性，而有力量去批判它和描写它时，他便在它们之上了。"

　　我几乎读过屠格涅夫的每一种小说，正如读过鲁迅的每一篇小说，诸如《猎人日记》《罗亭》《父与子》《贵族之家》《烟》，那就读得更多。屠格涅夫，他是倾向于西方文明的人，他的一生，在柏林、巴黎度过许多日子。但就屠格涅夫的作品看来，他的文学的真正的材料，便是那些斯巴斯谷衣的原野，俄国的乡民，老年的绅士，年轻的革命者，和那些那么美丽那么奇怪的妇女。他有一天和龚果尔兄弟说："我为写作，必须冬天，一种我们在俄国所有的严寒，一种收敛的寒冷，和一些挂满了冰块的树木。"莫洛亚说："在屠格涅夫身上，果然有着一个外表的流浪者，罩在一个完整无缺的俄国人上面。但是一个人的深在的灵魂，绝不能是四海为家的。成为我们每个人的思想的丰富而秘密的材料者，不知不觉就是我们的童年的，我们的启蒙读本的，也许就是祖先的情感的记忆。"这话，我们也可用以解释鲁迅的小说，其中的人物，就是绍兴的土产，鲁镇、未庄、台门里的人物赵太爷、孔乙己、老栓、九斤老太、小D、阿Q等，在咸亨酒店土地庙上演。他是这样有着世界眼光的人，却带着极浓重的乡土气息。因此，我们所贴上的文艺签条，即如说是"写实的"，或是"理想的"，有时是不容我们呆板去看去说的。（几乎每一个伟大的作家，都带着他们自己的乡土气息的，也就是说，人总是土地的儿子。）

反映着屠格涅夫那一时代的人物的速写，《父与子》可以说是他的最有力的作品。屠氏在《文学回忆录》中有一篇关于《父与子》的笔记。他最初想到写《父与子》是一八六〇年八月间的事，那时，他正在外特岛上一个叫作文特诺的小镇（地在英国南海岸外的海岛）洗海水澡。他屡次听见人家说他的作品都是"从理想出发"或者"阐扬理想"的，在那些批评文章里，他也看到同样的论断。有些人因此称赞他；反之，另一些人却责难他。他说："在我这方面，我应该承认：倘若没有找到一个在他身上逐渐孕育着各种适当因素的活人（而不是理想）来做凭借，我绝不会想去创造形象。我缺乏任意发明的伟大天禀，而往往需要一个使我能以站稳脚跟的固定基础。写《父与子》时也正是同样的情形，主角巴扎洛夫的范本是一位令我深深地感动过的外省青年医生（他于一八六〇年以前不久逝世了）。照我看来，这位非凡人物便是那刚刚萌芽，还在酝酿之中，日后被称为'虚无主义'的原素的化身。这人给予我的印象异常强烈，同时却不太明晰；起初，连我自己也无法清楚地理解他；于是我就聚精会神地倾听和观察我周遭的一切，仿佛要考验自己的感官是否准确似的……回巴黎之后，我又开始思索它——情节慢慢地在我脑子里构成了；冬天，我写好了头几章，但小说的完成则是次年七月的事。"这段话，和鲁迅所说的对照着看，格外会有所体会的。

《父与子》的情节，和在屠格涅夫所有的书里一样，是简单的。

两个青年同到其中一个青年的父母家里过假期，后来再同到另一个青年的父母家里。两代人物的对垒，互相了解的困难，情爱、赞美，但是有着不可通过的墙。主角巴扎洛夫，爱上了一个少妇，他对于他所爱的女人是粗暴的，和他对于他的父母一样。他用一根解剖用的针愚蠢地死去。他的死亡空虚得和他的生活一样。他那不了解他而爱他的父母在哭他。为了形容这个青年晚辈，屠格涅夫创造了一个词："虚无主义者"。屠氏说："我不想详述这部小说所引起的印象，我只说当我在阿卜拉辛商场发生著名火灾的那天回到彼得堡的时候，已经有成千的人讲着'虚无主义'这个词儿了。我在涅夫斯基大街碰到一位朋友，他脱口而出就说：'请看你的虚无主义者做的好事，放火烧彼得堡。'"

（屠格涅夫说："照我的理解，在一定的场合，现实生活正是这样的，而我首先就想做个诚实和正直的人。当描绘巴扎洛夫的形象时，我摒弃了他那类人物所有的引起美感的因素，却给他添上一重辛辣与粗犷的色彩，并非由于我抱着一种要侮辱年轻一代的愚蠢的希望，而只是观察我的朋友 D 医生以及跟他类似的人之结果。'现实生活是这样的。'经验又告诉我，也许我错了，然而我要重复一句：我问心无愧，我并没有自作聪明，我正应当这样来勾画他的形象。在这儿，我个人的爱好是无关紧要的，但我的许多读者大概会惊讶不置的吧，如果我给他们说，除了巴扎洛夫对艺术的见解外，我差不多同意他的全部主张的。"我们说到写实的手法，似乎该体味他所说的这一番话吧。）

以上，可以说是我这回重读屠格涅夫的全部小说的手记。最后，我再节引文艺批评家马松（M.Mazon）曾经公布了一篇关于屠格涅夫遗留在巴黎的零星残稿里的重要分析。在那些纸稿里，我们知道当屠氏着手写一篇小说时，他先立一个人物志。模特儿的姓名，常常写在那小说里的人物旁边。例如在《初恋》的人物表里，写着：

> 我，十三岁的小孩子。
> 我的父亲，三十八岁。
> 我的母亲，三十六岁。

后来他又改作"我——十五岁的小孩子"，大约因为想到了自己情感的早熟不像真的缘故。在《前夜》的人物表里，卡拉泰夫的姓名是和那个保加利亚人卡脱拉诺夫同写的。在这个表后面，他又写了一些关于人物的记载。人家于此找得到他们的特质上的描写，他们的祖先比如："遗传的癫痫，母亲的一个表姊是疯狂的。"末了，一些精神上的批评："放纵而带着某种怯懦，不用说，是和善而诚实的……对于宗教的神秘是信从的。"他常常在这些札记里写一些容貌描写，是从许多真人身上借来的，如："脸上是死去的沙末英和那个凡乐金疯子的表情。"这也可与鲁迅的话对照着看的。

注：罗亭、巴扎洛夫都是屠格涅夫小说中的人物。

素材与想象
——《少年歌德之创造》及其他

由五四运动所激起的新文艺运动，中译本《少年维特之烦恼》（歌德原著）和《茵梦湖》（斯托姆原著），这主情主义气氛激起了青年人的爱好、共鸣。而"青年男子谁个不善钟情！妙龄女子谁个不善怀春！这是我们人性中之至圣至神！"的诗句，几乎成为年轻人的新经典。不过，在当时，只是一种激动，我们还不够理解，也可说是直觉地接受，这也代表着创造社那一群作家的气质。直到二十年以后，莫洛亚（A.Maurois）的《少年歌德之创造》译介过来，使我们，至少是使我对于歌德的《少年维特之烦恼》有了进一步的理解。所以我在这儿说的乃是《少年歌德之创造》。

歌德和绿蒂恋爱的故事，那是大家所知道的。一七七一年，歌德毕业于市堡大学。第二年五月，他到威刺勒去向德意志帝国法院作例行实习，偶尔在一舞会中与绿蒂相识，彼此相恋相慕。可是绿蒂的未婚夫克司妥纳也是歌德的好友，这一矛盾无法解脱，乃毅然离去威刺勒回到佛朗克府去。就用这一遭遇作蓝本，他写了《少年维特之烦恼》，这一部疯魔了一时的小说，几乎"维特狂"成为德国青年的时尚，许多自杀的年轻人，都穿了维特的装束。（拿破仑远征埃及时，他的行囊中，也带着这一本小说。）

我们似乎也应该说起另一件事（中译本的序文说起一位牧师霍生康普对歌德的严肃指责，又是一件事），当歌德写成这一本小说时，他心头郁积着的苦闷，完全宣泄掉了。他的最初的一个急切的愿望，就是要把这本书首先寄给克司妥纳和绿蒂，看他俩怎么来接受？观感如何？他预期他俩一定十分高兴的。可是，并非如此，克司妥纳和绿蒂一同看下去，越看越不高兴，甚至愤怒，说歌德歪曲了他的性格。他愤然对绿蒂说："我是这样的人吗？"他写一封感情激越的信给歌德，他们之间的情感，也就有了隔阂。歌德并未回信解释，因为社会人士对这本小说的接受，和克司妥纳的想法大不相同，也正是不解释的解释。其实，小说中的维特，可以说是歌德，却也不一定是歌德；维特自杀的结局，乃是歌德回佛朗克府之后，听到他的友人以鲁塞冷的自杀所触发的。（他死时，着青色燕尾服，黄色肩褂，黄色腿裤，长靴，靴铜棕色。这便是维特装的蓝本。）维特的一部分性格，倒该说是属于以鲁塞冷的，而阿伯尔的一部分性格，倒是歌德的。这件故事，使我们明白小说中所谓"真实"，便是如此；而当事人的感受，会这么近于"色盲"，把小说中最感动人的部分完全抹杀，只着重在有关他个人部分的真实性。反面来看，歌德要是完全忠实于事实的记录，也就不成其为小说了。在反映青年的时代情绪这一点上，我们可以说小说的描写，比事实还更近于真实，歌德毕竟创造了一个时代人物：维特。

过去这几十年间，我们中国文坛有一热闹的课题，便是"红学"。最早是一些"索隐"派，如陈康祺、张维屏，以为记故相明珠家事；金钗十二，皆纳兰成德（容若）所奉为上客者也。如王梦阮、沈瓶所著《红楼梦索隐》，则以为是书全为清世祖与董小宛而作。至如徐时栋、蔡元培，却说："石头记者，清康熙朝政治小说也。作者持民族主义甚挚，书中本事，在吊明之亡，扬清之失，而尤于汉族名士仕清者寓痛惜之意。"这样的红学，风靡一时，求之愈深，得之愈渺。《红楼梦》中有许多费人推测的谜子，这些索隐家，又更引人陷入迷雾中了。如鲁迅在《中国小说史略》所简述的，"曹雪芹实生于荣华，终于零落，半生经历，绝似《石头》，著书西郊，未就而没。晚出全书，乃高鹗续成之者"。（关于曹雪芹身世及《红楼梦》的线索，如敦诚《鹪鹩庵笔尘》、裕瑞《枣窗闲笔》、邓之诚《骨董琐记》引长白西清《桦叶述闻》早有了正确的记述，只是一般索隐迷的人们，不肯相信真实的记载而已。）但是，太呆板地，把《红楼梦》看作曹雪芹的自传，比附得一丝不放，也如克司妥纳一定要把阿伯尔当作自己的影子，那又是考证学家的牛角尖。最近十多年来的新红学，才从"新考证"与"旧索隐"的陷阱中跳出来。（俞平伯先生说："这里，我们应该揭破自传之说。所谓'自传说'，是把曹雪芹和贾宝玉看作一人，而把曹家跟贾家处处比附起来，此说始作俑者为胡适。笔者过去也曾在此错误影响下写了一些论《红楼梦》的文章。这种说法的实质，便是否定本书的高度的概括性和典型性，从而抹杀它包含的巨大的社会内容。我们知道，作者从自己的生活经验取材，加以虚构，创作出作品来，这跟'自传说'完全是两回事，不能混为一谈。……我们看《红楼梦》必须撇开这错误的'自传说'，才能得到比较正确的认识。"这正是红学的新进境。）

　　到了今日，我们对于曹雪芹的生平，还是知道得不多，虽说有了脂砚斋的眉批，以及他的朋友敦诚、敦敏的诗文，要确凿地说曹氏如何运用自己的生平、经验作《红楼梦》的蓝本，还是不可能的。但，雨村娶娇杏一事，我们可以看到章实斋的一段笔记；而尤二姐、尤三姐的故事，也见之其他笔记。把这些传说来和《红楼梦》对比一下，便明白曹雪芹的大手笔镕裁陶铸的技巧，绝不会那么生吞活剥的了。曹氏在《红楼梦》开头就说："假作真时真亦假，无为有处有还无。"明明告诉后人不必那么呆板去看他的小说的。（近年又发现了永忠的《延芬室集》手稿，他有三首《因墨香得观红楼梦小说吊雪芹》诗云：

> 传神文笔足千秋，不是情人不泪流；
> 可恨同时不相识，几回掩卷哭曹侯。

> 颦颦宝玉两情痴，儿女闺房语笑私；
> 三寸柔毫能写尽，欲呼才鬼一中之。

> 都来眼底复心头，辛苦才人用意搜；
> 混沌一时七窍凿，争教天不赋穷愁。

他是看到了原本《红楼梦》的，却并不把贾宝玉看作曹雪芹的自传，可作有力的参证。）

《儒林外史》，也是一部写实的小说，其中的故事，都是作者吴敬梓自己亲友故旧的故事，但绝不是他们那些人的列传，更足以供我们的研究。即如权勿用，可说是《儒林外史》的有趣人物。我们看他"搭船来湖州，在城外上了岸，衣服也不换一件，左手捐着个被套，右手把个大布袖子晃荡晃荡，在街上脚高步低地撞。撞过了城门外的吊桥，那路上却挤。他也不知道出城该走左手，进城该走右手，方不碍路。他一味横着膀子乱摇，恰好有个乡里人在城里卖完了柴出来，肩头上横掮着一根尖扁担，对面一头撞将去，将他的个高孝帽子横挑在扁担尖上。乡里人低着头走，也不知道，掮着去了。他吃了一惊，摸摸头上，不见了孝帽子。望见在那人扁担上，他就把手乱招，口里喊道：'那是我的帽子！'乡里人走得快，又听不见。他本来不会走城里的路，这时，着了急，七手八脚地乱跑，眼睛又不看着前面，跑了一箭之地，一头撞到一顶轿子上，把那轿子里的官几乎撞了跌下来。那官大怒，问是什么人，叫前面两个夜役一条链子锁起来。他又不服气，向着官指手画脚地乱吵。那官落下轿子，要将他审问：夜役喝着叫他跪，他睁着眼不肯跪"。真是一幅多么有趣的漫画。可是，这人便是清初雍正、乾隆年代的江南大怪物，虚伪的道学家：是镜（字仲明，武进人）。吴氏并不正面讥刺批评他，开头只从杨执中的口中，说："此人若招致而来，与二位先生一谈，才见出他管乐的经纶，程朱的学问，此乃是当时第一等人。"接着又写了宦成在杭州上了夜航船，听得船中一位胡子客人的一番话，就把这位"处则不失为真儒，出则可以为王佐"的妙人刻画得妙透了。后来权勿用到了鲁府，和杨执中闹翻了，又为了奸拐尼徒心远事发，被萧山县捉回去了。他用的都是侧面之事，把是镜的一生大经络，都剥干净了。这是幽默讽刺，而不是谩骂；这是小说，而不是十大罪状式的宣言。

我们看了吴敬梓的《文木山房集》，知道吴氏和朱草衣是最亲密的诗友；他有《寒夜坐月示朱草衣》二首，其二云："忽念朱居士，耽吟夜捻髭。篆烟萦画障，漏水咽铜蠡。蠹木虫何若，钻窗蜂太痴。何当一樽酒，斟酌月明时。"知己之感，溢于辞表。小说中的朱草衣，便是牛布衣，写他往芜湖途中，首先碰到那位狂妄夸大的匡超人，后来到了芜湖，在浮桥口的甘露庵，寂寞孤独地死在庵中。下面那一套大文章是写那位冒充牛布衣的牛浦，差不多占了三回篇幅，那真精彩极了。小说的真实，也正是如此如此的。

在《儒林外史》中，也有作者自己的影子的，那位不知世务，给王胡子、张俊民、臧三爷、鲍廷玺一班人拐骗空了的就是他。他是照着镜子替自己鼻子抹上白粉，当作丑角在排演的。当然，也有他的酸腐之处，一是要制礼作乐；也有他的自负之处，如他的诗说；也有他的快意之处，同着娘子在清凉山桃园饮酒大乐。他也借用了高老先生的话："这少卿是杜家第一个败类！他家祖上几十代行医，广积阴德，家里也挣了许多田产，到了他家殷元公，发达了去，虽做了几十年官，却不会寻一个钱来家。……他这儿子就更胡说，混穿混吃，和尚、道士、工匠、花子，都拉着相与，却不肯相与一个正经人！不到十年内，把六七万两银子又弄得精光。天长县站不住，搬在南京城里，日日携着乃眷上酒馆吃酒，手里拿着一个铜盏子，就像讨饭的一般！不想他家竟出了这样子弟！学生在家里，往常教子侄们读书，就以他为戒。每人读书的桌子写一纸条贴着，上面写着：'不可学天长杜仪！'"他就描写得这么有趣，一个作者自己影子留在自己的小说，总不会是自己的传记，而且也不会肉麻当有趣的。

有一回，我和朋友们说到鲁迅的《在酒楼中》，我说我最爱这篇小说，也可说是他的代表作之一。他所写的吕纬甫，很鲜明地活在我们的眼前。我们初以为吕纬甫乃是范爱农，这本来是不错的；但吕纬甫只是范爱农的影子，小说中的故事，却是鲁迅自己的经历。吕纬甫所讲的两件事，第一件是回乡来给小兄弟迁葬。本文中说他有一个小兄弟，是三岁上死掉的，就葬在乡下，今年本家来信说他的坟边已经浸了水，不久恐怕要陷入河里去了。他因此预备了一口小棺材，带着棉絮和被褥、土工，前去把坟地掘了开来。待到掘着圹穴，过去看时，棺木已经快要烂尽了，剩下一堆木丝和小木片，把这些拨开了，想要看一看小兄弟，可是出于意外，被褥、衣服、骨骼，什么都没有。那么听说最难烂的头发，也许还有吧，便伏下去，在该是枕头所在的泥土里，仔仔细细地看，也没有，踪影全无。他仍然铺好被褥，用棉花裹了些先前的身体所在的地方的泥土，包起来，装在新棺材里，运到他父亲埋着的坟地上，在他坟旁埋掉了。他这样算完结了一件事，说是足够去骗骗他的母亲，使她安心些了。这所说的迁葬，乃是鲁迅自己的经历，所写的情形，可能都是些事实；所不同的，只是死者的年龄以及坟的地位，都是小节，也是为了叙述的必要而加以变易的。这些实例，使我们了解小说家运用素材的技巧；我们说小说家是写实的，但他所突出的真实，却是比现实更真实的真实。

我也就带便说说果戈理（Gogol）的《外套》，那是小说创作上的有名的例子。这篇《外套》的故事，是由于果戈理听了安宁可夫所讲的一件实事而写成的。那件事是这样的：有一次在果戈里面前讲一段公务员的逸话，是说一个贫穷的小吏，他喜欢打鸟，又特别俭省，而且不知疲倦地、尽心竭力地做着职务上的工作，终于积足了够买一支价值二百卢布的很好的猎枪的钱。在第一次，当他乘着自己的小船游到芬斯基河湾去寻找目的物的时候，他把猎枪放在自己面前，照他个人的说法，他忽然坠入一种梦境里去了。等他清醒过来，朝面前一看，不见自己新买的东西。那支枪是在他通过的地方，被深密的芦苇挂钩掉到水里了。于是他用尽全力去搜寻它，但是枉然。那小吏回到家里就一头倒在床上，再也起不来了；他得了寒热病。他的朋友们知道了这桩事，便来发起募捐，给他买了一支新枪，这才救回了他的命。但，这件可怕的遭遇，无论什么时候，他一想起来就不免在脸上现出死人一般的灰白。所有的人都笑这场具有真实来历的逸话；果戈理却是例外，他沉思着在听着，低了头。这一逸话，便成了他的小说《外套》的初步底子；这篇小说，在那一天晚间就在他的心里生根了。

《外套》这一篇笑中有泪的小说，假使你没看过，你可以找来细读一下；作者果戈理，他是用怜悯的心怀在写这位小吏的，他是做了九品官，他在一个司里做了书记官，而且永无外迁，永无变化。"司里的人对他不曾表示任何敬意。看大门的不仅不曾从座位上立起来，当他出入时，连瞧他一眼也不瞧，好像从会客厅飞过一个寻常的苍蝇似的。"故事是这么开始的，他要裁缝替他修理那件破外套，那已是太破了，破得不可救药了。当他听说必须缝制外套时，两眼发黑，屋中所有的一切在他面前打旋了，他没有八十卢布，这是他估计的最低价钱，实际裁缝讨价是一百五十卢布。后来就很凑巧，司长多给他一笔赏钱，"这一来，事情进行得很快，再后来为此又饿上两三个月"，他一生中"最庄严的一日"终于到了。他心里畅快极了。作者写道："他每一瞬间，都觉得在他的肩上有了新外套，并且甚至为心里的满足笑了几次。实在不错，有两种好处，一种是时机，另一种是美好。"以下乃是他穿了外套到司里去，受了人们的嘲弄、祝庆，使他难为情。"在一位副书记长为他而开的晚会中出来，他的外套在走过一处荒凉的广场时，被暴徒剥去。于是他生了病，发了大热，便这么死去了。他房间中只留下一把鹅毛管，一帖公家的白纸，三双环子，从裤上落下来的两三个纽扣，和大家已经晓得的破外套！"我们看了果戈理对素材的运用，该可以有所会心了吧。

布局三义

——大观园的轮廓

一、"假作真时真亦假"

看了《红楼梦》的演出，有的朋友问我，究竟大观园在哪儿？我说："你不要把'宝玉夜探''情僧夜访潇湘馆'一类词曲看得太认真，那就会把大观园的真实轮廓想出来了。"（写那曲词的人，都够不上谈"红学"的，那也是时地所限，不能责望他们的。）

我幼年时，因为一位长亲爱好《随园诗话》，就听信袁枚所说的，他家的随园，本来是隋家之园；而隋园本来是曹家的织造府园，所以他说："中有所谓大观园者，即余之随园也。"上面的来由，是不错的，但后来的推论，就有了问题了。另外，在若干笔记中，也都有这一类的传说，《旧京闲话》称："后门外什刹海，世传为小说红楼梦之大观园。"《燕市贞明录》："地安门外，钟鼓楼西，有绝大之池沼，曰什刹海，横断分前海、后海，夏植荷花遍满，冬日结冰，游行其上，又别是一境。后海，清醇王府在焉。前海垂杨夹道，错落有致，或曰是《石头记》之大观园。"又《花朝生笔记》称："朝鲜安仪周从贡使入都，偶于书肆见抄本书，不可句读，以数十钱购归，细玩之，乃前人窖金地下，录其数与藏处，皆隐语。遍视京都，惟明国公屋宇似之，即世所谓大观园也。"（汪敬熙从他父亲那儿听说：大观园遗址在北京西城，今为内务府塔氏之园。）十六年前，我在苏州社会教育学院教书，院址正在有名的拙政园，相传正是当年的大观园。这话，当然不能说是没有影子，曹家祖先在苏州任织造，织造府正在拙政园，而《红楼梦》一开头有一件故事，就是从苏州说起的。总之，大观园是拿曹家的院落作底子，而曹家府院，有北京的芷园，南京、扬州、苏州的织造府，都是大观园的蓝本。同时，曹雪芹生前所到过的园林，都可以嵌入这一空中楼阁中去，所谓"大观"，也不妨说是"集大成"之意。不能看得太老实，却也并非虚无缥缈的。《红楼梦》第二回，写贾雨村对冷子兴说："去岁我到金陵时，……那日我进了石头城，从他老宅门前经过，街东是宁国府，街西是荣国府，二宅相连，竟将大半条街占了。大门外虽冷落无人，隔着围墙一望，里面厅殿楼阁，也还都峥嵘轩峻；就是后边一带花园里，树木山石，也都还有葱蔚洇润之气。"便写的是曹家，也可说是"大观园"。这并不是我在穿凿附会，且看脂砚斋在这一段上批道："后字何不直用'西'字。恐先生堕泪，故不取用'西'字。"这不是很明白说出了吗？

周汝昌的《红楼梦新证》，引曹寅的《楝亭诗钞》送王竹村北试诗，第二首有"掌大悬香阁，文光射斗魁"。原注称："芷园小阁，邻试院，寓公多利。"贡院旧在北京内城东南角上，曹家的芷园，就邻靠着贡院，因为有个小小的奎星阁，因此赴试的举子，喜其方便又吉利。周氏又推测，曹家老宅，并不在一处，另一所似乎在西城北面一带。他引了《棟亭诗钞》，有《雪霁次些山韵》云："春城人未着春衣，玉塔微澜半夕晖。"所写的正是北海的白塔。(《曹寅词钞》有《西城忆旧》词云："小梵天西过雨痕，无穷荷叶映秋云，画轮如水不扬尘。半市银铃呼白堕，一楼铜杵咒黄昏，江南野客竟销魂。""燕绕团城故故飞，玉阑十二晚风吹，远山一抹学蛾眉。白兔有胎蒲又绿，秋光无处说相思，路人拾尽碎胭脂。"这是北海的景物，曹家可能就在北海的左近。)

周氏说：曹雪芹写小说，对园子部分，如其他部分一样，可能有夸大渲染、穿插拆借之处。园子是本了两府的旧园，合并重建的，在他的笔下，保不定就把芷园写入城西北的住宅去的。所以，说到了大观园，我们还是用曹雪芹的主要暗示"假作真时真亦假"的。

二、"无为有处有还无"

衔山抱水建来精，多少工夫筑始成。

天上人间诸景备，芳园应赐大观名。

——贾元妃题大观园绝句

曹雪芹写大观园，胸中自有其轮廓，轮廓中，有的是曹家的新园和旧园，有的是戚好的家园，也有的是宫中的园囿，所以说"天上人间诸景备"，凭着他的艺术头脑构架起来。贾妃省亲，并不曾游园，曹雪芹全园的轮廓，分开了两笔，第一笔是十七回贾政带着清客们游园巡视，还带了贾宝玉题对额试才。

一、他们"先秉正看门。只见正面五间，上面筒瓦泥鳅脊，那门栏窗槅俱是细雕时新花样，并无朱粉涂饰；一色水磨，群墙下面，白石台阶，凿成西番莲花样；左右一望，雪白粉墙，下面虎皮石砌成纹理，不落富丽俗套"。

二、"开门进去，只见一带翠嶂挡在面前。""非此一山，一进来，园中所有之景悉入目中，更有何趣？""往前一望，见白石崚嶒，或如鬼怪，或似猛兽，纵横拱立。上面苔藓斑驳，或藤萝掩映，其中微露羊肠小径。""……逶迤走进山口，抬头忽见山上有镜面白石一块……"（曲径通幽）

三、"进入石洞，只见佳木葱茏、奇花烂漫，一带清流，从花木深处，泻于石隙之下。再进数步，渐向北边，平坦宽豁，两边飞楼插空，雕甍绣槛，皆隐于山坳树杪之间。俯而视之，但见清溪泻玉，石磴穿云，白石为栏，环抱池沼，石桥三港，兽面衔吐。桥上有亭。"（沁芳）

四、"于是出亭过池，一山一石，一花一木，莫不着意观览。忽抬头见前面一带粉垣，里面数楹修舍，有千百竿翠竹遮映，……进门便是曲折游廊，阶下石子漫成甬路，上面小小三间房舍，两明一暗，里面都是合着地步打的床几椅案。从里间房里又有一小门出去，却是后园，有大株梨花，阔叶芭蕉，又有两间小小退步。后院墙下忽开一隙，得泉一脉，开沟尺许，灌入园内，绕阶缘屋至前院，盘旋竹下而出。"（潇湘馆）（有凤来仪）

五、"一面说，一面走，忽见青山斜阻。转过山怀中，隐隐露出一带黄泥墙。墙上皆用稻茎掩护，有几百枝杏花，如喷火蒸霞一般。里面数楹茅屋，外面都是桑榆槿柘，各色树稚新条，随其曲折，编就两溜青篱。篱外山坡之下，有一土井，旁有桔槔辘轳之属；下面分畦列亩，佳蔬菜花，一望无际。""引众人步入茅堂，里面纸窗木榻，富贵气象，一洗皆空。"（稻香村）

六、"转过山坡，穿花度柳，抚石依泉。过了荼蘼架，入木香棚，越牡丹亭，度芍药圃，到蔷薇院，傍芭蕉坞里，盘旋曲折，忽闻水声潺潺，出于石洞。上则萝薜倒垂，下则落花浮荡。"（花溆）

七、"进了港洞，从山上盘道，大家攀藤抚树过去。只见水上落花愈多，其水愈加清溜，溶溶荡荡，曲折萦绕，池边两行垂柳，杂以桃杏遮天，无一些尘土。忽见柳阴中又露出一个折带朱栏板桥来，度过桥去，诸路可通，便见一所清凉瓦舍，一色水磨砖墙，清瓦花堵。那大主山所分之脉皆穿墙而过。""步入门时，忽迎面突出插天的大玲珑山石来，四面群绕各式石块，竟把里面所有房屋悉皆遮住。且一树花木也无，只见许多异草：或有牵藤的，或有引蔓的，或垂山岭，或穿石脚，甚至垂檐绕柱，萦砌盘阶，或如翠带飘飘，或如金绳蟠屈，或实如丹砂，或花如金桂。——味香气馥，非凡花之可比。"（蘅芜院）

八、"大家出来，走不多远，只见崇阁巍峨，层楼高起，面面琳宫合抱，迢迢复道萦绕。青松拂檐，玉兰绕砌。金辉兽面，彩焕螭头。""这是正殿了。……一面走，只见正面现出一座玉石牌坊，上面龙蟠螭护，玲珑凿成。"（大观楼）

九、"一路行来，或清堂，或茅舍，或堆石为垣，或编花为门，或山下得幽尼佛寺，或林中藏女道丹房，或长廊曲洞，或方厦圆亭。""忽又见前面露出一所院落来，一径行入，绕着碧桃花，穿过竹篱花障编就的月洞门，俄见粉垣环护，绿柳周垂。进了门，两边尽是游廊相接，院中点衬几块山石。一边种几本芭蕉，那一边是一树西府海棠，其势若伞，丝垂金缕，葩吐丹砂。"（怡红院）

　　十、"从这里出去就是后院，只见清溪前阻，众人由山脚下一转便是平坦大道，豁然大门现于面前。"

我们不要忘记曹雪芹是个大画家，他就把这轮廓构造起来，再把人物事件穿插上去的。小说中说贾妃要写篇大观园记，这便是篇大观园记。

三、承泽园诗序

> 小院清阴合，长渠细溜穿。
> 知君有幽意，处处写江天。
>
> ——芷园消夏诗

接着我又把脂砚斋的《红楼梦》批语细细看了一下，原来这位曹雪芹的好友早已说过"以上可当大观园记"的话，不必我来点穿的。他在十七回上批道：

此回乃一部之纲绪，不得不细写，尤不可不细批注，盖后文十二钗书，出入来往之境方不能错乱，观者亦如身临足到矣。今贾政虽进的是正门，却行的僻路。按此一大园，羊肠鸟道，不止几百十条，穿东穿西，临山过水，万勿以今日贾政所行之径考其方向基址。故正殿反于末后写之，足见未由大道而往，乃逶迤转折而经也。

"斜"字细，不必拘定方向（指倏尔青山斜阻句）。诸钗所居之处，若稻香村、潇湘馆、怡红院、秋爽斋、蘅芜院等，都相隔不远，究竟只在一隅，然处置得巧妙，使人见其千丘万壑，恍然不知所穷。所谓会心处不在乎远，大抵一山、一水、一木、一石，全在乎人之穿插布置耳。

他不只熟于曹雪芹所借镜的园林，而且对于雪芹的胸中丘壑，也脉络分明的。

上面，说到贾政游园，写了半个大观园，另外半个，作者就在四十回，借史太君带了刘姥姥游园赏菊补写出来：

一经离了潇湘馆，远远望见池中一群人在那里撑船。她们向紫菱洲蓼溆一带走来。……走不多远，已到了荇叶渚。几个驾娘把两只棠木舫撑来，众人扶了贾母、王夫人、薛姨妈、刘姥姥……上了这一只船，便一篙点开，到了池当中……说着，已到了花溆的萝港之下，觉得阴森透骨。两滩上衰草残黄，更助秋兴，贾母因见岸上的清厦旷朗，忙命拢岸，顺着云步石梯上去，一同进了蘅芜院，只觉异香扑鼻。那些奇草仙藤愈冷愈苍翠，都结了实，似珊瑚豆子一般，累垂可爱。……一径来至缀锦阁下座席。（元官等在藕香榭演唱。）不一时，只听得箫管悠扬，笙笛并发。正值风清气爽之时，那乐声穿林度水而来，自然使人神怡心旷。

贾母等吃过了茶，又带了刘姥姥至栊翠庵来，众人至院中，见花木繁盛。

刘姥姥……辨不出路来，四顾一望，都是树木山石，楼台房舍，却不知哪一处是往哪一路去的了，只得顺着一条石子路，慢慢地走来。及至到了房子跟前，又找不着门，再找了半日，忽见一带竹篱。一面顺着花障走来。得了个月洞门，进去只见迎面一带水池，有七八尺宽，石头镶岸，里面碧波清水，上面有块白石横架。……踱过石去，顺着石子甬道走去，转了两个弯子。只见有个房门，于是进了房门。（这便是怡红院）

这样把整个大观园写完全了。曹雪芹自是大手笔，他就在四五万字的故事中，把一二千字的游记散在那里边，一点也不落痕迹，真是妙文。

周汝昌先生考证大观园的线索，颇费心力，对于我们看《红楼梦》颇有丰富的启示。他又说到果亲王的承泽园，最和大观园相似，我们且看允礼的《承泽园诗序》：

余赐第在京城西北隅，其东偏有别墅，缭以周垣，近阛阓而山水之观毕见焉；启扉西南，入自洞壑，水流潺湲。近瞩远眺，林壑之美于是乎始。少向东北，跨松梁，垂柳拂衣，若飞步凌虚，泠然而忘所自。素波潆回，中央岛屿，屹然若镇江之金山者为春和堂。少东为向日轩，又东为来青榭，自春和堂至来青榭，外皆长廊，四面际水，谓之小金山。面榭峭壁环抱，过山腰小桥，抵最高峰，曰烟雨矶，小金山之西北，隔水为揽云台。台之左有石拔起水中，曰云根。其北岸有斋曰小山居，多佳卉纤草，发荣吐秀，于春尤胜，由曲径过山阿则梵寺在焉。园之西南，别有奥注，曰小桃源，深涧长松，间以桃花，蜿蜒相属。至漱流亭，过石桥，池水清见底，每新雨初过，游鱼出没于藕花荇藻间。池东修竹成林，平田半亩，种野蔬，是地于园中最为窈深，自西门入则甚近。

我们不必说承泽园便是大观园，当时的公私园林，轮廓就是如此的。

我们谈大观园的轮廓，实际上，只能从脂砚斋所暗示的线索去摸索，因为他是生活在大观园的实在圈子中，而又明白曹雪芹怎么在那实在园林底子架起空中楼阁来的。

性格与线索

——读《红》小记

一、贾宝玉与甄宝玉的性格

看了越剧的《红楼梦》，我们不禁讨论到大观园中人物该带多少的江南儿女气息，这倒是很有趣的问题。有人以为应该重一点；有人——我也是其中之一 ——又以为太重了一点。

我先说说二十五年前的事：那回，英国大文学家萧伯纳来华游历，在上海参加了孙夫人的招待会。那天，梅兰芳、鲁迅、林语堂都在座。席上萧伯纳对于中国舞台上所用锣鼓所造成的噪喧表示头痛。梅先生当时有所解释，我对他的解释觉得不很适当，曾在《自由谈》写了一篇小文，加以批评，这且不说。我们又在另一场合谈到梅先生所扮演的大观园人物的性格，如鲁迅所说的"娘娘腔太重"，也正是我所说的"江南气味太重"之意。关于鲁迅对这一点的不满，他在《梅兰芳及其他》《社戏》《文艺与政治的歧途》中说了又说。他说："梅氏未经士大夫帮忙时所做的戏，自然是俗的，甚至于猥下肮脏的，但是泼辣有生气。待到他为'天女'高贵了，然而从此死板板，矜持得可怜。看一位不死不活的天女或林妹妹，我想，大多数人是倒不如看一个漂亮活泼的村女，她和我们相近。"（"缓缓的天女散花，扭扭的黛玉葬花，先前是他做戏的，这时却成了戏为他而做。"）有一天晚上，在我的家中，就谈到大观园中的贾宝玉和十二金钗的风度、性格，鲁迅是久住北京的，他就认为贾宝玉至少该是满洲人，而十二金钗也必须是旗人的女儿，不可想象她们是裹了小脚的汉家女儿；即是说要少一点江南女儿气息，才像是大观园中的十二钗。鲁迅先生也不一定是适当的旧戏曲的批评家，但我还是赞成他的说法，梅先生的林黛玉，和大观园中的女孩子是有距离的。

曹雪芹，这位贾宝玉的性格，在他自己的笔下，勾画得很突出的。但他自己的生平，我们除了从他的那几位好友的诗文中所说的，知道得并不很多。而《红楼梦》中，写甄宝玉的轮廓，不十分明确。而那位他心目中的真宝玉——他的祖父曹寅，倒有充分的史料可以看到的。这样，我们对于贾宝玉与甄宝玉的性格，相映衬地看了，倒比较明确了。（在我们眼前，本来有了三个不同的贾宝玉，一个是曹雪芹所塑造的，一个是高鹗所改塑的，还有一个，则是一般人心目中的贾宝玉，在这儿，我们似乎该把曹雪芹的本意找出来才对。）

周汝昌先生在《红楼梦新证》引论中说："曹雪芹之能有这一部小说，我们不能忽略了他的极其特殊的环境背景，三种稀有的结合。一、他家的地位是奴隶和统治者的结合。曹家是'包衣'（奴隶）身份，换句话说，就是旗人对满清皇帝自称的'奴才'，但同时他家上世一直做织造官的，却又是'呼吸通帝座'的眼线——坏一坏，爪牙。二、他的家世是汉人与满人的结合；他们的祖先，被满人所俘虏，因而落籍关外，成为黄旗的满族的；他家的人实兼具有二者的特性与特识。三、他家落户于江南，已经六七十年之久，到曹雪芹出世，早已与江南土著无异，这又是北人与南人的结合。"这就触到我所说的满洲的森林气息与江南气息的比例安排了。我不是说贾宝玉没带江南的儿女气息，只是如鲁迅所说的不要那么娘娘腔。我最讨厌那出"宝玉夜探"的评弹，即在于此。

甄宝玉与贾宝玉的性格，究竟说是怎样的呢？满人所以能战胜汉人，以五百万的关外人征服了一亿二千万人的汉家天下，便是以骑兵战胜了步兵，甚至用他们的弓箭，战胜了从西洋（葡人）所介绍的初期火器。《天咫偶闻》称："国家创业，以弧矢威天下，故八旗以骑射为本务，而士大夫家居亦以射为娱；家有射圃，良朋三五，约期为会，其射之法不一，曰射鹄，曰射月子，曰射绸。"这更和江南士大夫大不相同了。江南士大夫，如所谓复社，也有他们的会期，所与会的不过吟诗作文谈论古今而已。他们虽是忠君爱国，并不讲求武艺的。我们看《西厢记》中的张君瑞，他只能向白马将军去讨救兵来打退孙飞虎，要是没有惠明那一身功夫，打出贼围，替他送信，崔莺莺还是会被抢去做压寨夫人的。至于贾宝玉，他至少会带了弓箭骑了马冲出德胜门外去的。贾宝玉绝不是张君瑞，那是无疑的。至于那位甄宝玉（曹寅）就最重骑射，韩菼即在祝贺曹寅的寿序中说："好骑射，尝谓读书射猎，自无两妨。"曹寅《西园种柳述感诗》云："把书堪过日，学射自谓郎。"又在《途次示侄骥诗》中说："执射吾家事，儿童慎挽强。"曹寅少时，方且短衣缚袴，射虎饮獐，极手柔弓燥之乐。至于《红楼梦》中的贾宝玉，也是能骑善射的角色。第七十五回，他写贾珍等在天香楼下箭道内，立了鹄子，皆约定每日早起饭后来射鹄子。贾政也说，这才是正理："文既误了，武事当亦该习，况现在世族。"也命贾环、贾琮、宝玉、贾兰等四人，于饭后过来，跟着贾珍习射一回，方许回去。究竟宝玉的弓箭本领如何呢？第七十五回，写贾母问："你兄弟这两日箭如何了？"贾珍道："大长了，不但式样好，弓也长了一个力。"贾母道："这也够了，且别贪力，仔细努伤。"（五十回，凤姐说："宝玉别嗑冷酒，仔细手颤，明儿写不得字，拉不得弓。"二十六回，宝玉见贾兰持弓追鹿，说："你又淘气了，好好的射他做什么。"贾兰笑道："这会子不念书，闲着做什么？所以演习演习。"）这可见大观园中男子，都是书射并重的，这都不是江南士大夫的生活方式，所以甄、贾宝玉都是从满洲森林中出来，而带上一点江南女儿气息，可是不能太重的。

二、《红楼梦》中的线索

俞平伯先生在《红楼梦研究》中说："红楼梦的结构是波纹式，无数大波起伏，洸洋澎湃，每一大波又环包着无数小波：前波似尽，余漾犹存，此波未平，后涟已起。钩连环互，目眩神迷，读者还以为一切是琐碎的平铺直叙，却被作者由一个波送到另一波，自己已辨不出是在哪个大波之间，小波之内。"这一譬喻，恰当而精妙。而且，"更难能的是这些波并不是孤立的、散漫的，有如脂砚斋所说，'处处草蛇灰线，伏脉千里'。更像常山之蛇，击首尾应，击尾首应，击中则首尾俱应。不要说让我们自己去写，只是看也要无数遍，才能稍明头绪段落"。

那位身与其会而与作者曹雪芹最知己的脂砚斋，他替后世人指点出多少线索来。（若非经脂砚斋点破，我们只是囫囵看过而已。）他在甲戌本第二回标题诗前，有一段引子："此回亦非正文，本旨只在冷子兴一人，即俗谓'冷中出热'，'无中生有'也。其演说荣府一篇者，盖因族大人多，若从作者笔下一一叙出，尽一二回不能得明，则成何文字？故借用冷子兴一人，略出其文，使阅者心中，已有一荣府隐隐在心，然后用黛玉、宝钗等两三次皴染，则跃然于心中眼中矣。此即画家三染法也。未写荣府正人，先写外戚，是由远及近，由小及大也。若使先叙出荣府，然后一一叙及外戚，又一一至朋友，至奴仆，其死板拮据之笔，岂作十二钗人手中之物也？今先写外戚者，正是写荣国一府也。故又怕闲文赘瘰。用笔即写贾夫人已死，是特使黛玉入荣府之速也。通灵宝玉，于甄士隐梦中一出，今又于子兴口中一出，阅者已洞然矣。然后于黛玉、宝钗二人目中极精极细一描，则是文章锁合处，盖不肯一笔直下，有若放闸之水，燃信之爆，使其精华一泄而无余也。"（第十六回，脂批也说："一段赵姨讨情闲文，却引出通部脉络，所谓由小及大，譬如'登高必自卑'之意。细思大观园一事，若从如何奉旨起造，又如何分派众人，从头细细直写，将来几千样细事，如何能顺笔一气写清？又将落于死板拮据之乡，故只用琏凤夫妻二人一问一答，上用赵姨讨情作引，下用蓉蔷来说事作收，余者随笔顺笔，略一点染，则跃然洞彻矣。此是避难法。"此等处，都使我们看明白这一部大小说的线索。）

把《红楼梦》这么一部小说浓缩在十二场戏曲中，这又是一种文艺手法，我们看了《红楼梦》剧中曲，也觉得编者大刀阔斧颇费匠心。曹雪芹第四十二回，借宝钗的口在说："如今画这园子，非离了肚子里头有些丘壑的，如何成画？这园子却是像画儿一般，山石树木，楼阁房屋，远近疏密，也不多也不少，恰恰的是这样。你若照样儿往纸上一画，是必不能讨好的。这要看纸的地步远近，该多该少分宾分主，该添的要添，该藏该减的要藏要减，该露的要露。这一起了稿子，再端详斟酌，方成一幅图样。"这道理说得很明白了。小说是小说，戏曲是戏曲，得重新组织，不离原来规模，却要重新搭起间架来的。我们看了《红楼梦》剧本，编者敢把史湘云藏掉，不让那一三角关系冲淡这一三角关系，可说十分大胆了。但这一剧本，也有值得商榷之处，即是曹雪芹的本线是放在刘姥姥身上，他明说："荣府中，从上至下，也有三百余口人，一天也有一二十件事，竟如乱麻一般，没个头绪可作纲领。却好忽从千里之外，芥豆之微，小小一个人家，这日正往荣府中来，因此便就这一家说起。"实际上刘姥姥也真是全书的主线。作者又借林黛玉之口说："别的草虫儿罢了，昨儿的母蝗虫不画上，岂不缺了典了。"这一剧本，就缺少了刘姥姥，不仅缺少了调味，显得单调，而且剧情也就不紧凑了。

《红楼梦》的发展有曹雪芹的本来线索，这从脂砚斋的批语可以看得很明白的。也有续书者高鹗所安排的后来线索。我们对于后面的四十回，乃是高氏对宝玉、黛玉、宝钗这一三角关系的悲剧安排：黛玉死去和宝钗结婚排在同一时间。（当然有许多人的眼泪是为着这一残酷的结局而流的。）我们且看脂砚斋第四十二回，总批："钗玉虽二个，人却一身，此幻笔也。今看至三十八回时已过三分之一有余，故写是回，使二人合而为一。请看黛玉逝后，宝钗之文字，便知余言不谬矣。"他是知道曹雪芹的本来安排的，黛玉先死，宝钗去哀悼她，再到后来，才和宝玉成婚。后来宝钗也死了，可能再和史湘云结婚的。对于满人的婚姻观念，我们不能用汉人的理学家尺度去批评的。嫂嫁叔的事，在满清皇室也并非禁忌，和周公之礼不相干的。高续的《红楼梦》，把王熙凤抹成一股恶相的女人，也是和曹雪芹的本来写法不相同。目前的剧本，走的是高鹗的路线，也是有问题的。

三、从画笔看红楼

曹雪芹是画家，我们不妨用画家笔法看红楼的。脂砚斋在第一回的眉批中说："事则实事，然亦叙得有间架，有曲折，有顺有逆，有映带，有隐有现，有正有闰，以至草蛇灰线，空谷传声，一击两鸣，明修栈道，暗度陈仓，云龙雾雨，两山对峙，烘云托月，背面傅粉，千皴万染诸奇，书中之秘法亦复不少。"这便是用画家术语来谈文的。

脂砚斋自是懂得画家三昧，有如小说中的宝钗能说出一番大道理的。如：

> 横云断岭法，是板定大章法。（第四回）
> 惯用此等横云断山法。（第六回）
> 用画家三五聚散法，写来方不死板。（第七回）
> 余素所藏仇十洲《幽窗听莺暗春图》，其心思笔墨，已是无双，今见此阿凤一传，则觉画工太板。（第七回）
> 一路用淡三色烘染行云流水之法。（第八回）
> ……甚至丹青，惟知乱作山石树木，不知画家之法，亦是恨事。（第十六回）
> 画美人秘诀。（第二十七回）

是书最好看，如此等处像画家山水树头丘壑俱备，末
用浓淡墨点苔法也。（第二十七回）

峰峦全露，又用烟云截断，好文字。（第二十八回）

明清文士，不免带着高头讲章的习气，但神而明之，如金圣叹
的批《水浒》《西厢》亦有逸趣。脂批语也有酸腐语，大体上，倒
是懂得曹雪芹的用心于他的艺术手笔的。

谈《红楼梦》的，大家都引述戚蓼生序文中一段话（有正本）：
"吾闻绛树两歌，一声在喉，一声在鼻；黄华二牍，左腕能楷，右
腕能草，神乎技矣，吾未之见也。今则两歌而不分乎喉鼻，二牍而
无区乎左右，一声也而两歌，一手也而二牍，此万万所不能有之
事，不可得之奇，而竟得之《石头记》一书，嘻！异矣。夫敷华揪
藻，立意遣词，无一落前人窠臼，此固有目共赏，姑不具论。第观
其蕴于心而抒于手也，注彼而写此，目送而手挥，似谲而正，似则
而淫，如《春秋》之有微词，史家之多曲笔……盖声止一声，手止
一手，而淫佚贞静，悲戚欢愉，不啻双管之齐下也。……吾谓作者
有两意，读者当具一心。譬之绘事，石有三面，佳处不过一峰；路
有两蹊，幽处不逾一树，必得是意以读是书，乃能得作者微旨。"
所谓线索，所谓弦外之音，我们当于此求之。

史事与历史小说

　　我看了《战争与和平》的影片回来，又把托尔斯泰的小说对照着看了一回。一位朋友问我：《战争与和平》是不是历史小说？我记得茅盾先生曾谈到这一问题。他说："可以说是的。因为这么一部百余万言的巨著，人物多至一百以上，场面自血战，国王的会议，贵族做生日，贵族的丧事、剧场、跳舞会、打猎乃至小儿女的情话、农民的生活，十九世纪初那十年间的，俄国的政治事件和社会现象几乎网罗无遗，然而贯串这一切的线索，就是对拿破仑的战事。这一战事，因了各色人等之生活的不同，以及地点之为都市或农村，为官僚贵族的茶话会，或为地主别庄中的宴席，而呈现了各种强弱不同的影响。这是我们读着这部巨著的时候明显地看得到的，然而这一战事，无论如何是影响着全俄罗斯，也是我们一边读着一边明显地感到的。而且在全书的结构上说，既以对拿破仑的战事始，亦以对拿破仑的战事终。所以这部巨著，可以说是历史小说。"不过他又接上说一句，"但是它又不仅是历史小说。首先，其中虽然写了拿破仑、亚历山大以及科都曹夫等历史人物，可是他们绝对不是《战争与和平》的主角。这小说的主角是彼得和娜塔夏一类的青年人。其次，《战争与和平》又写了整个俄罗斯民族，从农奴到贵族地主，各阶层的生活都不缺少。最后，而且比较最不重要的，才是那些'和'与'战'的历史事实。"

这样，我可以简括地重述我的说法：历史小说不仅是历史，必须是文艺作品，像其他小说一样。但历史小说必须依据历史的事实，就其中有着敷衍、夸张的成分，却不可歪曲史事。在这一比重上，我们得好好儿斟酌一下的。有一天，一位年轻的朋友和我谈到鲁迅的《野草》和《故事新编》，他说他实在看不懂。我说：看不懂不足为奇，不必勉强的。《野草》，那是哲理散文诗，不能穿凿去看。《故事新编》那是历史小品，同为新编，便有他所要引用这一故事的动机，如《奔月》的讽刺高长虹，《治水》的讽刺顾颉刚，先了解这一段经过，那就懂了一部分了。同时，对于原来的故事要知道大概，那就格外有兴趣些了。即如《采薇》那一篇，他正如创造了阿Q一般，创造了一个谣言专家——阿金姐。阿金姐说：

> 老天爷的心肠是顶好的，他看见他们在撒赖，快要饿死了，就吩咐母鹿用它的奶去喂他们。你瞧，这不是顶好的福气吗？用不着种地，用不着砍柴，只要坐着，就天天有鹿奶自己送到嘴边来。可是贱骨头不识抬举，那老三，他叫什么呀，得步进步，喝鹿奶还不够了。他喝着鹿奶，心里想："这鹿有这么胖，杀它来吃，味道一定是不坏的。"一面就慢慢地伸开臂膀，要去拿石片。可不知这鹿是通灵的东西，它已经知道人的心思，立刻一溜烟逃

去了。老天爷也讨厌他们的贪嘴，叫母鹿从此不要去；你瞧，他们还不只好饿死吧？

鲁迅在上海时期，是给种种谣言烦扰了的，阿金姐这样的人物，是活在我们的眼前。我们当时也曾和他谈到这些故事的来源，他也说有些是记不真了。我曾翻看一些笔记，才找到了一些来由。那夷齐被妇人气死的传说，见《文选》注引《古史考》："伯夷叔齐，隐于首阳山，采薇而食，野有妇人谓之曰：'子非不食周粟？此亦周之草木也。'于是饿死。"叔齐食鹿传说，见梁元帝《金楼子》及《列士传》，《金楼子》云："伯夷叔齐，不食周粟，饿于首阳，依麋鹿以为群，叔齐起害鹿，鹿死，伯夷恚之而死。"《列士传》云："夷齐隐于首阳山，二人遂不食薇，从七日，天遣白鹿，乳之，得数日，夷齐私念：'此鹿肉食之必美。'鹿知其意，不复来，二子遂饿而死。"把这故事来对看鲁迅的小说，我们便可以明白艺术笔触在历史小说中的分量了。

文学和历史，在中国是孪生姊妹。西方的学术，自古都包孕在哲学之中；在我国，则学艺源出于史学。古今散文作家，很多从《史记》《汉书》偷点诀窍，我在上面已经说过。不独古文家如此，纯文艺作家也是如此：司马迁写《项羽本纪》，把垓下之围写得那么有声有色，唐宋诗家，把这题材写成史诗，元明戏曲家写这题材为南北曲。就在目前，《霸王别姬》还是不时上演的戏曲——历史才是我国最珍贵最丰富的文学遗产。

我开始写历史小品，乃是受日本芥川龙之介的启示。谢六逸译介日本小品文，其中芥川龙之介的三篇，都是用了我国的古代史事与传说。《英雄之器》，用《项羽本纪》的吕马童故事；《尾生的信》，用《史记》的尾生故事；《黄粱梦》用《唐人传奇》的卢生故事。这些古老的故事，一经点缀，便以极新的姿态出现在我们的眼前。他在《黄粱梦》的结尾上说："卢生凝然地听着吕翁的话，当对手确切地询问时便抬起青年似的颜面，闪着眼光，这样说：因为这是做梦，我还想生，如那梦的觉醒似的，这觉醒之时，就要来吧！到其时之到来，我还想真挚地生活了似的生存；你不作如此想吗？这现代的精神，如太阳那么明朗，使我觉得愉快得很。我是依着他这一支烛光来照读我以往所读的史书的。"

我开头写的是范增的故事，题名《亚父》，那是历史小说。我所写的，便是范增被项羽疏远，返回彭城途中发背疽死的故事，我的本意是在描写一个知识分子被"剑把"所遗弃的暗影。我的小说，不一定写得怎么好，但刺痛了那位在青岛养疴的汪精卫，仿佛他便是"亚父"，大为不快，几乎要闹成文字狱呢！后来，我又改变我自己的手法，以注入新感想为主，而以史事为解释某论点的例证，乃开始写"耶稣与基督"和"苏小小与白娘娘"那两个小品。那时，我胸中先对于现实某事件要有所批评，借史事来发挥，偶或能把胸中的沉哀表白出来，未免有时要歪曲那史事的本相，不能算是正格的历史小品。但后一篇，在当时却获得很大的成功。

在托古寄怀的小玩意之后，我便试着写正格的历史小品和小说。我自己最满意于以但丁的故事为素材的《比特丽斯会见记》，在我乃是一首情诗，技巧上也比较成熟。其他，则有《弥正平之死》《叶名琛》《刘祯平视》《焚草之变》《并州文人》《孔林鸣鼓记》，后二篇乃是讽刺小品。我初着笔时，常有一种错觉，以为非完整的故事不能写；后来渐渐明白，故事完整尚在其次，如何把故事组织过是第一件大事。祢衡在《后汉书》有传，说他恃才傲上，一不容于曹操，二不容于刘表，三不容于黄祖。历来咏鹦鹉洲的诗，很多责怪曹操和黄祖，说他们不能容纳傲世的大才。我细看全传，觉得祢正平之死，虽由于触犯了曹、黄，最主要的还是死于曹操、黄祖的左右之手，应得以这一点为中心来描写的。祢传末段，说："祖主簿素嫉衡，即时杀焉。"而上文："操怒送与刘表，临发，众人为之祖道，咸以不起折之。""表尝与诸文人共草章奏，并极其才思，时衡出，还见之，开省未周，因毁以抵地，表怃然为骇。衡乃从求笔札，须史立成，辞义可观，表大悦，益重之。"字里行间，隐隐说出那些左右人物怀恨嫉妒，帮主子逐客的情势在。我的那篇小说，便是这么组织起来的。

（史事那么繁富，题材可说容易找寻得很；但史籍中的史事，常为正统派传统观念所淹没，我们抉取史事的本相，得从庸俗的历史观底下脱出来，养成自己找题材的"史眼"，却不是一件很容易的事。我们着手写历史小说，虽不能和一般治史的人一样，把全副精力时间放在整理史料上，但基本的考订工夫是不可少的。就史论史，所谓史事的本身是一件事，作史者笔底所写的史事，又是一件事，史事本身不可复演不会重来，我们只能依凭旧史人的史文来推想史事的本身。于此先要考察三件事：先考察史家在怎样情形之下观察这件史事的，次考察史家在怎样情形之下写这史篇的，又来考察，这史篇写成之后，在怎样情形之下留传下来的。我们要十二分耐心追溯上去，使所把握的史事，与史事的本相相差不十分远。历史上的人物事件，别人用他自己的道德观念、利害关系批判过了，红脸的忠臣，花脸的奸贼，凝固为定型概念。我们有了社会科学，历史哲学的新知，重新建立知人论世的尺度，方能脱去前人的思想羁绊，方能于社会公认关云长为"圣人"的定型之下，来描写他的爱女色、粗鲁误事的性格。从前做史论的，又有爱做翻案文章的习气，其观点不正确，也与随声附和的矮子看剧论者相仿佛。我们要有史家的宽大风度，让史料引导我们到最后的结论，才能免于"爱新立异""亟下结论"的毛病。）

苏东坡说："遍地皆文章，妙手拾之耳。"初读史书，那些大事件大人物，颇引动我们的注意；可是，照这条路走去，便会写成教科书式的呆板史文。读之既久，东一处西一处闪出可爱的事件可爱的人物来，我们眼里的大人物、英雄或圣人，正是和我们一样皮包骨、肉血做成的活人，一样有感情，有理智，有光明面，有黑暗面。我们撇开正面，从旁面入，撇开大处，从小处入，笔下就活跃了。现代史学家房龙（Van Loon）所写的《人类的故事》，仅仅那么一些篇幅，而要写上下五千年，纵横数万里的故事，却写得更显豁更突出，一开头便把我们吸住了。照他那么写，虽是一枝一节，而足以烘托那事件的重心人物，灵魂的，都抓来作题材，那么，一部二十四史，还怕写得完吗？

我常读《史记》《汉书》，看司马迁、班固所记汉高祖事迹，很多铺张扬厉之处，但从字里行间，我们看到如：

一、母媪，常息大泽之陂，梦与神遇；是时雷电晦冥，父太公往视，则见交龙于上，已而有娠，遂产高祖。

二、高祖为人，好酒及色，常从王媪、武妇贳酒，时饮醉卧，武妇、王媪见其上常有怪。高祖每酤，每饮酒，售数倍。及见怪，岁竟，此两家常折券弃债。

三、吕公者，好相人，见高祖状貌，因重敬之，引入坐上座。酒阑，吕公曰："臣少好相人，相人多矣，无如季相，愿季自重。”

四、吕后与两子居田中，一老父过，相后曰："夫人，天下贵人也。"——高祖追及，问老父，老父曰："君相贵不可言。"及高祖贵，遂不知老父处。

五、高祖被酒，夜经泽中，令人行前，行前者折还曰："前有大蛇当径，愿还。"高祖醉曰："壮士何所畏！"乃前拔剑斩蛇。后人行至蛇所，有一老妪夜哭，"吾子，白帝子也，今被赤帝子斩之。"妪因忽不见。高祖乃心独喜自负。

六、高祖隐于芒砀山泽间，吕后与人俱求，常得之。高祖怪问之，吕后曰："季所居，上常有云气。"高祖又喜。

这几段，都有吕刘二家串通造谣生事的痕迹，只要穿插起来，便可写成一篇很有趣的小说了。又如《西京杂记》所记：

太上皇（汉高祖父）徙长安，居深宫，凄怆不乐。高祖窃因左右问其故，以平生所好皆屠贩少年，酤酒、卖饼、斗鸡、蹴鞠，以此为欢，今皆无此，故以不乐。高祖乃作新丰，移诸故人实之，太上皇乃悦。故新丰多无赖，无衣冠子弟故也。高祖少时，常祭枌榆之社，及移新丰，亦还立焉。高祖既作新丰，并移旧社，衢巷栋宇，物色惟旧；士女老幼，相携路首，各知其室；放犬羊鸡鸭于通衢，亦竞识其家。其匠人胡宽所营也。

这不是很好的历史小品题材吗？

我又常读《资治通鉴》至隋炀帝南游扬州那一段，记：

一、隋炀帝至江都，荒淫益甚。宫中为百余房，各盛供张，实以美人，日令一房为主人，帝与萧后及幸姬历就宴饮，酒卮不离口。

二、帝自晓占候卜相，好为吴语。常夜置酒，仰视天文，谓萧后曰："外间大有人图侬，然侬不失为长城公，卿不失为沉后，且共乐饮耳。"因引卮沉醉。

三、又尝引镜自照，顾谓萧后曰："好头谁当斫之。"后惊问故，帝笑曰："贵贱苦乐，更迭为之，亦复何伤？"

四、帝闻乱，易服逃于西阁，有美人出，指之。校尉令狐行达拔刀直进，扶帝下阁，引帝还至寝殿。虔通、德戡等拔白刃侍立。帝爱子赵王杲，年十二，在帝侧号恸不已，虔通斩之，血溅御服。贼欲弑帝，帝曰："天子死自有法，何得加以锋刃，取鸩酒来。"文举等不许，使令狐行达顿帝令坐。帝自解练巾授行达，缢杀之。

这一幕悲壮剧，也可以如火如荼写得很热闹的！

传记文学

  我一向对于历史比较有兴趣，对于古典文学的欣赏，也还是从史学传入的。（中国古文家，本来有着文史通义的传统想法的。）和小说最相通的还是传记文学，日本散文家鹤见祐辅说："在这里，就可以知道近代的史传正和小说同其倾向，正和一切个人的生活都可以作为小说的对象一样的，一切个人的行动，也都可以作为史传里的内容。无论是小说也好，史传也好，如果底里是流动着这真实的东西，那么，一定能够感动读者的。不过正和小说的内容不一定要和现实的人间相反，史传是彻头彻尾的以实际的人间之实际的思想行动的记录为要件的。所以我们从伟大的小说所受到的感动，正和从卓特的史传所受到的激动是同样的，因为二者都是从人间个性的描出而生的感受。"

  从鹤见祐辅的《思想·山水·人物》（鲁迅译）接受到启发，那是二十多年前的事。后来又看了他的随笔《读书三昧》及他的《拿破仑传》；大致说来，若干观点，彼此是十分相契合的。而他所心敬的两个人——法国的莫洛亚和英国的斯脱烈赛，也是我所最爱好的。他也有好几回谈到穆勒（Jahn Morley）的回忆录，他每回感到精神上有什么馁怯似的时候，他就抽出穆勒的回忆录来再看一遍。不待说，第一因为文章好；读了那样高贵的古典文学，不由得心神便被吸引住了。他认为马太·亚诺德（Mathew Arnold）的作品也是典雅纯正，但穆勒的思想更是深远。他又说，使他念念于穆勒的，与其说是文章和思想，毋宁是光辉透底的他的人间性。（他说他始终是一个诚实的君子，正直的男儿，而且是高贵的人物。）

关于"人间性"这一点，可以说是传记文学的核心，即是把英雄与圣贤，都当作有血有肉的活人来理解，也很重要的。鹤见在《人生琐谈》中说到萧伯纳的戏曲《恺撒和克里欧派脱来》（*Caesar and Cleopatra*）中的一节："当恺撒仅以稀少兵力占领埃及首府时，埃及王便出其不意，加以反攻，于是恺撒的军队便被包围了，除了遁逃出海，他是无路可走了。上了台来的恺撒，惊惶失措，脸是那么青白。却说，恺撒部下一员大将，恬若无事地，坐在大石块上，嘴里嚼着枣子，碎了的枣仁，稀里麻拉地吐了出来。他对恺撒道：'哎！恺撒为什么摆着这么愁眉不展似的样儿呢？'恺撒说：'怎么，你别这么轻描淡写，若无其事罢！我们不是已经被敌人包围了吗？'那大将大笑了，说：'哈哈！恺撒，您吃过早饭了没有？'恺撒摇摇头。那大将接着说：'那么，这就是了，请吃些枣子吧，您一定肚子饿了！'于是恺撒就坐在大将的旁边，一同吃着枣子。"在戏台上，这一幕看起来是很有趣的。鹤见说："到底不愧为文豪萧伯纳的手法，如恺撒那样的盖世英雄，也因为肚子空了，脸儿变成那么苍白，他忧心过度，连朝食也会忘记了的！这便是'人间性'。"

在中国，孔夫子是一代神化了一代，巍巍然坐在孔庙里吃猪肉了。但我们看看那部记录孔门师徒谈话的《论语》，实在富有人间性的。他比孟老二还不摆正人君子的面孔。至于孔夫子的父亲和母亲的恋爱经过，实在富有浪漫性的；司马迁作《史记》，在"孔子世家"中写的，也并不隐讳"仲尼无父"的事实。可是，过去一两千年间的孔夫子，已经从人间走向天上，由人变成神。以关云长的神运亨通来说，也还有"走麦城"的戏，独有孔夫子的戏是绝少上戏台的。甚至五四运动以后，孔夫子已经从神座上走下来，那本"子见南子"剧本在曲阜师范上演，也还被孔家的七十几代子孙所控诉，仿佛他们的老祖宗，见了美色也不会动心的。不过，孔家子孙，虽是那么头脑简单，在我们脑子中，孔夫子已经失去了他的神味，变成了"人"。我就曾写了《孔老夫子》和《孔林鸣鼓记》的历史小品。那时，我还找了一些民间歌曲，其中倒没有士大夫的酸气，敢于开开孔夫子的玩笑的！那唱本是用《论语·孔子去齐章》作题材，写孔门师徒狼狈情况的。它写道：

他师徒——一路上观不尽的潇湘景，猝然间遇着个疯子到车前。他那里一边走一边唱，唱的是双凤齐鸣天下传。他说道："尧舜已没文王死，汉阳郡哪有韶乐共岐山！你从前凄惶道路且莫论，到而今羽翼困倦也该知还。你看这林中，哪有梧桐树，何不去寻个高岗把身安？你只想高叫一声天下晓，全不念那屈死的龙逢和比干。"他那里口里唱扬长去，倒把个孔夫子听得心痛酸。老夫子走向前来待开口，他赶着起腿来一溜烟。弄得没滋搭味把车上，猛抬头波浪滚滚在面前。师徒他勒马停骑过不去，看一看两个农夫在乡里耕田。吩咐声："仲由，你去问一问，你问哪里水浅好渡船？"仲夫子闻声此言不怠慢，迈开大步到近前。他说道："我问老哥一条路，告诉俺哪是道口哪是湾？"长沮说："车上坐的是哪一位？"子路说："孔老夫子天下传。"长沮说："莫不是家住兖州府？"子路回答："然、然、然！"长沮说："他走遍天下十三州府的，那些门徒都是圣贤。"说罢竟将黄牛赶，你看他达达猎猎紧加鞭。闪得个好勇子路瞪着眼，没奈何又向桀溺问一番。桀溺说："看你不像本地客，你把那家乡姓氏对我言！"子路说："家住泗水本姓仲。"桀溺说："你是圣人门徒好打拳。"子路说："你既知名可为知己，你何不快把道口指点咱？"桀溺说："夜短天长，你发什么躁！慢慢地叫我从头向你言，你不见沧海变田田变海，你不见碧天连水水连天，你既有摘星揽月好手段，也不能翻过天来倒个乾！与你跟着游学到处闯，你何不弃文去武学种田？白日家中吃碗现成饭，强于在陈饿得眼珠蓝。夜晚关门睡些安稳觉，强于你在匡吓得心胆寒。这都是金石良言将你劝，从不从由你自便，与我何干！"说着回头把田种，二农夫一个后来一个先，仲夫子从来未占过没体面，被两个耕地农夫气炸了肝。若照我昔年那个猛浪性，定要踢顿脚来打顿拳。恼一恼提起他腿往河里撩，定教那鱼鳖虾蟹得个饱餐！

这段弹唱曲文，把南方几位隐者接舆、长沮、桀溺和孔门师徒应对的话，加油加醋，敷衍开去，不独神情逼肖，成为现代化，即全文意义，也成为现代化，和萧伯纳笔下的恺撒相似了。

鹤见祐辅，他曾以全力写他的《拿破仑传》；这位历史人物太突出了，而用他的史迹来塑造的名著太多了，因此，我并不觉得他的《拿破仑传》有什么了不得的地方。倒是他在那传记前面的传记文学论，颇契合我的心怀。他说："不曾赋有作为哲人的天分的我，对于叫作抽象的理论那东西，是并不感到甚深的兴味的，毋宁说是我对于人间具体的记录更加受到强烈的感动。儒教对于我，是成为圣人孔夫子的人间的记录。耶稣教对于我，是成为基督殉教的悲壮的足迹。佛教对于我，是成为释尊一代的垂教的生动活画。无论是宗教还是哲学，对于我，都成为为了那宗教而流血，为了那哲学而被捕入狱的人间个人的生动活泼的史实。（感动我们的是那哲人、宗教家的人格而不是他们的教义。）对于历史我也持着同样的见解；永恒的在人类史中贯流着的哲学与社会演进的理法，对于我，也是作为为了表现哲理、为了社会进步而捧呈了生命财产的人间各个人的记录而寄予很深的感激之情。"

我最赞同鹤见的另一说法："也不见得一定是依照嘉莱尔所说的，历史是伟人言行的记录。因为叫作伟人的这名词，本来就有重新加以检讨的必要。仅仅是穆罕默德、莎士比亚……这些少数个人才是伟人这样的思想，已经不能支配现在的我们。毋宁说是对于爱德曼德·葛斯之以描写中年期的动物学者的父亲，而为英国传记史中开辟了一新面目，而那样的，更加令我相信，凡是忠实的人间记录，都是传记文学的对象和目的，因为这正是各个人所亲自体验到的生动的血泪的记录，浑雄的向上心的描写，是不得不尝过那啮骨一般的失败的苦痛的。"

鹤见曾说到他在美国旅程中，读到莫洛亚的《狄更斯传》；我也是在长期旅途上读了莫洛亚所写的那几部西方文学家，如雪莱、屠格涅夫、歌德以及狄更斯的传记，他不仅是把他所欣赏的观点说给我们听，而是他所写那些传记，本质上正是文艺作品。我对于鹤见散文的推许，也因为他的笔下是带有感情的。

在我的案头，有一本斯脱列赛（L.Strachey）的《维多利亚女王传》，这是我所爱好的传记文学作品之一。（我认为路特维喜的史传，绵密、精密；莫洛亚的，明快流利；斯脱列赛的，深刻周到，各有所长。）

传记艺术自是不容易的，斯氏说："传记家要保持一种恰当的简洁，就是说，要把一切重沓浮滥的材料完全删去，而没有删掉一点重要的材料，这毫无疑问是传记作家第一个任务。至于第二个任务那也同样没有问题，就是传记家要保持他精神上的自由。他的任务不在恭维人家，而在把种种有关系的事实，依照他所能了解的，揭露出来，既不褊袒，也不带别的用意。"（传记作家要有超脱的态度，要与他的对象保持一个适当的距离。他的主要能"入乎其内"，又要能"出乎其外"。"入乎其内"，就是设身处地，"出乎其外"，就是置身事外。能"入乎其内"，于是能对传主表同情，能与传主共哀乐。能"出乎其外"，于是能观察他，衡量他，描写他，还他一个本来面目。）

斯氏笔下的维多利亚女王，她是活在我们眼前的，诚如华尔芙夫人所说的"斯脱列赛的维多利亚女王将是一般人心目中的女王，好比鲍士伟尔的约翰生博士是我们心目中的约翰生博士"。这一个有血、有肉、有灵魂的人，她让斯氏进入她的下意识中去，使我们明白，她如何爱上了配王亚尔培，又为什么跟他闹到抖扭，后来为什么又和好起来。至于那些首相们，她欢喜狄士莱利与梅尔本勋爵，不欢喜格兰斯敦与柏默斯敦；他就从她的心灵深处，发掘出她为什么欢喜这个而不喜欢那个的缘由。这是他对于这位女王心灵园地的探险，找到了她的朋友们所没有知道的秘密。而且他对于这位女王，并不作过分的同情。"他们笔端始终带着精致的谐谑与轻微的讽刺。她的虚伪浮浅、恶俗、怪诞，没有一样能逃过他尖锐的笔头。他是活了二百多岁的伏尔泰（Voltaire），他有伏尔泰那种冷静的分析的头脑，虽是他的感觉，他的想象是现代的产物。"

上面我说到了鲍士伟尔（J. B. Swell）的《约翰生传》，也正是传记文学的模范作品。英国文学家麦皋莱说："如果荷马是第一英雄诗人，莎士比亚是第一戏剧家，德摩西尼士是第一演说家，那么，鲍士伟尔毫无疑问的是第一位大传记作家。"麦氏还下了一句有趣的评语："鲍士伟尔原来是一个大傻瓜，只有这样的大傻瓜，才能写出这样的大著作。"

近代的传记文学，有一大特色，即是把圣贤、英雄、领袖，去其神奇部分，当作一个普普通通、平平凡凡的人来叙写。每一个人都有其缺点，凡间并无"圣人"，正如一切白璧都有着缺点。每个人的下意识中，也都有其不可告人的阴影的。有人尽管打扮着"正人君子"的模样，撒旦还是和他同住在一起的。鲍氏的《约翰生传》，在这一方面，它是最真实最成功的开山之作。

约翰生是十八世纪的一个英国怪杰。在鲍士伟尔笔下，这怪杰的怪相，被他写得穷形极相，使你捧腹大笑。十八世纪的英国绅士，最讲究仪表风度，处处要显出"雅"来；约翰生的容貌、举止、谈吐，正相反，一点儿也不雅。他"中等身材，满脸斑疤，走起路来一摇一摆，吃起东西，狼吞虎咽，活像一只人熊"。鲍氏道："我从来没见过人家欢喜好吃的东西，像约翰生那样子的。吃东西的时候，他在座是一言不发，至于人家谈什么，也不理会。这样，一直要等到他的食欲满足了才罢；他的食欲有如饕餮，食量大极了，一面吃着，一面额角上青筋子暴了起来，一颗颗汗珠也落下来了。"我是三十年前读这部传记的简本的，直到今天，想起了他的吃相，还觉得好笑。

英国人是懂得幽默的，鲍氏写这本《约翰生传》，不时也会嘲笑他自己。有一天晚上，他向约翰生诉说他想象中的痛苦。约翰生听得发厌了，刚巧一只小虫子，绕着灯光飞舞，结果投在火上死了。约翰生便板着面孔对鲍士伟尔说："这小动物真是自讨苦吃，我相信它的名字，叫作鲍士伟尔！"他就这么写下来。约翰生曾经说过："传记唯一的条件是真实。"鲍士伟尔倒把他老师的话实践了。

演史的一例

——西太后故事

十九世纪后半期，差不多搭到二十世纪初，有四十多年长时期，可以说是慈禧（西太后）的王朝。因此这位实际操纵满清政权的女人，一直是传说中的戏剧性的人物。

近人用这位传奇人物作为小说、戏剧的题材，有《清宫外史》、《清宫怨》、《西太后》（小说）、《慈禧秘事》（传记小说），以及德龄公主所写的《清宫二年记》《御香缥缈录》《瀛台泣血记》《御苑兰馨记》这一系列近于传奇的笔记。此外还有容龄公主所写的《清宫琐记》也是以西太后生活为主题的。（本来荷里活①也曾有人想用德龄所写的故事拍摄《西太后》影片，她们姊妹俩也准备参加演出。）我们且用这个现代的例子，来谈谈史料的整理、鉴别和剪裁。

那位写《清宫怨》的姚君，他在独白中说："把史实改编为戏剧，并不是把历史搬上舞台；因为写剧本和编历史教科书是截然不

---

① 荷里活，即好莱坞，位于美国加利福尼亚州，是美国电影业的中心。

同的。历史家所讲究的是往事的实录，而戏剧家所感兴趣的，只是故事的戏剧性和人情味。"我看了，想了一想，我们似乎应该说：戏剧家尽可以不把历史搬上舞台，但既称之为历史剧，就得合乎历史的事实，不能太离谱。克伦威尔说："画我须似我。"《清宫怨》和《清宫外史》所以失败，就因为它们太歪曲了史实了。《清宫外史》上演时，有人请容龄公主去批评；她一看，一团糟，无从批评起。《清宫外史》是如此，《清宫怨》更不必说了。姚君自己解嘲的话是没有用的，他并不懂得史事和西太后的生活方式。

写这类戏剧小说的人，他们首先同情了康梁的维新变法，把光绪算作进步的正面人物，因此，就把西太后算作反面人物，她是顽固守旧的。但，这样机械式地处置人事，就会颠倒史实了，即如姚君以为光绪是进步的，于是他们宠爱的珍妃、瑾妃也是进步的。这场清宫斗争，成为晋沣和珍、瑾之间的斗争，主要的乃是西太后与光绪集团的斗争。因为说珍妃是进步的，就说她是敢于接受西方科学文明，把她爱玩照相机算作"进步"的具体征象。如不知珍妃并非是新政的支持人；她之得罪于西太后，并非因为她庇护了维新人物，而是她那贪污集团，实在太不成话，被御史所揭发，她根本不是什么进步的人物。至于照相机进入宫中，远在光绪初年，慈禧原是爱好新奇事物的人，在物质享受上，她并不守旧。她是第一个让电灯进入颐和园的人，不过她房中那盏电灯是镶得很华丽的。姚君只凭着自己的想象来把清宫故事凑搭起来，不曾在史料整理上下点功夫，够不上历史剧的水准。再说，西太后是寡妇，怎么可以穿着大红外披；这些方面，清宫有祖规，她倒是要严格遵守的。

那位随侍过西太后两年，懂得宫中生活的德龄公主，她所写的《御香缥缈录》，算是慈禧的私生活实录，照说应该很近实情了。从

第二节"御用列车"，到第五节"火车上的内务府"，尽量夸大这位老太婆的好奇心理，说得有声有色。她说："她（指太后）时常在怀疑，坐火车究竟是怎么的一种滋味？所以这一次，决意要想试一试了。"以下便是她描写西太后出巡坐火车的经过情形，首先她还说到廷臣对太后的劝阻，说：

> 伏念中国自尧舜以来，历朝帝王，未闻有轻以万乘之尊，托之于彼风驰电闪，险象环生之火车者，况我皇太后春秋已高，尤宜珍摄以慰兆民之望。……即朝中各事，亦端赖圣意裁决，不可一日废弛。臣等诚望我皇太后勿为夷人之妖言所惑，罢巡幸之行，实为至善。

她说慈禧把他们的奏章，一概置之不理，随手撕成片片，丢满了一地。于是钦天监替她们拣了一个大吉大利的日期、时辰以便出发。她说：

> 我们皇太后真像一个小孩子得到了一件新的玩具一样。在她没有走上这一列神秘的火车之前，她决意要看一看它毕竟是怎么一件东西，于是她就命令抬轿的人把鸾舆歇下来，让她可以随意指挥。她先教火车慢慢地往前开去。火车动了，她真是万分欢喜；她俯下了腰尽瞧着那些在转动的铁轮出神，同时又连珠般发出无数的问句。机关车怎么会有蒸汽呢？蒸汽是怎么造出来的呢？究竟是什么东西在推动这些轮子？为什么火车不能在平地上走，必须在铁轨上走呢？她的神气完全变成一个小孩子了。火车依

着她的命令向前，后退，向前，后退，一直到她看得满意了，似乎她自己已经懂得火车是怎么会行动的了，她才吩咐上车。……这也是预先规定的！火车每一次开行，必须先得到了她的许可，虽说，火车的停止，有时候因为事实的需要，司机不能不自己做了一些主张，然而，仅是例外而已。她还再三告诫，无论如何，机车上不准鸣汽笛，车站上不准打钟。

她形容那一列车上的全体工役，从司机一直到最低级的打扫夫，一齐穿起朝靴，戴起朝帽，打扮成十足的太监式。读者试想：一个面目黧黑，整天伴着烟和煤在一起的火夫，戴起了这一顶小洋伞式的朝帽，可不活像一支老菌吗？她说她曾几次上那机关车去观看过，只见那些人都是愁眉苦脸地透着很不高兴的样子。第一不舒服的便是头上的朝帽和身上的锦袍；第二便是无论怎样辛苦，不准坐下；第三，不论碰到何种情形，绝对禁止鸣汽笛或敲钟。（她用很长篇幅来形容这种特殊的行车情形。）

她又用大段文字来形容路政官员的昏庸腐败情形，西太后问他们："究竟是什么东西使这辆火车行动的？"那位京奉路局局长孟福祥，只能跪着回道："奴才该死，奴，奴才不知道！奴才，奴——才，不敢妄回！"她们这辆列车从北京到丰台，平时不过三四十分钟，她们却足足行了两个钟点以上。那列车走了一整天，才到天津。（到了晚上，火车是不许开行的。）她把这段行程，写了六七万字。照说，德龄公主是慈禧的亲信，而且日常随侍左右的人，她所说的，总该十分真实的了。

可是，我们一查考当时的时事，才知道她所写的，完全出之于幻想虚构，毫无事实根据的。大家且慢惊异，先听听我所提出的反证。中国有"第一条铁路"，那是一八七七年的事。一八九五年已修建了津芦铁路，沪杭路亦已着手开办。一八九六年，清廷设立铁路总公司，这都是甲午前后的事；那已是洋务运动收了实效的时期，一般人的科学知识，并不如德龄公主所说那么浅陋。一九〇一年，西太后和光绪帝从西安回銮，十一月二十四日辰刻，"皇上由正定府行在恭奉皇太后慈舆，御火车，巳正，展轮幸保定府。"按正定至保定，为程二百五十里，中间在定州铁路公司恭迎御膳。从上午八时到十一时，三小时行了二百五十里，并非牛步化。二十八日辰刻，自保定府行宫启跸，御火车入都，午刻抵马家堡火车站，乘舆入永定门、正阳门，未刻进宫。这一段路共二百三十里，也只走了四小时。可见辛丑那年西太后早已坐过火车了。其后三年，德龄才从法国回来，入宫随侍。怎么可以说到了一九〇六年，西太后才试坐火车呢？

因此，我们写西太后的传奇（传记更不必说了），对于德龄公主所写的清宫记闻，其正确性得从头检查过。她所写的有一部分是十分正确的。但另一部分，尤其关于清代政治上的故事，不仅道听途说，有的是她故意造出来的，即如上所举出西太后乘火车的大段文字，便是例子。她是故意说得离奇，让外国人当作"天方夜谭"看的。她瞎造的宫中掌故之一，有一段说到西太后的膳食，许多人都引用了作为史料，也是不合事实的。她说："宫里面有一个特殊的习惯，这习惯的来源，已不是百年中间的事了，因此也没有人再能说明它的用意。只知道太后或皇上每一次正餐，必须齐齐整整地端上一百碗的菜来。当然，太后无论有怎样好的胃口，也断不会一齐把它们吃下去，就算尝也尝不尽的，平均地，每餐所尝过的菜，至多不过三四品，余下来的那些，或即弃了，或由女官、宫女和那些上级的太监们依次享用。"她又若有其事地说到摆菜的桌，御膳房煮菜的方式，使人听了好像是真的。这也是她的胡说！我们且看故宫所藏膳食档册，乾隆以后，大部分是完全的。（故实：每日上奉膳品均详记档册，其内容可分为进膳时刻、膳品名目、治膳厨役姓名、帝用膳多少、临时加传膳品名目、用膳剩余分别赏赐何人等。）乾隆盛世，每日两餐，膳食菜蔬，平常总是十品，也有早餐剩余，留在晚餐或隔日用的。可见德龄所说的一百品，真是胡说。（即算元月的万寿，乾清宫大宴，也只有四十九品，内中有九品是蜜饯，不能算菜的。）本来太后皇后的膳食，均有宫分，各有厨房，不能和皇帝相同；西太后是主政的人，可以和皇帝相同。据档案所见，同治元年十月初十日，膳房进皇太后前晚膳一桌，也只有火窝二品，大碗菜四品，中碗菜四品，碟菜六品，片盘二品，银碟小菜四品，连碟子，也只有二十二碗菜呢！由于她在这一方面的瞎说，我们对于她所记叙的真实性，更是怀疑了。

德龄的回忆文字中，以慈禧与荣禄的罗曼史为主线之一，因此，写清宫小说与戏剧的，也就把这一段故事写得十分重要，甚至把辛酉政变的重心也放在荣禄身上。她的妹妹容龄便说："篇中一二事迹，说得天花乱坠，实乃海市蜃楼，不可捉摸；如谓慈禧后与荣禄一节，按慈禧后入宫，年始十六，彼时荣禄随任在外，尚在髫龄，彼此未尝见面，恋爱从何说起？"她一棒便把她姊姊所造的"海市蜃楼"打碎了。她又说："是编（指《御香缥缈录》）新奇热闹，只作小说，为消闲释闷则可，若视为记事，则本属镜花水月，虚而不实。"可见史料的鉴别是很重要的。

我且插说一段文艺心理学家裴德的话，他谈论近代思想，其中有一节论及文学和心理学的关联，说："十九世纪的小说中人物，每一人物，各带二三主要特性，若非是显而易见的英雄，便是显而易见的痞徒，那些人的轮廓，非常鲜明；所以读到终了，谁是好人，谁是坏人，绝无疑问。现代小说家，便不是这样，他们所写的人物，既非善的，也不是恶的，其中道德与不道德的元素，也没有一定的配量；一个常人的性质，有如一条河流，其行进时速时缓，时清时浊，每一刹那间，都有不同的征象。这一刹那，可以成为高尚的英雄，另一刹那，又变成使人不能置信的卑污万恶之人；个人如此，人群也如此，那种鲜明相对的性格，我们觉得在真实世界中是无从存在的了。由于心理学这学问的成熟，我们渐次发现生命之内部较外部更为重要。在每个人的精神圈子中，相反原素的冲突，此人与人之间的冲突还有生气，小说家从这一方面去发掘。渗入于作品之中，其成就比一世纪以前的作家广大得多了。"我们且细想他的话，便可明白我们所看到的，以西太后身世为题材的小说、戏曲所以失败的因由；而当代三大传记作家：路特维喜、斯脱列塞和莫洛亚所以成功，正是把他们所写的传主，当作一个有血有肉的常人来写的缘故。——他们发掘了传主的本来人性，如裴德所说的。一句话，西太后传奇必须重新写过才是。（即算写的是戏剧或小说，也得不背乎于史实与人性，如姚君所写的《清宫怨》，那是不行的。）

有一位陈澄之君，他写了一本《慈禧秘辛》。（一般人用"秘辛"一词，本来是不通的。《杂事秘》乃明官所藏的秘书，其中分十类，依天干定名。其说男女秘戏的，属于"辛部"，所以连"秘辛"为词是不通的。）他就用德龄所说的慈禧和荣禄的私情为主线，写成了类似传奇的小说。可是，把十九世纪末期的清政权的腐败，只归根于慈禧和荣禄狼狈为奸，那就未免把清宫的事看得太简单了。他差不多用三章地位写荣禄和慈禧从地道进宫中私通的事，还演了一场"狸猫换太子"。慈禧在宫中大肚子，从地道送给醇亲王福晋做女儿，除小刘妈，谁也不知道这一场秘密，未免太像演戏了。我不是说慈禧年轻守寡，一直就死水无波，但才子佳人式的恋爱玩意儿，不一定合慈禧的心意的。肃顺临死时，辱骂慈禧的话，污秽不堪入耳，一定说及她的荒淫。至于说她对荣禄始终如一的痴情，那又不像满人的男女关系了。

在慈禧的政治史上，宫中分安德海和李莲英先后两个时期。陈澄之笔下的《慈禧与荣禄》，是东方的《罗密欧与朱丽叶》，因此说慈禧一直是讨厌没有胡子的阉鸡的，他写安德海的伏诛，有着她借刀杀人的动机。这样，又把慈禧摩登化了，在事实上说得通吗？（陈澄之所写的李莲英，和吴永所目见的李莲英，恰正相反。）

还有那德龄所写的《御苑兰馨记》（慈禧恋爱史和她的权威，这乃是陈澄之这部传奇的蓝本）。她有一大段，专写"安德海出京受诛"的故事。安德海这位玩权的总管，乃是慈禧的亲信之一，那是世人所共知的。但，他的出京，过了德州，进入山东境，便引起山东巡抚丁宝桢的监视，等到他过了济南到了泰安，便被拘囚回去，在济南正法了。可是德龄说安德海到了苏州（原来安德海是准备到广东去采办洋货的，并非到苏州），首先拜会了本省提督，还住在那位提督所安排的一所富家院落中。她说：安德海在苏州作威作福，金钱、动产、美女、妇人，予取予求。刚巧苏州提督在朝里有一个朋友，这就是咸丰皇帝的亲兄弟恭亲王，密折奏向东宫，下一道密旨，联络苏州提督将安德海逮捕审讯，就地正法。试想，一个在泰安被捕在济南杀头的安德海，怎么又会在苏州出现，同样地杀头呢？这都是德龄爱于造谣的浮夸心理。

德龄的妹妹容龄，曾经和我们谈到一件小事：有一回，一位外国朋友问及容龄的年纪，待了一会儿，说："德龄是你的妹妹了？"容龄想了一想，笑了说："从前呢，她是我的姊姊；如今呢，她是我的妹妹了！"（这句话是一种幽默的说法，其意是说德龄对人隐瞒自己的年龄）从这些地方看来，德龄笔下的西太后，问题是很多的。披沙采金，就看我们的眼力了。

"曼依帕"

　　我曾经借用过法国传记文学家莫洛亚的一个现成名词："曼依帕"，他也是从拉丁文借来的，其意便是"幻想之境"。他假设一个女孩子，当她从自己的父母、奶妈以及老师们那儿找不到自己的心愿，她就到"曼依帕"中去，那儿事事称心如愿。他说：小说、戏曲、诗词，这都是文艺作家的"曼依帕"。他的话，大意就是如此。

　　旧的章回小说中，有一部叫作《野叟曝言》的，清康熙江阴夏敬渠所作。全书一百五十四回，以"奋武揆文，天下无双正士，镕经铸史，人间第一奇书"二十字编卷。其中内容，凡"叙事、说理、谈经、论史、教孝、劝忠、运筹决策，艺之兵诗医算，情之喜怒哀惧，讲道学、辟邪说……"无所不包。小说中主人公是文白，字素臣。其人是：

　　铮铮铁汉，落落奇才，吟遍江山，胸罗星斗。说他求宦达，却见理如漆雕（开）。说他不会风流，却多情如宋玉。挥毫作赋，则颉颃相如，抵掌谈兵，则伯仲诸葛。力能扛鼎，退然如不胜衣；勇可屠龙，凛然若将陨谷。旁通历数，下视一行（名僧），闲涉岐黄，肩随仲景（医家）。以朋友为性命，奉名教若神明。真是极有血性的真儒，不识炎凉的名士。他生平有一段大本领，是止崇正学，不信异端。有一副大手眼，是解人所不能解，言人所不能言。

　　然而明君在上，君子不穷，超擢飞腾，莫不如意。书名辟鬼，举手除妖，百夷慑于神威，四灵集其家圃，文功武烈，并萃一身，天子崇礼，号曰"素文"。而仍有异术，既能易形，又工内媚，姬妾罗列，生二十四男。男又大贵，且生百孙，孙又生子，复有曾孙。其母水氏年百岁，既见六世同堂，来献寿的七十国，皇帝赐联，称为"文母水太君"。

　　这是文士的"曼依帕"，凡人生荣显之事，意想所及的，书中都已写过了。这种人，仿佛文艺复兴的雷屋拿德·文西（Leonardo da Vinci）[①]，多才多能，而其所住人间乐园，旷世所难得。但正代表着一部分中国文士的意愿，蒋百里年轻时，他便以文素臣自况；只是文素臣只能梦周公，不敢梦文王，还是逃不出如来的掌心，依然是旧时代的文士。

　　鲁迅有一回在上海演讲《洋场的文艺》，他说："那时的读书人，大概可以分他为两种：就是君子和才子。君子是只读四书五

---

① 现通译为达·芬奇，意大利文艺复兴时期画家、自然科学家、工程师。

经，做八股，非常规矩的。而才子却此外还要看小说，例如《红楼梦》，还要做考试上用不着的古今体诗之类。才子原是多愁多病，要闻鸡生气，见月伤心的。一到上海，又遇见了婊子。去嫖的时候，可以叫十个二十个的年轻姑娘云集在一处，样子很有些像《红楼梦》；于是他就觉得自己好像贾宝玉，自己是才子，那么婊子当然是佳人。于是才子佳人的书，就产生了，内容多半是唯才子能怜这些风尘沦落的佳人，唯佳人能识坷坎不遇的才子，受尽千辛万苦之后，终于成了佳偶，或者都成了神仙。佳人才子的书，盛行好几年，后一辈的才子的心思就渐渐改变了。他们发现了佳人并非因为爱才若渴而做婊子的，佳人只为的是钱。然而佳人要才子的钱，是不应该的。才子于是想了种种制伏婊子的妙法，不但不上当，还占了她们的便宜。这些书里面的主人公，不再是才子加呆子，而是在婊子那里得了胜利的英雄豪杰，是才子加流氓。"这一段，关于"洋场文士"的"曼依帕"的勾画，使我们明白摩登文素臣是怎么一种角色；我们看《九尾龟》《海上花》这类小说，就可以会心一笑了。（这种小说，正如今日在海外流行着的传奇。）

最近，我特地把文康的《儿女英雄传》仔细再看了一遍，这部小说可以说是满洲文素臣大展经纶的场面。看看他的"曼依帕"是有趣的。他是满洲人，对汉人文化羡慕到了极点，安公子（海）当然是他自己的化身；他那么对科举制度眼热，把他所爱好的八股名文，以及他自己的窗课，都在安公子的科场生活中带了出来；还不够，还把"科场果报"的传说，说得神之又神。他在三十四回中，写安公子在"成字第六号"熟睡，一个老号军眼见那第六号的房檐上挂着碗来大的一盏红灯；他走到跟前，却早不见了那盏灯。到了三十五回里，那位同考官娄养正梦中恍惚看见檐桄动处，进来了一位清癯老者，把拐杖指定方才他丢开的那本卷子说道："此人当中。"娄主政还不肯信，窗外又起了一阵风。这番不好了，竟不是做梦了。只听那阵风头过处，门外明明地进来了一位金冠红袍的长官。只听那神道说道："吾神的来意，也是为着成字六号，这人当中！"科举时代说科场果报，本是常事。我们看了《儒林外史》，那位梅相公说他中秀才那一年，"正月初一日，我梦见在一个极高的山上，天上的日头，不差不错，端端正正掉了下来，压在我头上，惊出一身的汗。……如今想来，好不有准！"那位王举人，说他那两段中了举的得意文章："虽不是我作的，却也不是人作的。那时头场初九日。天色将晚，第一篇文章还不曾做完，自己心里疑惑，说：'我平日下笔最快，今日如何迟了？'正想不出来，不觉瞌睡上来，伏着号板打一个盹。只见五个青脸的人跳进号来，中间一人，手里拿着一支大笔，把俺头上点了一点，就跳出去了。随即一个戴纱帽、红袍金带的人，揭帘子进来把俺拍了一下，说道：'王公请起。'那时我吓了一跳，通身冷汗，醒转来，拿笔在手，不知不觉写了出来，可见贡院里恩神是有的。"这都是一篇鬼话。但，写在吴敬梓的笔底是写实，他是在讽刺那些科场中人。写在文康的笔底，是"曼依帕"，他以羡慕的心怀接受那些科场的幻觉。

在文康的"曼依帕"中，产生了一位女英雄"十三妹"，《儿女英雄传》的前半部，专写"十三妹"，几乎等于施耐庵笔下的林冲、鲁智深、武松，就占了那么多的篇幅。这位女英雄（侠客），她"挽了挽袖子，把那石头撂倒在平地上，用右手推着一转，找着那个关眼儿，伸进两个指头去勾住了，往上只一悠，就把那二百多斤的石头碌碡单撒手儿提了起来。一手提着石头，款动一双小脚儿，上了台阶儿，那只手撩起了布帘，跨进门去，轻轻地把那块石头放在屋里南壁根儿底下；回转头来，气不喘，面不红，心不跳"。这就像女的武松模样了。（武松威震安平寨，就有这么一段文字。）十三妹到了能仁寺，那是戏台上最热闹的场面。她片刻之间弹打了一个当家的和尚，一个三儿；刀劈了一个瘦和尚，一个秃和尚；打倒了五个打工的僧人，结果了一个虎面行者；一共整了十个人。她这才抬头望着那一轮冷森的月儿，长啸了一声，说："这才杀得爽快。"她又是女的鲁智深了。（花和尚单打二龙山，也有这么一个场面。）这位女侠，她的那张弓，就是威震天下的镖旗，她比梁山泊的好汉还要武艺超群，她不是一丈青，而是红线女，她不是"人"而是"超人"。

我们且把这位满洲文士的"曼侬帕"拆开来看，他一定要让十三妹裹起小脚来，变成扎脚穆桂英，表现了当时满洲文士羡慕汉人文化的变态心理。他一定要让十三妹替张金凤和安公子成全了姻缘，又要张金凤替十三妹和安公子成全了姻缘；安公子呢？并不是一妻二妾，而是二妻数妾。他和香港文人写怪论一样，十三妹和张金凤口中的正理，其实都是歪理。十三妹曾对张金凤说："你我不幸托生做女孩儿，不能在世界上烈轰轰做番事业，也得有个人味儿。有个人味儿，就是乞婆丐妇，也是天人，没些人味儿，让她紫诰金闺，也同狗彘。小姐又怎样？大姐又怎样？"这位超人的红线女，仿佛是遗世独立的思想了；哪知并不如此，她嫁给安公子，就要安公子去争科场功名，荣宗耀祖。她行过这么一个酒令：

赏名花，名花可及那金花？

酌旨酒，旨酒可是琼林酒？

对美人，美人可得作夫人？

还不是和世俗妇人一样的富贵想头？安老爷、安公子中了举人的情形，和《儒林外史》中的周进、范进，完全一样，这些超人，一点人情味也没有了。

拿《儿女英雄传》的安家父子（学海和安骥）来和作者文康身世对比一下是颇有意味的：作者本人是身历富贵而败落的，小说中的安家却是一个作善而兴旺的家庭，书中情节正是他的家世的反面。文康是捐官出身的，而安家父子都是科甲出身。文康做过大官而家道败落；安学海只做了一任河工知县，并且被参追赔，后来教子成名，家道日盛。文康的言行，以后有过过失的，安学海是个理学先生，是个好官，是个一生无疵的完人。文康晚年诸子不肖，家道中落。安学海夫妻寿登期颐，子贵孙荣，安骥竟是政声载道，位极人臣。作者是在晚年穷极无聊时期，住在美满的"曼伊帕"中的。（凡是他家中所缺乏的东西，在幻境中都已齐全了。他这个满洲人，一心一意要做汉族文士，而且要做文素臣；他这部《儿女英雄传》，可以说是满洲版的《野叟曝言》。）

再把曹雪芹的《红楼梦》和文康的《儿女英雄传》来对比一下，也是颇有意义的。这两部小说，都是用顶道地的北京话作对白，长于说话的生动与风趣，那是一样的。两人都是满洲贵族世家，身经荣华富贵，到晚年穷愁才来发愤著书的。马从善《儿女英雄传》序文中说："文铁仙先生（康）为故大学士勒文襄公（保）次孙，少席家世余荫，门第之盛，无与伦比。晚年诸子不肖，家道中落。先时遗物外卖略尽。先生独处一室，笔墨之外无长物，故著此书以自遣。"但曹雪芹在《红楼梦》虽有太虚幻境，幻想之笔，却是暴露了贵族人家的黑暗面，他笔下的女子，也富有才情，却不酸腐，命运都是可悲的。（王昆仑先生说："作者曹雪芹却深深看透在他所处的社会中，任何女性都一概逃不出痛苦的命运；试看全书中那么多的妇女，有几个不是为烦恼所折磨而归于悲惨的结局？所以似乎是精神上胜利的黛玉，固然是失望而死，似乎现实上成功的宝钗，也亦争到了一个活不得死不得的地位。这样，才完成了这一部封建时代妇女生活写实的大悲剧。")但《红楼梦》中的女人，是有血有肉有灵魂可爱可恨可以捉摸得到的。所以《红楼梦》是写实主义的作品。至于《儿女英雄传》的女人，不论十三妹或张金凤，都是不存在的，没有血肉，不可捉摸的，所以《儿女英雄传》只能算是幻想的传奇，不足为训的。

《儒林外史》的结尾，吴敬梓也创作了四个理想人物；这四个人，一个是会写字的季遐年，一个是卖火纸筒子的王太，一个是开茶馆的盖宽，一个是做裁缝的荆元，他们都是和他在卷首所引的王冕一流人物。最合理想的，是开裁缝铺的荆元，他每日替人家做了生活，余下来工夫，就弹琴写字，也极喜欢作诗。朋友们和他们相与的，问他道："你既要做雅人，为什么还要做你这贵行？何不同些学校里人相与相与？"他道："我也不是要做雅人。也只为性情相近，故此时常学学。至于我们这个贱行，是祖父遗留下来的，难道读书、识字，做了裁缝就玷污了不成？况且那些学校中的朋友，他们另有一番见识，怎肯和我们相与？而今每日寻得六七分银子，吃饱了饭，要弹琴，要写字，诸事都由得我。又不贪图人的富贵，又不侍候人的颜色，天不收，地不管，倒不快活！"这当然是吴敬梓的"曼伊帕"，但荆元这样不做空头文学家，不脱离生产的知识分子，毕竟随着时代进步而实现了。文康所羡慕而吴敬梓所讽讥的科举制度，毕竟没落进入博物馆去了。所以一个小说家，应该有他们的理想，而不是幻想。

写实的与理想的

——写实主义作家李劼人

一、《死水微澜》

前几天，传来李劼人先生在成都逝世的消息；我第一个挂心的，不知他在修改续写中的《大波》第四卷，究竟完稿了没有？近年来，李先生的身体一直不大好。去年，《大波》第三卷出版时，阎纲、沈思二先生作评介文的结尾说："《大波》第四卷已经开始写作了，以后的有关袁世凯篡位，五四运动时代的另外几部宏幅大著，又已经进入作家的构思，希望年老不衰的作家创作的青春常在！"他们和我同样地挂心，只怕李先生的创作大业，就停在《大波》第四卷上了。（第四卷已出版，只写了十二万字，尚有三十万字未写完。）

五年前，李先生从成都到了北京，我的朋友徐君告诉他，说曹某如何推重他的几种小说，他才知道我曾把他的创作写入现代中国文学史中去。其实，在他的修改工作没开始前，我已在《文坛五十年》中说到他的几种以现代中国史事为背景的小说：《死水微澜》

《暴风雨前》和《大波》上、中、下卷，我说他是中国的左拉；他这几种小说，有如左拉的《卢贡家族的家运》。五四运动以后的新文艺创作，在长篇小说这一方面，很少比这几种更成功的。

李氏，四川成都人，生于一八九一年。辛亥革命那年（一九一一年），他还在旧制中学读书，已经参加了四川保路同志会。一九一五年八月到一九一九年七月，他曾在成都当报馆主笔和编辑，和社会各方的接触面很宽，也研究当前社会生活以及一般性的激动和改革，也预测未来的动向。后来，他转业教书，办工厂，对社会认识已有了一些基础。他那时已经开始写短篇小说。一九二五年起，他一面教书，一面起了念头，打算把几十年来所生活过、所感受过、所体验过，在他看来意义非常重大，当得起历史转捩点的这一段社会现象，用几部有连续性的长篇小说，一段落一段落地把它反映出来。这便是这几种小说的由来。鲁迅说过："即以前清末年而论，大事件不可谓不多了：鸦片战争、中法战争、中日战争、戊戌政变、义和拳变、八国联军，以至辛亥革命。然而我们没有一部像样的历史著作，更不必说文学作品了。"李氏这几种小说，可以说是填补上这一种缺陷了。

上述这三篇小说中，第一种《死水微澜》，写成于一九三五年七月，第二年便出版了。那是上海中华书局的版本，接着便出了《暴风雨前》和《大波》上、中二卷。等到《大波》第三卷出版，已经是抗战初期，淞沪战事爆发了；因此，第四卷就中断了。李氏这几种小说，出版了一年多，我在上海不曾注意过；有一天，那时我已随军到了闸北，住在四行仓库。一位指挥那一线的高级将领 S 军长，他郑重地对我说："《大波》下卷已出版，你替我到中华把它买来！"看他那神情，仿佛是军事上的大事件。那晚，我把《大波》带到了军部，我想S军长那晚一直在看这部小说，没睡过觉。我呢，也就把上、中、下三卷一齐吞下来，接上去，再看《死水微澜》和《暴风雨前》，觉得不错。我介绍给我的妻子和四弟，也和朋友们谈到这几种小说，他们看了，也对我的看法有同感。直到李氏的修改本出来，我又从头看了一遍；到今天为止，我认为当代还没有比他更成功的作家。左拉在他的《卢贡家族的家运》的序文中说："它是在一个有定的范围之中活动；它成为一个已死的朝代的画图，一个充满疯狂和耻辱的奇异时代的图画。"这几句话，也可以题在李氏的小说上。

《死水微澜》的时代为一八九四年到一九〇一年，即甲午年中国和日本第一次战争以后，到辛丑条约订定时的这一段时间，内容以成都城外一个小乡镇为主要背景，具体写出那时内地社会上两种恶势力（"教民"与"袍哥"）的相激相荡，这两种恶势力的消长，又系于国际形势的变化。

《死水微澜》如左拉的小说一般，那是以男女私情为中心的小说，所以中心人物倒是先为蔡大嫂后为顾大嫂的邓幺姑；串在她左右的罗歪嘴和顾天成，正代表着"袍哥"和"教民"的势力。而邓幺姑的现实哲学，震撼了她的时代，她的父亲（一个老实的庄稼人）只能摇摇头："世道不同了！世道不同了！"我们祖父那一代的封建道德，在她的面前坍下去了。

二、《暴风雨前》

李劼人先生的第二本小说《暴风雨前》，它的时代背景是一九〇一年到一九〇九年，即《辛丑条约》订定，民智渐开，改良主义的维新运动已在内地勃兴。到了己酉年，一部分知识分子不再容忍腐败官僚压制了。他写的是四川成都的故事，那是一个半官半绅家庭和几个当时所谓志士的故事。（其中，一九〇七年，即丁未年，成都逮捕革命党人是真事。虽然有案可据，但也加了工，艺术化了的。）

　　李氏笔下写了许多出色的女性，她们都是时代的叛逆者。上面我提到的邓幺姑，她是乡村姑娘，向往于成都城市的美丽生活，这个梦，由于一直在启发她的韩二奶奶的死去而破灭了。她终于嫁给天回镇一家蔡兴顺老店的小开蔡狗儿做"老板娘"。狗儿的"老实"，有了"傻子"的"绰号"，替他做卫护神的，乃是他的表哥罗歪嘴，他是"袍哥"的掌舵人之一；他跑尽了码头，却是对女人行云流水不留情，可是由于刘三金的拉纤，阴沟里翻船，倒在这位表弟妇怀中，真的情爱之浓，浓得化不开了。这一来，罗歪嘴才真正尝到了"爱"的滋味，而邓幺姑幼年心苗上的向往成都之热忱，在这群"英雄"的行列中，完全实现了。可是"袍哥"之恶，抵不上"教民"的狠毒；当罗歪嘴撇下了蔡大嫂，给蔡傻子受苦当灾。她虽看不起顾天成的哭哭啼啼，没点男子汉气息，却为了援救蔡傻子出狱，她就老实不客气嫁给顾天成，成为"顾大嫂"了。她对顾天成说："怎么使不得？只要把话说好了，可以商量的！"她要保出蔡傻子来，出三百两银子给傻子娶亲，金娃子兼祧蔡、顾二姓，罗德生回来了，不许记仇。三媒六证，正式迎娶。她母亲说："罗大哥不会愿意吧！"她说："大哥哥有本事把我的男人取出来，有本事养活我没有？叫他少说话！"她父母说："不怕旁的人背后议论吗？"她说："哈哈！只要我顾三奶奶有钱，一肥遮百丑，怕那个！"邓幺姑颇有四川人的辣椒味！

如贾宝玉所说，"男人是土做的，女人是水做的"，李劼人先生也把那一群女性写得有胆有识，敢作敢为的；而那一群男人呢，尤其是士大夫群，如《暴风雨前》的郝家，从郝达三、郝尊三兄弟到下一代的郝又三，都是模棱两可，又想吃，又怕烫嘴的。他们这家人，在《死水微澜》的后半截已经出现了。当郝家大二小姐在青羊宫被几个阿飞纠缠不清时，枉有那么几个男人毫无办法，还是蔡大嫂支使了罗歪嘴来替他们解了围。可是事后又如何了呢？大二小姐看见那几个解围的人，要去道谢，郝达三却把头摇道："给那种人道谢，把我们的面子放在哪里？你难道还没有看清楚那是些啥子人？"一句话，男人不中用！（后来蔡大嫂变成了顾大嫂，而顾天成的儿子金娃子又是飞黄腾达的日子，那时郝家的人，尊之为姻伯母，在郝达三的脑子里，"人品太差"一句话，也久已忘怀了。）

郝又三，要算新一代和革命气氛很接近的青年；他参加了文明合行社，其中社友如改良主义的苏星煌，教育救国的田伯行，以及同盟会志士尤铁民，都只是带着浪漫的想法在"维新"，经不起打击的。而郝又三其人，更是拖泥带水，一步三回头，眼看别人都已冲出三峡，到上海、日本去了，他只是读了朋友们的来信，向往神驰而已。要不是他的大妹妹香芸，一力支持他进高等学堂，连冲出大门的勇气都没有呢！当成都的暴动失败，党人被捕那一天，田伯行把漏网的尤铁民送到郝家去躲避，又三敢于承担下来，已经了不得了。真正有勇气迎接这位革命志士的，还是他的大妹香芸。她后来虽做了苏星煌的妻子，在那火辣辣当儿，她倒在尤铁民怀中，做他的苏菲亚第二的。

又三，在男女私情上，无可奈何地和姑表妹叶小姐结婚了，但真正懂得情爱而且使他懂得爱情的，倒是那下荷池畔从污泥中出来的伍大嫂；她是爱得这么真，她又那么洒脱，要走就走了。在女人面前，那些读书人，真的不够"种"！

李氏也勾画了几个老一代的士大夫（官与绅），如葛寰中，如郝达三，他们在应付世务上是够圆滑的；当郝太太在世时，就说："老姜到底比嫩姜辣些！"葛寰中应付革命党那一套，处处为着变动的局面布了冷棋。而郝达三在责怪又三的莽撞之后，又灵机一动，要办一桌酒席来替尤铁民压惊，这都是做官的好法门。

三、《大波》

李劼人先生的第三部历史性小说：《大波》，这是专写一九一一年即辛亥年四川争路事件的长篇小说，和托尔斯泰的《战争与和平》一般，乃是时代的真实记录。这一事件，乃是晚近中国历史上一个规模相当大的民众运动；因它而引起了武昌起义，各省独立，结束了满清王朝二百六十七年的专制统治。这一运动的构成，非常复杂，就是当时参加这运动的人，也往往蔽于它那光怪陆离的外貌，而不容易说明它的本质。李氏有意要把这一个运动分析综合，形象化地具体写出来。（我曾说过，如《三国演义》那样，看起来便像历史，其实是小说；而《战争与和平》《大波》，看起来是小说，其实是历史。《三国演义》的真实性很低，《大波》的真实性很高，可参看我所写的《现代中国通鉴》。）

要在这儿记叙《大波》所写的"四川争路潮"的经过，是不可能的。李氏的《大波》，二十年前的中华本，上中下三册，已有五十万字上下，但他预定是要有第四本的。到了一九五四年，他答应了作家出版社重新写过，预定是两本，结果还是写了四本，有七八十万字。

贯串在《大波》的起伏浪潮中，黄澜生太太（龙二姑娘）是一个出色的角色。那位三山五岳的好汉吴凤梧曾经替她写过小传：

> 澜生，他那太太么？岂但我知道，但凡在成都住久了的老家，很少有人不知道龙家二姑娘的，澜生续娶了这位太太，我就一宝押定了。我们这位老兄的耳朵，非炮不可。为啥呢？就因为龙二姑娘名不虚传，足可承继母德。模样儿不算怎么十全十美，可是一生了气，两道眉毛一撑，两只眼睛一瞪，那可要人受！

他说她一生了气，凭你啥子金刚天王，都会低眉下拜的。她还自看自赞中，记起了她丈夫澜生对她说的话："你发起气来，实在比笑起来还好看。"她在那样的士大夫官僚门第中，有一大堆情人：一个是她的陶二表哥，启发她的情窦。一个是她的大姊夫，孙大哥，说她连毫毛里都有韵味。她的丈夫，成为不叛之臣是不必说的。还有一位妹夫徐独清，是一位近视眼的教书先生。还有正在她的裙子下发痴的年轻内侄楚子材。在她的心胸中，时时把这些情人展览着，有的是绍兴老酒，有的是竹叶青，各有各的香甜和不同的刺激。她，和邓幺姑不同，是一个能够旋转乾坤的人。以她丈夫黄澜生那样老于官场，以孙雅堂那样干练，以吴凤梧那样油滑勇于冒险，然而临到最紧要关头，澜生彷徨不解决，孙大哥也给大风浪吓住了，独有她冷静地支持吴凤梧的"决然一掷"，把大权抓到手中来了。她对吴凤梧说："吴老叔，这样好了，我替她答应下，你只管把札子拿来就是了。"这样，吴凤梧做定了他的标统，澜生做了军需官，孙雅堂做了书记官，实际上，她才是真正的标统。在革命狂潮中，那些畏首畏尾的男人，连尤铁民、王文炳、楚子材在内，都是不中用的，只有这位有决断的黄太太，才真正把握了"革命"。

《大波》第一卷附页上，李氏说到他写《大波》中的人物："《大波》叙说的是真事，在其中活动的，免不了就有真人。真人与创造的人物混在一起。但也略有分别，即是：对真人的描写少，而真人的动作也大有限制。"这一点，值得在这儿提一提的。当赵季帅决定释放争路的民众领袖蒲伯英、罗子清、张表方……他们那天，群众对他们作盛大的欢迎；欢迎行列中，有几个人也正嘈嘈喳喳在说："我们以前都把罗先生他们当作救国救民的好人，才吃了迷魂汤似的听他们的话。他们咋个说，我们就咋个做。他们喊我们争路，我们就争；喊我们办同志会，我们就办；喊我们罢市，我们就罢。到七月十五他们打来了，喊我们来援救，我们就舍死忘生地扑来援救。如今弄到兵荒马乱，民不聊生，他们今天太太平平地出来了，我们也望他们这几位老先生还我们一个太平日子来过才对呀！"但罗、蒲、张他们似乎还有点不明白这种重大的意义。所以他们在大花厅把事情商量停妥之后，先是欢欣，后是坦然的，偕同别的官绅们，魏轩轩乘着家里备去的大轿，一到辕门，看见热情的群众，蜂拥而上，争着把红绸向他们的轿上绕来，不等他们开口说话，那比七月十五的排枪声还震耳的千子响火爆，已在轿子前后燃放起来，一直把他们送到议局。他们真是说不尽的高兴。因而自信："人民还这样的在爱戴我们，那我们的话，人民一定仍是相信的。现在我们好好的出来了，怕不只需一纸通告，两场演说，他们就会欢欣鼓舞，解甲归农的了！"以前，他们既能把群众提得起来，今日，他们也以为一定能把群众放得下去了。他们如此地自信，以为四川的治乱，就系于他们的身上，于是用那八十多岁老翰林伍肇龄领衔，发了告四川父老书，其通告效力却是等于一张白纸。作者指出这些开明士绅领导了群众运动，谁知时势推移，群众远远地向前推进，他们领导不了了。结果呢，尤铁民、黄维那些同盟会人也领导不了了。赵季帅被杀以后，一场混乱到来，领导权乃转入"袍哥"手中去了。吴凤梧也就是那一浪头上的人物。

李氏笔下，创造了一个突出的、朴素的、善良的小市民傅隆盛，他是一个做雨伞的工人；他把蒲、罗他们看作神明，不计一切，愿为他们而牺牲，在欢迎他们的行列中，他站在最前面，结果，他幻灭了，他心目中的神明，对于他们的期待，一点也不能兑现，只能说："再照这样下去，老子们倒要造反了！"这就是辛亥革命！

四、自然主义的倾向

十年以前，在香港，要找一本中华版的李劼人先生小说是不容易的（仅有的是《大波》下卷，那是抗战初期出版的）。直到他重新把那几种小说修改了，新的版本到海外来了。我们面前，摆得最多的，乃是三角或四角钱一本的传奇小说，以及托名于历史上女人，如西施、王昭君、陈圆圆、杨贵妃、赛金花、西太后、珍妃之所谓历史小说。这两种小说一对比，我们更容易明白写实主义小说是怎么一种风格了。

传奇性的浪漫小说，即是以才子佳人为主题的作品，在我看来，仿佛时光倒流，那是五十年前在上海流行过的。其中的男女，都是东方的罗密欧与朱丽叶，实在是摩登的文素臣、安公子、十三妹，一见钟情式的恋爱；所谓美，乃是三围、大哺乳与红唇，穿插其中的有汽车、洋楼、夜总会、爵士音乐时代曲、跳舞，一个世纪末的"失乐园"，喝了白兰地、毡酒在发呓语。仿佛这一类荒淫生活就是人生的美梦，香港真的是天堂！现实社会真的如此吗？实际上这些所谓"作家"，他们都住在自己的"曼伊帕"中，种种痴人正在说种种不同的梦。莫泊桑说："有一派小说家，将恒久的、粗率的、无趣味的事实，转变了他们的面目，以取得一种意外的动人的奇迹。他们并不管这些事的真实性如何，任意安排许多局势，加之以修饰与布置，总要读者格外喜欢或感动。他们小说的布局，是一种很意外的结合，神巧得引人入胜。中间若干事迹，一件件安放起来，会合在某一高潮，这地方便是小说中的主要地方了。初读小说的所引起的好奇心，在这一方面获得了满足；过此再也没有一点兴趣，于是他所叙述的历史，也就从此告终。"莫泊桑所说的，本不指今日所谓传奇小说而言，但大体上却说着这一类小说的"痛脚"。

我们再来看李劼人先生的小说，那就一点也不离奇，他所说的故事，就是我们这一辈人所身经亲历的世故。他所创造的人物，如黄澜生、郝达三、孙雅堂这些新型旧官僚，如周宏道、葛寰中这些旧型新官僚，如楚子材、彭家麒、王文炳这些干学生运动的青年，又如帮会出身的军人吴凤梧、吃洋教的绅士顾天成；至于那一群绅士领袖，如邓慕鲁、罗梓青、蒲伯英、张表方……没有一个是英雄，他们都是我们所熟识的，在我们周围的活生生的人。至于他所写川路事件的发展，并不是一本传奇，我们不妨看看周善培的《辛亥四川争路亲历记》（他是四川总督赵尔丰的左右手之一，小说中的周秃子，就是他）和吴玉章的《辛亥革命》（他是早期四川同盟会成员），便明白《大波》所叙述的，完全是事实。但《大波》是小说，不是历史，却又不是传奇小说。正如莫泊桑所说的，"还有和上述相反的小说家，他们想给我们以生活的真实印象，绝对避免着虚诞不经的事故，他们并不是叙述一段历史给我们听，也不想使我们愉快，或温存我们；但是，要我们去思想，去理会事实隐秘而深刻的意义。这一派作家（莫泊桑也就是这一派大师之一，李劼人先生也是这一派的作家）经过一番考察、研究的工作，用了从反省所得的结果，他们在观察宇宙、社会和人生。他们想告诉我们的，就是他们首先受了生命的感动，然后赤裸裸地在我们的眼前，把它一一指点出来，使我们也得了同样的感动。在他们的作品中，不必造出什么奇迹，使读者从头至尾都感到趣味；他们只是描写其中的人物，从生活中某一时期起，沿着自然的转变，到某一时期为止"。我们都经历了辛亥革命的大波，我们却并不了解辛亥革命的真正意义，《大波》这小说，却给我们以深切的启示。《大波》下卷，写成都独立以后，四川的局面似乎更糟了，他写道："社会比如是个大的木桶，礼法秩序便是维系这木桶的箍；倘然这箍被虫蛀朽蠹断折，则木桶的分解，断乎不只是一片两片，而是整个儿瓦解的了。这时，最急需的，是要得一个好的箍桶匠人，赶快运用他那巧妙而灵敏的手段，趁这木桶将解未解之际，急速打一道牢固的新箍，把那旧的替代了。但是蒲先生他们似乎尚未解此，或者想到了，而所用的材料又不大好，不惟没有把这大桶维系好，反而把它分解的力量加强了。"这便是辛亥革命的注解。

写实主义的小说，便是指出：思想如何受环境影响而变迁。情感意欲是如何发展的？人类何以要相亲相恨？何以各社会中都有斗争的场面？何以阶级、利禄、家族、政治的利益，每每会发生冲突？他们的结构，并不在离奇动人，开场也无须使人留恋不舍的情节，或是写了一件极富刺激的悲剧。他们巧于结合若干小事物以发表他们所要说的本意就是了。

注：我引用莫泊桑的话，系节引金满成先生的译文。

五、左拉的写实主义

我说李劼人先生是东方的左拉，这句话，还得稍加注解的。

在法国，写实主义是从画家果尔培开始的，到了左拉才用到文艺上来。本来，大家都推尊那位写《忏悔录》的卢梭为自然主义派的祖师，卢梭曾说过："我要将一个人，自然地照样地示给世间，这人就是我自己。"但在实践上，我们却想到了那以精细技巧用之于小说的巴尔扎克，也确信文学必须为社会的生理学。在他之后，如佛罗培尔、龚古尔兄弟、左拉、莫泊桑、都德这些小说家，他们都是写实主义的作家。左拉还在理论上有完整的体系，见之于《实验的小说》。日本文艺批评家片山孤村曾经对这几位写实主义作家的小说作综合的批判，说："巴尔扎克是将观察世间的人物所得的结果，造成类型，使之代表或一阶级或一职业。而左拉的人物，则是或一种类的代表者，但并非类型，不是大多数的个人的平均，而是个人。例如娜娜，只是娜娜；娜娜以外，没有娜娜了。巴尔扎克对于其所观察，却不像科学者似的写入备忘录中；他即刻分作范畴，不关紧要的事物，便大抵忘却了。所以汇集个个的事象，而描写类型的性格和光景时，极其容易。巴尔扎克的人物和光景，能给读者以统一的明确的印象，那小说，即富于全体的效果，获得成功。反之，左拉则不论怎样琐末的事，而且他尤其喜欢详述这样的事象，这种评述法奏效之时，确实能生出很有力量的效果来。"我曾说过，鲁迅也是写实主义小说家，他是巴尔扎克型的写实，至于李劼人的写实，则是左拉型的写实。

左拉的《卢贡家族的家运》，总题名是《第二帝政时代一个家族之自然史及社会史》。他以卢贡·马加尔的发展，写出法国第二帝政时代的各种社会生活，一方面是关于一个家族的生理方面的研究，另一方面是关于近代社会多种问题的研究。全书共二十卷。（《卢贡家族的家运》《酒店》《娜娜》《溃败》，都已有了中译本。）我们看到这一轮廓，就可明白李劼人先生这一串小说，大体规范上，是相同的。左拉的《卢贡·马加尔家传》的序文中说："当我把一个具社会性的整个群团握在手中的时候，我便要表现出这个群团就如同在一段真实的历史时代中的角色似的在从事工作，我创造出这个群团，使它在它的奋进的错综之中活动，我同时分析它的各个分子意志的总和及全体的普遍推展。"这也正是李劼人先生所着手的工作。［自然主义的实验小说，左拉另有专文。节引如次："自然派的小说家，于此有以演剧社会为材料，来做小说的作者，是连一件事实、一个人物也未曾见，而即从这一般的观念出发的。他应该首先聚集关于他所要描写的社会见闻的一切，记录下来。他于是和优伶相识，目睹了或一种情形。这已经是证据文件了，不但此也，而是成熟在作家的心中的良好的文件。这样子，便渐渐准备动手，就是和精通这样的材料的人们交谈，搜集（这社会中所特有的）言语、逸闻、肖像等。不但这样，还要查考和这有关的书籍，倘是似乎有用的事情，一一看过。这样子，文件一完全，小说便自己构成了。小说家只要论理地将事实排列起来就好。这小说奇异与否，是没有关系的。倒是愈平常，却愈是类型的代表性的。"］所以，我说李劼人先生的小说，和传奇性小说是最好的对比。

杂谈《红楼梦》

一、千头万绪中之头绪

最近这几天，我读了许多评介越剧《红楼梦》的文字，见仁见智，各有所见。正如曹雪芹那部小说，一直有人推寻，讨论，成为新旧的"红学"。前天，我又去看了一场，再把我们所追寻的头绪想一想，再趁此提出来说一说。

作者初写《风月宝鉴》时，他就借冷子兴和贾雨村的谈话，把荣国府的轮廓交代了一番；那是一个帽子。又因"荣府中合算起来，从上至下也有三百余口人，一天也有一二十件事，竟如乱麻一样，没个头绪可作纲领。正思从那一件事那一个人写起方妙？却好忽从千里之外，芥豆之微，小小一个人家，因与荣府略有些瓜葛，这日正往荣府中来，因此便就这一家说起，倒还是个头绪"。这便是曹雪芹准备好的头绪，所以我说过刘姥姥三进荣国府，那就是《红楼梦》大结局的焦点。作者除了《好了歌》《好了歌注解》作总括的暗示，在第五回《宝玉神游太虚境》所见的金陵十二钗正册、副册、又副册，册上有画有题词，还有《红楼梦》十二支曲，都已把大观园中人物的命运，说得很明白了。此外，即如元妃归省时，所点的四出戏：一、《豪宴》，二、《乞巧》，三、《仙缘》，四、《离魂》，也带着命运的注定。（《豪宴》是《一捧雪》的一出，暗示贾府太奢侈，终于要失败。《乞巧》是《长生殿》的一出，即《密誓》，暗示元春封妃，早死。《仙缘》即《邯郸梦》，通作《仙圆》，暗示宝玉出家。《离魂》是《牡丹亭》的一出，暗示黛玉病死。）其他如大观园姊妹的赋诗、灯谜都有各人的命运暗示。这是不待看到了"脂砚斋评批"，也可略知大概了。有了"脂评"，作者原来的布局格外明确，这是我们谈红学脱开了幻想所获得的切实依据。

高鹗补作《红楼梦》后四十回，当然要从曹雪芹原来的头绪接下去，他也和我们一样在推测曹氏原来的布局，但他并非完全依照曹氏的原来线索在续写，他就把自己的蚁酸注了进去。即如八十一回起，便把贾宝玉送到书塾中去，而且如他自己一样中了举人。这个宝玉便不是曹雪芹，而是高鹗自己，加上了酸腐的头巾气。他只怕牛头不对马嘴，把原来的金钗册上的诗词改窜过来完成他的"高记"头绪，于是刘姥姥不再进荣国府，巧姐虽为正册重要人物，却写得忽小忽大，分量也不相称。小红在后卷并无交代，宝玉也并未入狱，把曹雪芹原来的头绪搅得一团糟。所以看见过脂砚斋评批的红学家，都把高鹗的续编批评得很严格，怪他"狗尾续貂"。然而他的续书，过去一百多年间，造成了"王熙凤万恶""钗黛三角恋爱""钗嫁宝玉，宝玉负情"的新焦点，大家都用了高的线索来代替曹的头绪。这也足证高氏续笔的潜在势力。

把小说改编为戏曲，这又是一种创作，当然不能完全依照小说的头绪，何况如《红楼梦》这么一部庞大的千头万绪的小说？无论人物、情节，一定有所取舍的。（正如把托尔斯泰的《战争与和平》编成了影片，必得大刀阔斧来删削一样。）也正如惜春画"大观园行乐图"，如宝钗所说的，"如今画这园子，非离了肚子里头有些丘壑的，如何成画。这园子却是像画儿一般，山石树木，楼阁房屋，远近疏密，也不多，也不少，恰恰的是这样。你若照样儿，往纸上一画，是必不能讨好的。……原先盖这园子就有一张细致图样，虽是画工描的，那地步方向是不错的。你要了来，也比着那纸大小，再要一块重绢，交给外边相公们，叫他照着这图样删补着，立了稿子，添了人物就是了"。这是曹雪芹所开的法门。

改编为电影的《红楼梦》（连原来的剧本）把刘姥姥删掉了，便是顺着人们的意向走高鹗的新布局了。三春（探春、迎春、惜春）也都删掉了，连史湘云也删去了。当然没有贾琏及宁国府那些叔侄兄弟了，妙玉也不在其列了。这样大胆地删削掉，这才把局面紧凑起来，还得花三小时的长时间才演完呢。迎合着钗黛三角恋爱的观点，这一回是很成功的。（影片中比舞台上多了一个琪官。）

不过，《红楼梦》的路线，还有种种方式可走，我相信，一定会有人回到曹雪芹的路上去；那剧本中，不仅有了刘姥姥、焦大，还会串到鸳鸯剑的悲剧上去的。这是我的想法。

二、宝钗哭灵

列位看官，越剧《红楼梦》演得恰到好处，她们的"好"，有时是非言语文字所能形容。我这儿只是借戏来谈小说，又借小说来谈戏，请不必看得太认真。即如"宝玉哭灵"，只是高鹗的一种假设，而脂砚斋所透露的原来布局，乃是"宝钗哭灵"，小说中虽未完成这段妙文，我们未始不可有此想象。

我们要特别提一提，曹雪芹的笔下，从来没有过重复之笔；宝玉已经哭了晴雯，哭黛玉，自该留给宝钗来做，而且这样才是入情入理。原来，"钗黛"的关系，二百年来成为情场的冤家，如今人所谓三角恋爱，坐定王熙凤是一手造孽的恶人。但，这种种只能算是观众的情绪，而非作者的本意。（满族的伦理观念和男女关系，不一定合乎儒家尺度与汉人礼法的。）

且看《红楼梦》四十二回，作者已经把黛钗心理上的矛盾作一总结；宝钗披襟畅怀和黛玉谈了以后，以前一切芥蒂都消除了；所以黛玉说："到底是姐姐，要是我，再不饶人的。"脂砚斋（庚辰本）在这一回上总批：

> 钗玉名虽二个，人却一身，此幻笔也。今书至三十八
> 回时，已过三分之一有余，故写是回，使二人合而为一。
> 请看黛玉逝后，宝钗之文字，便知余言不谬矣。

可见作者笔下，宝钗哭灵，必有一段恳挚沉痛文字。作者本意，如第五回写一女子其鲜妍妩媚有似宝钗，其袅娜风流，则又如黛玉。警幻仙子对他说："再将吾妹一人乳名兼美，名可卿者许配与汝。"作者心中，本无三角矛盾的想法，在三美兼存的泛爱观之外，他自会让寡居的史湘云和宝玉结婚的。这当然和一般的想法不相合了。

依作者的预定布局，晴雯死后，到了八十九回上，黛玉泪尽而逝，这样就不会有"焚稿"的场面。接上来，宝玉失玉（被窃），

甄宝玉从金陵送玉到长安；接着，又是宝钗出嫁，夫妇话旧，这才是"宝钗哭灵"，以作者的才情，这段文字，一定十分精彩的。（何以说黛玉便死了呢？因为七十九回上，宝玉哭晴雯后，把那四句改为"茜纱窗下，我本无缘；黄土陇中，卿何薄命！"黛玉听了，陡然变色，已伏了线脚了。）

宝钗哭灵，可诉之情，知己之感，虽和宝玉不同，却也有说不尽的哀思，何况又在"三春去后群芳尽"的情境。这样，在气局上，不会像高鹗所补成的那样迫促。（曹雪芹心目中的王熙凤，也不一定要叫她做恶人，使天下同情黛玉的为之切齿仇视的。在尤三姐死了之后，作者已经要安排"哭向金陵事更哀"的下坡路。）宝钗笃旧，宝玉安命，这才是"钗玉名虽二个，人却一身"，这样才接得住贾府大变局的打击的。

高鹗要把万恶嫁在王熙凤头上，史太君也是第二号罪魁。这样的一个主题，再加上夸张的手法，为了同情黛玉，连宝钗也变成奸邪阴险的人。这方面的分量越加重，越会破坏全局完整的美。这回越剧的改编，她们已经加意在感情节制上着眼，不让一面断气，一面鼓乐笙歌对衬得太尖锐。我们在舞台上所看到的，已经不那么冷酷，而影片中的调节，更减少了冷冰之气息。多一分节制，便多一分成功；本来，这一影片是一首最完整的抒情诗，这样的结尾，才保留着诗意，只是淡淡的哀愁而已。

脂庚本第十九回评："后观情榜评曰：'宝玉情不情，黛玉情情。'此二评自在评痴之上，亦属囫囵不解，妙甚。"又第三十一回总评："撕扇子是以不知情之物，供娇嗔不知情时之人一笑，所谓情不情，金玉姻缘已定，又写金麒麟是间色法也，何以颦儿为其所惑？故颦儿谓情情。"曹雪芹的人生尺度，本不可以用儒家观点来说的。

三、贾宝玉的晚景

> 为官的，家业凋零；富贵的，金银散尽；有恩的，死
> 里逃生；无情的，分明报应；欠命的，命已还；欠泪的，
> 泪已尽；冤冤相报自非轻，分离聚合皆前定。欲知命短问
> 前生，老来富贵也真侥幸。看破的，遁入空门；痴迷的，
> 枉送了性命！好一似食尽鸟投林，落了片白茫茫大地真
> 干净！
>
> ——《飞鸟各投林》

《红楼梦》的终局，早已在开场时安排好了。如鲁迅所说的："荣国府虽煊赫，而'生齿日繁，事务日盛，主仆上下，安富尊荣者尽多，运筹谋划者无一，其日用排场，又不能将就省俭，故外面的架子虽未甚倒，内里却也尽上来了'。（第二回）颓运方至，变故渐多；宝玉在繁华丰厚中，且亦屡与'无常'见面，先有可卿自缢，秦钟夭逝，自己又中父妾厌胜之术，几死；继以金钏投井，尤二姐吞金；而所爱之侍儿晴雯又被遣，随殁。悲凉之雾，遍被华林，然呼吸而领会之者，独宝玉而已。"

我们从脂砚斋批语所提供的第一手资料，来整理《红楼梦》的后半部事迹，大节小目，总有三四十件。贾宝玉的晚景，大观园的悲惨结局，都和高鹗的续本四十回大不相同。这几十年，大家研寻所得，可以彼此同意不成问题的，可以列举如次：

甲、贾府被抄后，破败之惨，和高氏想法不同。宝玉是入了狱，还得小红、茜雪的照应的。（脂庚本二十六回畸笏叟墨笔眉批。）脂甲本第二十回评有"狱神庙回内方见"语，可见宝玉入狱，祭狱

神庙；那一回中，小红方是主角。小红在预定的副本中是重要角色，可是，前书给凤姐找了去，飞向高枝，便无下文。原书一定有后文，大概凤姐失意后，小红也遭送出嫁，乃为宝玉贫苦时的得力帮手，方为照应上文。

乙、宝玉很贫穷，如脂庚本第十九回评："补明宝玉何等娇贵，以此一句（宝玉到袭人家中去，花家弄了一台子吃的，但袭人见总无可吃之物）留与下部后数十回'寒冬咽酸齑，雪夜围破毡'等处对看"。那时的穷苦生活，自比曹雪芹自己所过的更艰苦些。（敦诚赠雪芹诗，有"满径蓬蒿老不华，举家食粥酒常赊"句。）

丙、宝玉的最后去路是"做和尚"。脂庚本二十一回评："故后文方有'悬崖撒手'一回，若他人得宝钗之妻，麝月之婢，岂能弃而为僧哉！玉一生偏僻处。"如鲁迅所说的，宝玉也只能做和尚去，因为一切幻灭之后，在那时代，只有这条路可走。电影《红楼梦》中，宝玉弃家出走的镜头，静默而惨淡，颇似卓别林的《淘金记》，余韵盎然。

丁、袭人出嫁，嫁给蒋玉菡，那是早已布定了局了。正如宝钗嫁给宝玉，也是安排好了的，不必置疑。但何以袭人出嫁而麝月留着，颇费推寻。脂庚本第二十回评："故袭人出嫁后云：'好歹留着麝月'一语，宝玉便依从此语，可见袭人虽去，实未去也。"第二十一回总评："箴与谏无异也，而袭人安在哉，宁不悲乎！"脂甲本二十八回总评："琪官虽系伶人，后回与袭人供奉玉儿宝卿，得同终始，非泛泛之文也。"袭人是第一个和宝玉作怪的人（也可说是第二个），晴雯被逐是冤枉的。依曹雪芹的对称笔法，袭人的前事，可能给王夫人发觉了，才遣之出嫁的。不过琪官夫妇和宝玉夫妇还是很交好相往来的。这和高鹗的想法也不相同的。

至于影片中插入琪官一段很好，和以前的《红楼梦》剧本是不相同的。

四、关于大观园

秋野先生有关《红楼梦》的五个问题，大体上和我所说的没有多少出入。他说到曹著在脂批着笔时，即变动多端。如第一回原文："金满箱，银满箱，转眼乞丐人皆谤。"脂批："甄玉、贾玉一干人"，可见贾宝玉做叫花子，甄宝玉也穷途潦倒，曾在预定之中。原文"如何两鬓又成霜"，脂批："黛玉、晴雯一干人"，可见脂砚斋没看到第七十七回，曹雪芹写晴雯之死，而黛玉寿命并不短。这番话，对我有很好的启示。大概曹氏写《风月宝鉴》时是一种布局，后来写《石头记》时，又有了新布局，到后来写《红楼梦》过程中，又不断有了改变，可以说是"十年辛苦不寻常"的注解。

秋野说：关于大观园，这该是没有问题的问题，是人为的。也引一段脂批："若真有此事，则不成石头记文字矣。作者得三昧在此，批书人得书中三昧亦在此。"说得明明白白。大观园的模型，当然是有的。北京恭王府，曾是曹家产业，大致无问题。谓大观园即在恭王府，是不懂《红楼梦》，也不懂得小说为何物者才会说。恭王府是恭王府，大观园是大观园，恭王府在北京城里，大观园在曹雪芹写的《红楼梦》一书里，何须问大观园在何处？这话就说得很透彻了！"天上人间诸景备，芳园应赐大观名。"元妃已点得很清楚了，其中有皇帝的园林，如圆明园、北海的影子，也有苏州、南京织造署的轮廓，也有曹府（今恭王府）的脉络，在曹雪芹脑子中，构成了这么一个大观园。

最近看到一本画报发表了《红楼梦》故事画，其一便是惜春作画，画的是大观园。另一幅是大观园全景。一位朋友问我："大观园真的是这样的吗？他根据什么来画的？"当然，不会有惜春的大观园图留在世上的，但大观园不管在什么地方，曹雪芹事先布好了轮廓那是必然的，否则，人物活动就缺少这么一个背景了。

曹雪芹布好的全局是怎么的呢？我们先看《红楼梦》第十七回"大观园试才题对额"，贾宝玉跟着他的父亲及门客们游了半个大观园如次：

正门五间，那门栏窗槅俱是细雕时新花样，并无朱粉涂饰，一色水磨。群墙下面，白石台阶，左右一望雪白粉墙。……开门进去，只见一带翠嶂挡在前面，往前一望，见白石崚嶒，其中微露羊肠小径。逶迤走进山口，抬头忽见山上有镜面白石一块。……说着，进入石洞，一带清流，从花木深处泻于石隙之下。再进数步，渐向北边，平坦宽豁，两边飞楼插空，隐于山坳树杪之间。俯而视之，但见清溪泻玉，石磴穿云，白石为栏，环抱池沼，石桥三港，桥上有亭。……出亭过池，抬头见前面一带粉垣，数楹修舍，有千百竿翠竹遮映，进门便是曲折游廊，阶前石子甬道，一面小小三间房舍，两明一暗。从里间房里又有一小门出去，却是后园，有梨花、芭蕉。后院墙下忽开一隙，得泉一脉，开沟尺许，灌入墙内，盘旋竹下而出。（潇湘馆）……一面说，一面走，忽见青山斜阻。转过山怀中，隐隐露出一带黄泥墙，里面数楹茅屋，外面却是桑榆槿柘，树稚新条，编就两溜青篱，篱外山坡下，有一土井，旁有桔槔辘轳之属。（稻香村）……一面引入出来，转过山坡，穿花度柳，抚石依泉……盘旋曲折，忽闻水声潺潺出于石洞。……进了港洞，攀藤抚树过去，池边两行垂柳，忽见柳荫中又露出一个折带朱栏板桥来，渡过桥去，诸路可通，便见一个清凉瓦舍。步入门时，忽迎面突出插天的大玲珑山石来，把里面所有房屋悉皆遮住，只见许多异草，味香气馥，非凡花之可比。（蘅芜院）……大家出来，走不多远，只见崇阁巍峨层楼高起。（正殿）……自进门至此，才游了十分之五六。引客行来，至一大桥，水如晶帘一般奔入。原来这桥，便是通外河之闸，引泉而入的。（沁芳闸）……一路行来，忽又见前面一所院落来，一径引入。（怡红院）……出了后院，转了两层纱橱，果得一门出去，转过花障，只见清溪前阻。这水从那闸起流至那洞口，从东北山凹里引到那村庄里，又开一道岔口，引至西南上，共总流到这里，仍旧合在一处，从那墙下出走，忽见大山阻路，山脚下一转，便是平坦大路，豁然大门现于面前。

我这么一勾画，我们对于大观园全景的鸟瞰，有了轮廓，也可以明白这一张全景图，究竟有几分对景了。（另一小半，曹氏在第四十回"刘姥姥二进荣国府，史太君大宴大观园"中看明白的。）

五、刘姥姥三进荣国府

谢草池边晓露香，怀人不见泪成行。北风图冷魂难返，白雪歌残梦正长。琴裹坏囊声漠漠，剑横破匣影铿铿！多情再问藏修地，翠叠空山晚照凉。

——张宜泉《悼曹雪芹》

看了越剧《红楼梦》出来，千头万绪，有许多话要说，却是说不出来。曹雪芹那一部小说，本来是一首很长的散文叙事诗，演了戏，也必须是一首韵文叙事诗才够味。这是我们所彼此默契的标准。好几年前，我第一回看了上海越剧团的《红楼梦》，和朋友就谈到这一点，后来在香港又看了一回。看了影片，那就更完整，更幽美了。越剧的表情，每以凄厉为嫌；《红楼梦》的表情，颇知有所节制，这是最成功的一点。

我的闲谈，却从刘姥姥三进荣国府说起。在我们所看到的《红楼梦》中，刘姥姥只进过荣国府两次，但在曹雪芹的预定布局中，刘姥姥在宁国府被抄、王熙凤致祸以后，她一定又到了荣国府一次。在第六回，作者说荣府人多事杂，并无头绪可作纲领，便从这位芥豆之微，小小一个人家的刘姥姥说来，这是他的点题，草灰蛇影，伏到远远的结尾上去，所以八十回后，不好好写刘姥姥三进荣国府，那是结不了局的。"风月宝鉴"，不只是要看正面，还得要看反面，不只看到了热闹的"聚"，而且要看到凄凉的"散"。

刘姥姥第三次进荣国府，大概就在宁国府被抄以后，史太君对这位积古老太婆，一把辛酸泪，有多少话要说。刘姥姥并不是懵懵懂懂的乡下佬，她是故意装作糊涂，讨讨老太太、王夫人、凤姐他们的欢喜。她是熟知贾府王府的掌故的人，又看到了一个大场面了。她重到大观园时，黛玉已经病重，就在她断气那时，贾府忙着探春的远嫁，又碰上了贾琏和凤姐闹嘴，凤姐负气闹归，刘姥姥带着巧姐回乡间去。那时，史太君和宝玉，同样受了内外人事上的刺激，老的以泪洗面，暮境渐迫；小的神志昏迷，以致失玉。巧姐过着新鲜的农村生活，在另一社群中长成了。

据脂庚本第二十一回评："以及宝玉砸玉，颦儿之泪枯，种种孽障，种种爱怨，皆情之所陷，更何辩哉。"又二十二回脂评："若能如此，将来泪尽夭亡，已化乌有，世间亦无此一部红楼梦矣。"黛玉泪尽而死，乃是预定的局面，俞平伯先生说"黛玉先死，宝钗后嫁"，原是曹雪芹的本来安排。

凤姐的结局，如那谶语所说："一从二令三人木，哭向金陵事更哀。"（脂评："拆字法。"）第二十一回脂评："此日阿凤英气何如是也，他日之身微运蹇，亦何如是耶？人世之变迁，倏尔如何？"无论被迫退休，或是愤而归金陵，总之是离开荣府了。这样，金陵十二钗的一钗——巧姐，才会成为后半段的主角，而刘姥姥二进荣国府，替巧姐取名，已经有了伏线了。脂庚本，有客题红楼梦一律，诗云：

> 自执金矛自执戈，自相戕戮自张罗。
> 茜纱公子情无限，脂砚先生恨几多。
> 是幻是真空历遍，闲风闲月枉吟哦。
> 情机转得情天破，情不情兮奈我何！

脂评云："凡是书题者，不可不以此为绝调，诗句警拔，且得知拟书底里，惜乎失名矣。按此回（二十一回）之文固妙，然未见后三十回，犹不见此之妙。"荣宁两府的结局一定很惨的，戚本第四回评："从此放胆，必破家灭族不已，哀哉！"二十二回评："使探春不远去，将来事败，诸子孙不致流散也，悲哉，伤哉！"（探春的册子，画着两人放风筝，一片大海，一只大船；船上有一女子作掩面泣涕之状，诗云："清明泣远江边望，千里东风一梦遥。"《红楼梦曲·分骨肉》支云："一帆风雨路三千，把骨肉家园齐来抛闪……自古穷通皆有定，离合岂无缘？从今分两地，各自保平安。"）贾府的倒败，自比高鹗所设想的更凄惨些，这都是刘姥姥所看到的。或许史太君老逝，巧姐回家探亲，刘姥姥四进荣国府，亦未可知，我们姑且假定这一小说的后半截，刘姥姥三进荣国府结局就是了。

脂砚斋第六回评："且伏二进三进及巧姐之归着。"刘姥姥二进荣国府，替巧姐取名，三进带巧姐回农村去。"巧姐"为十二钗之一，高续本写得很不够分量。

或问："宝玉情不情，黛玉情情，何解？"他是说贾宝玉把世间一切无情的当作有情看待。黛玉呢，她是专注于有情世界。这个"情"字，和佛家思想相近，和我们口头所说的"情"有别。

六、谈《楝亭图》

闻道司空旧草亭，至今嘉树想仪型。

分明一片棠阴在，遥对钟山万古青。

——严绳孙《题楝亭图》

曹雪芹逝世二百周年纪念展览会，是文艺界一件大事。展品中有两件最珍贵的名画：《楝亭图》和《楝亭夜话图》。前者系当年名画家恽寿平、戴本孝、程义的手笔，今藏北京图书馆。后者系张纯修的手笔，今藏吉林博物馆。

或问：《楝亭图》是怎么一回事？《红楼梦》作者曹雪芹，他的祖父曹寅，字子清，号荔轩，别号楝亭，何以称为"楝亭"呢？曹寅的父亲曹玺，任江宁织造时，曾在署院中植一棵楝树，俗名金铃子。后来曹寅继其父任江宁织造，怀念其父，乃造一亭，名为"楝亭"，并请人作画作诗作文以为纪念。（可看清初文士姜宸英的《楝亭记》。）

曹家原是北宋曹彬的后裔，世居河北丰润，明代满人几次侵入关内，曹家被清军所俘虏，因此就成为清室的家人（包衣、奴才）。清兵入关，攻占北京建立王朝，曹锡远这一家成为内务府汉军，受到清帝的特殊信任。曹寅母亲，便是康熙帝的奶妈，曹寅幼年时，便伴着康熙在上书房读书。曹玺做了苏州、江宁织造，曹寅也就继其任。他们曹家，在江南做了六十年织造，曹寅还兼了扬州的盐运使。《红楼梦》中的煊赫场面，正是他们先世的写照。康熙帝五次下江南，到南京时，都住在曹家的织造署中。（曹寅任内，康熙住了四次。）

织造，原是掌管宫廷所需要的各种织物的织造、采购和供应的，仿佛皇帝的总务。可是，他们是皇帝身边的亲信人，替皇帝做耳目，负有暗中监督江南一带地方士民官吏行动的特殊使命。（等于现代的特务机构）可是，曹寅本人并不仗势凌人，他在江南结交天下名士，提倡风雅，是当时有名的收藏家，热心校刊古书，所刊的都是精本。他自己博学，能诗文，有《楝亭诗钞》等著作，也正是曹雪芹笔下的"甄（真）宝玉"。

《楝亭图》的可贵，不在出于名画家之笔，而是在《楝亭图》题诗作词写记文，都是清初康、雍、乾年间的大作家。《楝亭图》

共有十幅，画者除了上述几位名家，还有黄瓒、张淑、禹之鼎等六家。题咏的有成容若、陈慕尹、姜宸英、毛奇龄、杜濬、余怀、徐乾学、韩菼、尤侗、王鸿绪、王渔洋等四十五家。这其中，有明末遗老，有清廷新贵，有明臣降清的，有诗人，有学者，有画家，也有如成容若那样的满族文士，可说有美皆备了。这幅画，曹雪芹生前看到过没有，也是一个问题。

余 论

一、苦痛使我们深思

日本著名文学家小泉八云在他的《文学论》中说:

> 即使你们爱一个女子比自身还爱,当她如神一样,而因她的死,好像全世界都成黑暗,万物都失色,一切生命都失了快乐,像那样的悲痛,也许对你们是有益的。只有妖魔鬼怪离去我们的时候,吾人才能认识而且看见真正的神。因为一切磨难,吾人虽极端厌恶,然都是助长吾人的智慧的。自然,这只有没有经验的青年,才夜半坐在床上哭泣,成年人是不会哭的,他为安慰自己而倾向于文学,他将以其苦痛,作为优美的歌,或发而为惊人的思想。

苦痛，使我们深思，澄清我们的情感，锻炼我们的意志，使我们对于人生、社会、世界，有进一步的认识。《红楼梦》的作者，他在篷牖茅椽、绳床瓦灶的面前，回想起锦衣纨绔之时，饫甘餍肥之日的种种，有如一场梦幻，不能自已地要"用假语村言"敷衍出来，他说："满纸荒唐言，一把辛酸泪。都云作者痴，谁解其中味？"别人或者不懂得其中的苦味、酸味、辣味，他自己却是体味得很深切的了。俗语说："人情看冷暖。"即以《红楼梦》中的贾雨村而言，他的进身发达，全由于贾府的推荐，贾府盛时，他那副奉承的嘴脸，真够人承受，一旦贾府倒霉了，他就第一个投井下石。这虽是"假语村言"，其实正是贾府门客的真实行事。他从他自己的大家庭倒败以后，才认识了许多人的真面目，才知道那黑暗的大家庭——除了门前的两只石狮子以外，谁也不干净的大家庭，其溃烂的生活是怎样的可怕可憎。什么"友谊"，什么"荣华"，什么"权势"，树倒猢狲散，样样都揩揩眼睛去看看清楚。"满径蓬蒿老不华，举家食粥酒常赊。衡门僻巷愁今雨，废馆颓楼梦旧家。"他的生涯是清苦的，但他对于人生的理解却深切得多了，他于是写出那有名的《红楼梦》来。

鲁迅先生在《呐喊》的自序中说："有谁从小康人家而坠入困顿的吗？我以为在这路途中，大概可以看见世人的真面目。"

鲁迅先生幼年时，以四年之久出入于和他身子一样高的药店柜台，和比他身子高一倍的当店柜台，在侮蔑里接了钱，送到渺无希望的药房中去。他的社会观察，就是从这苦痛中开始的。

文艺是人生的反映，苦痛的阅历，使我们理解人生，也就是我们所能找到的良好的题材。

二、浓厚而永久的人生兴趣

大约是十年前吧，天津《大公报》翻译了一节法国的新闻，附以按语道："这段新闻，可以写成一篇哀感动人的小说。"为什么这段新闻可以写成小说，而其他大大小小的新闻不可以写成小说呢？这儿就触到"新闻记载以真实为主，而小说描写人生，亦以真实为主，为什么这一方面的真实，并不适合那一方面的真实框子？"这个根本问题上去了。温却斯德（Winchester）曾说到文学作品必是有永久的兴趣，所谓永久的兴趣，即包括着那故事所含的人生意义是永久性的；报纸上有许多新闻，刊在极重要的地位，可只是官样文章，编者不曾看，读者也未必看，当然说不到人生意义或社会的意义；也有些新闻刊在极不重要的角落上，但其所含蕴的却是人生永久的悲欢，就有使读者低徊往复不能自已的兴奋性，可以成为小说的素材。

现在我们且回到天津《大公报》所翻译的那段法国新闻上去。那新闻记述法国凡伦沁（Valeniennes）附近一个名叫巴瓦的小村落中，第一次大战时曾有一个居民叫亚拉（Alfred Allert）的，被国家征召，往前线作战；前方消息传来，说他已经阵亡了。他的妻子，不能守寡，只得出嫁了。他们先前曾生过一个女孩子，父亡母嫁，她孤独地长大起来。谁知亚拉并未阵亡，只因受炮声重震，脑子受伤，失却了记忆，一直在医院中休养。经过了长期的调养，记忆力逐渐恢复过来，乃回到凡伦沁故乡去。他刚到了旧地，就在村中某咖啡馆里，遇到了他自己的前妻和她的后夫。她见了亚拉，也立刻认出是自己的前夫，向前道候；亚拉力自辩白，说她认错了人。这时咖啡馆中的侍者，也认识了亚拉，亚拉以目阻止侍者，使勿作声；他私自告诉侍者，说他知道他的妻子嫁后生活安乐，他也很心安了。后来，他又和他的妻子晤谈了一次，他看见自己女儿的照片，知道自己的女儿已经长大成人了。他就含泪告别，并留一信，约他自己的女儿第二天在火车站相会；可是第二天，他的女儿到火车站去候他，他并不曾来。从此以后，他的踪迹也就不明了。这段新闻，它写出了亚拉伟大的爱，为着爱妻的幸福，他忍着悲痛，否认自己便是亚拉；他约女儿在火车站相见，显见得他的恋恋不舍之情，然而他终于不践约，结果竟至于踪迹不明，更可以想象出他精神上的苦痛；伟大的爱战胜了他的私情；他的失踪，其意义更是深长。这段新闻，包含着浓厚而永久的人生兴趣，所以我们说它是一段很好的小说素材。

三、小说不是新闻

许多有名的小说家，都喜欢利用报纸中所载的新闻做他的小说素材。但我们又明明知道一篇小说绝不是一段新闻，小说家把新闻中的人物都改换过了，也无妨于这作品的真实性。我们可以设想上面所记那段法国的新闻，到了小说家手里，怎样刺动了他的灵感，他将怎样去着笔，虽说亚拉离妻他去，这一点伟大的爱，可以做小说的中心；但小说家的灵感，不一定受这一点的限制；假使他觉得亚拉知觉失了十多年，此时犹如大梦初觉，重到故乡，山河依旧，人物都非，忽觉人生虚幻，因而遁迹远去，亦无不可。或者他着眼于那年轻美貌的小姑娘，她在孤苦伶仃的环境中，忽得老父天外飞来的信息，一夜盘算第二天相见的喜悦，谁知第二天车站上车开人散，并无慈父的影踪，因而怅然失望，凄然泪落，这样着笔亦无不可。小说家的灵感所注，那故事中的情节轻重配置即有不同，并不是有了一节可用的素材，就人人都可以依样画葫芦，三一三十一地写下去的。

不过小说家无论怎样改造那故事的情节，他必须把那些情节贯穿起来，而一切事件的发展，必须是非常合乎常理的。他决定以亚拉离妻他去，牺牲自己来成全妻子的幸福，这样的情节来着笔，则他于咖啡馆初见时，咖啡馆侍者和他招呼时，他看见爱女的照片时，他写信约爱女相见及决定不与爱女相见时，皆当以成全爱妻的幸福为转动全局的灵感，而且必须推想他们夫妻间的爱情，即从军诀别的依依之情亦如在眼前的。关于这一种情节配合，小说家布拉克武德（Algernon Blackwood）有一段自述，很可做我们的参考，他有一次写一篇小说，以一个动身到埃及去的少年为中心，那少年未动身以前，要想安慰他的未婚妻，到一个天眼通那里去问出门的吉凶，他对这类事情本不相信，不过去问问罢了，不料那天眼通一见了他，就对他说："你将来是要在水里溺毙，在你溺毙的时候，你自己还不曾知道呢。"这一句话就引动布拉克武德去写那篇小说，他把那篇小说的情节，作如次的发展：

> 他的未婚妻听了天眼通的话很害怕，更竭力叮嘱他不可近水。不过在埃及除尼罗河以外，也就没有旁的水道了。他绕道避去了尼罗河，这句预言也就忘怀了。一年以后，正在他预备回去结婚的前夜，他忽然在沙漠中乘马坠骑，跌伤了，那匹马溜缰而去。他躺在地上足足有二十四小时，既热且渴，到后来便觉得神志昏迷，知觉渐失。不过他知道总会有人来寻到他的，他就躺在一条沙堤上面，

使人家容易瞧见。他已经不省人事了。最后，寻他的人果然来到，他虽然昏迷，但感觉尚未全失，可以隐隐地听见蹄声，并且他的筋肉反射作用也未消失。他的身子移动了——恰好在那峻峭的沙堤上失去了平衡，便慢慢地滑下到了一个池沼的中间，这种池沼便是沙漠中间一件稀有而珍贵的东西。因为他知觉已失，所以滚到水中去的时候全不曾知道。他溺毙了——但是他并不曾知道他溺毙呢……

这情节的发展，可以说是非常合理的。

四、纯洁与不纯洁

罕培尔（Hebbel）的《艺术格言》中说：

> 在美学的境界里面，无所谓纯洁或非纯洁的题目，最高尚的题目，可以因一种卑猥的形式而染污，最卑下的题目，可以因高尚的具体而醇化。

法国小仲马的名作《茶花女》，在欧美各国舞台上演得很久很普遍了。但当这剧本正准备在巴黎上演，一切都已准备就绪，而官厅方面的禁令却下来了，说这个剧本是不道德的。"不道德"的根据是这个剧本所扮演的，乃是一个妓女的故事，官方说："妓女的生活哪里能够公然地表演在舞台上，替妓女做宣传是有害于社会的。"这个禁令，虽经当时有名的学者和道德家们联名请求，保证《茶花女》是一个道德的剧本，但是官方固执得很，一定不肯容他们上演，直到大仲马的朋友谋尔尼公爵出来组阁，才算开了禁。

和这个故事一样有名的，还有那位道德的绅士谴责《少年维特之烦恼》的作者歌德的故事。一七七四年的夏天，在莱茵河畔，都益司堡某旅馆的食堂中，几个中年绅士和歌德在一起畅谈。忽然，绅士中的一人，起来谴责歌德道："你就是作那名扬四海的小说——《少年维特之烦恼》一书的吗？那么，我觉得我有表示我对于那本有害无益的著作的恐怖的义务。我祷告上帝变换你那偏颇的邪心，因为有罪的人是会遭横祸的呀！"

从这两个故事，我们岂不是可以知道在有些人眼里，以为妓女的生活是不道德的，有害于社会的，而男女恋爱的故事，也是不道德的，有害于社会的吗？

我们且为对比一下：就拿那位谴责歌德的中年绅士的生活来和茶花女的妓女生活作一对比，那位中年绅士如若在巴黎，他可以成为茶花女的恩客，如若说茶花女的生活是不道德的，则那位恩客呢，难道他就是道德的吗？茶花女固然为了生活把她的肉体出卖了，但她一发现了亚孟的真挚的爱情的时候，就先奉献她的灵魂，后来为了爱人的幸福就咬着牙齿去牺牲；她的灵魂实在比圣女还要纯洁，那些花天酒地、寻女人开心的人们，有谁可以比得上茶花女的圣洁呢？世界上，有些所谓道德论家往往便是无恶不作的魔王。谴责别人的人，正在产生着所谴责的罪恶，不过把自己的袋子放在背后罢了。

所以我们写文章，正不必替所写的对象标上"高尚的""卑下的"签条，也正如蔼理斯所说："一个人如听人家说他作了一本道德的书，他既不必无端地高兴，或者被说他的书是不道德的，也无须无端地颓丧。"

五、醇化

刘铁云的《老残游记》中，也曾写到两个小镇中的妓女——翠花和翠环；我们觉得翠环尤其可爱，她率性在客人面前流泪，老实不客气说诗人的题壁诗都是造谣，她为着一家的命脉所依的小弟弟，牺牲自己的幸福，咬着牙齿卖淫。这样的妓女，我们觉得她的灵魂比大家闺秀还要纯洁，比圣母还要伟大；在她的面前，觉得污秽的是我们自己，而不是卖淫的她。对于一个妓女，会表示这样的敬意，她的灵魂是给刘铁云的笔醇化了的，正如茶花女经过了小仲马的笔而醇化了一样，勾出了一个纯洁的灵魂。醇化了的人物，如梁山泊上的那些好汉，粗鲁的李逵、爽直的鲁智深、拼命三郎石秀，各有各的可爱。鲁迅先生笔下的那位阿Q也可爱，至少比赵太爷之流可爱得多。

历来作者之于所取材的人物，并不用庸俗的道德的尺度去测量，他知道每个被侮辱的人的灵魂深处闪着怎样的光辉，即使为了环境所驱迫，以致陷入泥潭，不能自拔，也值得我们怜悯同情。他揭去了那些绅士们体面外套所见的溃烂，和揭开被侮辱的外层所闪出的光辉相对照，不问其为强盗、妓女、囚犯，都使我们只觉得其可敬可亲了。相传达兰伯（Dalambert）提倡在日内瓦设戏院时，法国大思想家卢梭曾写了一长信去劝阻，他说："戏剧往往使罪恶显得可爱，德行显得可笑，所以它的影响是最危险的。"他的话虽不免有些迂腐，却正说明了文章中的醇化作用。做文章如画漫画，远景近景，重新配搭，或浓或淡，匠心独出；"醇化"云者，也就是发挥了自己的艺术手段。

后记

　　我和一般人一样，年轻时也有过种种的梦想；那时，也会有那么大的勇气去尝试着做。我的梦想，说起来是十分可笑的，我要把刘勰《文心雕龙》作一番新的注解，用现代的文艺观来发挥这位中古文艺批评家的理论。一动手，就明白这不是容易的事；即如黄季刚，他以一生的精力写了那部札记，也只是札记而已。后来，范文澜的《文心雕龙笺注》出来了，他也是费了几十年的心力的。我呢，年纪一年一年增加了，勇气一年一年减退了，也慢慢明白我所能写的，也只是札记一类的东西而已。到了近年，所谓做学问，一部分只是为我自己；我也明白，为"己"部分弄清楚了，倒真的为"人"，这是我经过了一番经历以后的觉悟。

　　有一时期，我也和马二先生一样做过编选的工作，有时，也写些讲义式的概论，其意在介绍语文技巧、文艺常识给年轻读者，所得效果实在微小得很。最主要的缘由，自己对于这些课题并没真正的了解，囫囵吞了别人的结论，没加以消化，当然，没法使别人吸收一点养料的。我看《文心雕龙》的遍数越多，做新注的勇气越低，也是这个缘故。

前几年，改变了主意，专写自己所了解的、所欣赏的、所体会的，仿佛一部"文艺国"游记。也许我所说的非常浅薄，总是我自己的见解。这些札记，我称之为"文艺近思录"，取切问而近思之意。《小说新语》便是"文艺近思录"的一部分。

我也看了许多古今中外的小说，也看了许多小说作家的传记，再回想到当年要写《文心雕龙》新注的心境；其实，许多意境，只是可以意会难以言传的。"文字"，并不是传达我们情意的最好工具，我们多少都受着"文字"的束缚呢。

是为记。

曹聚仁

一九六四年春天